JUST SO STORIES

原来如此的故事

[英]约瑟夫·鲁德亚德·吉卜林——著

聂爱萍——译

四川大學出版社
SICHUAN UNIVERSITY PRESS

图书在版编目（CIP）数据

原来如此的故事 /（英）约瑟夫·鲁德亚德·吉卜林
著；聂爱萍译. -- 成都：四川大学出版社，2024. 9.
ISBN 978-7-5690-7351-5

Ⅰ. I561.88

中国国家版本馆 CIP 数据核字第 2024SA9401 号

书　　名：原来如此的故事
　　　　　Yuanlai Ruci de Gushi
著　　者：[英] 约瑟夫·鲁德亚德·吉卜林
译　　者：聂爱萍

责任编辑：敬雁飞
责任校对：喻　震
装帧设计：曾冯璇
责任印制：李金兰

出版发行：四川大学出版社有限责任公司
　　　　　地址：成都市一环路南一段 24 号（610065）
　　　　　电话：(028) 85408311（发行部）、85400276（总编室）
　　　　　电子邮箱：scupress@vip.163.com
　　　　　网址：https://press.scu.edu.cn
印前制作：人天兀鲁思（北京）文化传媒有限公司
印刷装订：北京文昌阁彩色印刷有限责任公司

成品尺寸：145 mm×210 mm
印　　张：10.75
字　　数：265 千字

版　　次：2025 年 1 月 第 1 版
印　　次：2025 年 1 月 第 1 次印刷
印　　数：1-3000 册
定　　价：68.00 元

本社图书如有印装质量问题，请联系发行部调换

四川大学出版社
微信公众号

目 录

原来如此的故事

山精灵普克

原来如此的故事

鲸鱼的喉咙是怎样长出来的

我最亲爱的宝贝啊，很久很久以前，海里有一条大鲸鱼，专吃各种海洋动物。扁扁的海星呀、螃蟹呀、鲽鱼呀、比目鱼呀，细长的鲦鱼呀、鲭鱼呀、梭鱼呀、硬鳞鱼呀，还有那身体扭来扭去的鳗鱼，都是他的腹中之物。大鲸鱼无所不吃，真的！凡是在海里能找到的动物，他都一口吞掉。吃到最后，整个大海里就剩下一条小鱼了。那是一条机灵的小鱼，他小心地躲在大鲸鱼的右耳后面游，避免招来杀身之祸。突然，鲸鱼尾巴一挺站立起来，说道："我饿了。"那机灵的小鱼机智地轻声问道："尊贵仁慈的大鲸，您品尝过人类的味道吗？"

"没有，"鲸鱼说道，"那是什么味道？"

"美味啊，"小鱼回答道，"味道是美，就是有点疙疙瘩瘩的。"

"那就去给我弄几个来尝尝。"鲸鱼说罢，甩动尾巴，海水翻腾，泡沫四溅。

"一次一个就足够啦，"小鱼说，"如果您游到北纬50度、西经40度那里（那真不可思议），你会看到海面中央漂着一只筏子，上面坐着一个从船难逃生的水手，他全身上下只穿着一条蓝色帆布马裤，裤子上系着一副背带（亲爱的宝贝，请一定要记住这个背带哦！），身上还有一把折刀。但是，必须告诉您，他可是勇气过人、才智超群哪。"

于是，鲸鱼以最快的速度游向北纬 50 度、西经 40 度。他游啊、游啊，果然看到了一只筏子在海中央漂着，上面果然孤零零地坐着一个水手，从头到脚果然只穿着一条蓝色帆布马裤，裤子上果然系着一副背带（亲爱的宝贝，你一定要格外留意这副背带啊！），身上果然还有一把折刀。那水手把脚浸在海水里，任水流滑过脚趾。（他这么玩水是经过妈妈同意的，要不然他绝不会这么做，他可是勇气过人、才智超群呢！）

这时，鲸鱼张开嘴巴，他使劲地张啊、张啊、张啊，最后嘴唇都快碰到尾巴了。鲸鱼一口吞下了那个水手，还有他坐的筏子、他的那条蓝色帆布马裤，以及他那副背带（你可千万不能忘记这副背带啊！），还有那把折刀。所有这些东西全部都进到了他那黑漆漆却暖乎乎的大肚子里，鲸鱼咂了咂嘴，然后直起身子转了三圈。

但是，那个水手可是勇气过人、才智超群啊。当他回过神来，发现自己被困在鲸鱼黑漆漆、暖乎乎的肚子里面时，他就开始尽情地跺啊、踩啊、蹦啊、跳啊、顶啊、撞啊、打啊、咬啊、爬啊、滚啊、叫啊、吼啊、吵啊、闹啊，上蹿下跳、拳打脚踢、一顿闹腾，弄得鲸鱼难受死了。（你还记得那副背带吧？）

鲸鱼对机灵的小鱼说："这个人还真是疙疙瘩瘩的，不好消化，弄得我直想打嗝。我该怎么办呢？"

"叫他出来吧！"机灵的小鱼说。

于是，鲸鱼冲着肚子里的水手喊道："你出来吧，老实点。我现在直想打嗝。"

"不行，我可不干！"水手回答说，"我可不能这样随随便便就同意，你得送我去一个遥远的地方我才出来。那就是我的家乡——英国，那里的海岸线上屹立着蜿蜒壮观的白崖。"说罢，他变本加厉地折腾起来。

小鱼对鲸鱼说："你还是送他回家吧，我可提醒过你，他可绝顶聪明呢。"

于是，鲸鱼为了不再打嗝，使劲地甩动鱼鳍和尾巴游啊、游啊，最后鲸鱼终于看到了水手家乡的海岸和英格兰的白崖，他猛地一下挺着前半截身子扑向海滩，张开嘴巴，越张越大，说道："快出来吧，这儿可以乘车去温彻斯特、阿舒洛特、纳舒厄和基恩，车站就在菲奇堡路上。"鲸鱼刚一说到"菲奇"，水手就从鲸鱼的嘴里走了出来。

当鲸鱼在海里铆足劲往前游的时候，水手便拿起他的大折刀，把木筏劈成了十字交叉的方形栅栏，紧紧地用背带系好（这回知道为什么要记住背带了吧），水手把栅栏拽进鲸鱼的喉咙里，正好卡在那儿！水手可真是绝顶聪明啊，接着水手哼起了歌谣，这首歌谣没人听过，现在我唱给你听：

> 看我系紧这个栅栏，
> 你就没法狼吞虎咽。

水手以前也是一个爱哼歌的爱尔兰人，他踩着海岸边的鹅卵石回家找妈妈去了，就是妈妈允许他用脚趾在水里划来划去的。

后来水手结了婚，过上了幸福的生活。鲸鱼过得也不错，只是从那天开始，他喉咙里的栅栏既咳不出来，也咽不下去，所以只能吃一些特别小的鱼，这就是现在鲸鱼不吃大人和小孩的原因。

机灵的小鱼害怕鲸鱼会生他的气，便把自己藏在离鲸鱼特别远的淤泥里了。

水手把大折刀带回了家，上岸时踩着海岸边的鹅卵石，依旧穿着那条蓝色帆布马裤，但却把背带留在鲸鱼的喉咙里系栅栏了，故事到这儿就结束了。

> 你看船舷漆黑一片，
>
> 外面海水翻滚飞溅；
>
> 船只开始不停狂颤，
>
> 乘务员扎进大汤碗，
>
> 行李箱左右来回转；
>
> 保姆也瘫倒在地板，
>
> 妈妈让你小声叫喊，
>
> 你没醒没穿衣洗脸，
>
> 原因马上就会出现，
>
> 北纬五十西经四十，
>
> 现在就在这个地点！

为什么骆驼会长出驼峰

现在我们开始下一个故事，它告诉我们为什么骆驼会长出驼峰。

很久之前，在世界诞生伊始，万物初生，动物们刚刚开始为人类干活儿。有一头骆驼住在"咆哮的沙漠"里，他总是爱哼哼。因为他不想干活儿，所以只吃枯枝、荆条、柽柳、马利筋这类的东西，整天无所事事。就算有人跟他说话，他也只回答"哼！"，只是"哼！"一声，再就不吭声了。

不久之后，一个星期一的早上，一匹马儿来找骆驼。马儿背上驮着马鞍，嘴里含着嚼子，他对骆驼说道："骆驼啊骆驼，出来吧，像我们一样跑起来吧！"

骆驼只"哼！"了一声。马儿只好离开，将此事告诉了人。

过了一会儿，一条狗儿叼着一根棍子来找骆驼，对他说道："骆驼啊骆驼，像我们一样来追棍子玩，然后用嘴把它含住！"

骆驼又只是"哼！"了一声。于是，狗儿只好离开，将此事告诉了人。

又过了一会儿，一头公牛走过来，他的脖子上套着轭枷。公牛对骆驼说："骆驼啊骆驼，像我们一样来犁地吧！"

骆驼再一次"哼！"了一声。公牛也只好离开，将此事告诉了人。

等到晚上，人把马、狗和公牛叫到一起，对他们说："啊！三位朋友，我对你们感到十分抱歉（现在世界初成、万物初生）。但是沙漠里的那个总爱哼哼的家伙却不愿意干活，要不然他现在也应该在这儿。所以我不打算再管他了，你们必须加倍努力把他的那份活儿也做完。"

马、狗和公牛听了这番话后非常生气（虽然世界初成，万物初生）。他们在沙漠边上开了一个简会，咿咿呀呀、哇哇哈哈地一顿讨论，而骆驼却在一旁，一边悠闲地嚼着马利筋，一边嘲笑他们，然后冲着他们"哼！"了一声，满不在乎地离开了。

不久，掌管所有沙漠的神仙来到这里，他裹在一团尘土中翻滚而至（神仙到来的时候总是这样，这是他们的法术），他同三个动物咿咿呀呀、哇哇哈哈地聊了起来。

马儿向神仙问道："大漠的神灵啊，世界初成，万物初生，有人却无所事事，这样合理吗？"

神仙回答道："当然不合理！"

马儿接着说："这样啊，有个家伙住在你的地盘上，就在'咆哮的沙漠'里（他本身也是一个经常咆哮的主儿），脖子长，腿儿也长，总是爱哼哼，从星期一早上开始他就什么都没做，他连跑都跑不起来。"

神仙吹着口哨，发出"嚯"的一声，跟着说道："我发誓那应该是我的骆驼！他对此怎么说？"

狗先回答说："他只'哼！'一声，他不愿意追棍子，也不愿意把棍子含在嘴里。"

"那他还说什么别的了吗？"

公牛接着补充道："他只是'哼！'一声，他也不愿意犁地。"

神仙听后回答道："好吧，要是你们愿意等我一会儿，我就去'哼哼'地教训他一下。"

说罢，神仙裹进他的尘土"斗篷"起身，朝着沙漠的方向滚去，发现骆驼正无所事事，看着水池中自己的倒影。

神仙问骆驼说："这位脖子长，腿儿也长，爱哼哼的朋友，世界初成，万物初生，我却听说你什么活儿都不干？"

"哼！"骆驼说道。

神仙坐了下来，用手托着下巴，开始思考用什么厉害的魔法来整治一下骆驼，而骆驼仍然看着自己在水池中的倒影。

"从星期一早上开始，因为你无所事事，游手好闲，另外三个动物多干了很多活儿。"神仙一边对骆驼这样说道，一边用手托着下巴思考着用魔法来治一治骆驼。

骆驼还是只"哼！"了一声。

神仙继续说道："如果我是你，我就不会再'哼！'了，你可能'哼！'得太多了。哼哼伙计，我现在叫你去干活儿。"

骆驼又"哼！"了一声，可是他刚一哼完，就看见他引以为傲的后背慢慢鼓出来一个大肉块。

神仙对骆驼说："看没看见？这就是因为你不爱干活儿，总爱哼哼才长出来的。今天是星期四，星期一工作就开始了。从星期一开始，你就没有干活儿，现在你得去干活儿了。"

骆驼反问道："背着这个大肉块，我怎么干活儿？"

神仙说：“这可有大用处。因为你前三天没干活儿，后背上的大肉块可以让你在接下来的三天不吃不喝地干活儿。你可不要说我一点儿没帮你啊。快走出沙漠，老老实实地和三个动物一起干活儿去吧，好好表现吧！”

骆驼别无选择，只能去找马、狗和公牛，和他们一起干活儿。自那以后，骆驼的背上一直有个大肉块（为了不让他伤心，我们现在称它为“驼峰”），但他还是没能补上一开始耽搁的那三天，也没学会乖乖听话。

骆驼背上肉块不好看，
动物园里大家都见过；
要是一直懒惰不干活，
驼背就会找上你和我。

大人小孩全都逃不脱，
要是一直懒惰不干活，
丑陋的驼峰找上你我，
又青又紫那可真丢脸！

我们起床后蓬头垢面，
嗓子眼里声音也沙哑。
洗澡穿衣再摆弄玩具，
又吼又叫地闹个没完。

藏身之处提前准备好，
你我其实应该都需要。
否则驼背找上你和我，
到时后悔丢脸又没辙。

解决办法一定要牢记，
大家千万别坐以待毙。
闷闷不乐读书是大忌，
快把锄头铁锹手中拿，
勤劳干活出汗身体好。

阳光明媚，微风和煦，
花园里的神仙也愿意，
变走后背上的大肉块，
又青又紫吓人的肉块。

要是一直懒惰不干活，
你我背上都会长肉坨。
那又青又紫的大肉块，
大人小孩全都不例外。

为什么犀牛皮上满是褶皱

很久很久以前，红海岸边的荒岛上住着一个帕西人，他的帽子在阳光的照耀下显得格外靓丽。这个住在红海边的帕西人身边只有那顶帽子、一把刀和一个旁人绝对不能碰的炉子，除此之外，他一无所有。有一天，他拿了面粉、水、葡萄干、梅子、糖和一些其他配料，给自己做了一个半米多宽、将近一米厚的蛋糕。那块蛋糕确实很大（魔法可不是白用的），他把蛋糕放在炉子上，帕西人是可以使用那个炉子做饭的。他烤啊，烤啊，一直将蛋糕烤成金黄色，香味扑鼻，让人垂涎欲滴。但就在他准备开吃的时候，一头犀牛从无人居住的荒岛来到了海滩上，鼻子上长着两个大犀角，两只眼睛里闪着贪婪的光，大摇大摆地朝着帕西人走了过去，行为举止丝毫谈不上礼貌。在当时，犀牛的每一寸皮肤都紧紧地贴在身上，一点儿褶皱都没有。他的模样看起来和诺亚方舟里的犀牛几乎一样，但个头相比之下要大得多。犀牛这么多年一点儿没变，当时不懂礼貌，现在依旧如此，更别说以后了。犀牛对帕西人说道："什么味儿？"帕西人没工夫再管蛋糕的事，赶忙爬上了一棵棕榈树顶，身上只有他的那顶帽子，在阳光的照耀下显得格外靓丽。犀牛用鼻子打翻了油炉，蛋糕滚落到沙子上，用犀角叉住蛋糕，送进嘴里，吃得一干二净，然后摇着尾巴扬长而去，回到了无人居住的荒岛。荒岛离马赞德兰海岸周围的岛屿、索科特拉岛和昼夜平分线的岬角很近。帕西人看见犀牛走远了，便从棕榈树上下来，把炉子架在腿上，哼唱起了下面这首歌谣。这首歌谣没有人听过，我现在唱给你听：

> 吃光我的大蛋糕，
>
> 让你后悔无处逃。

事实证明，后果要比想象中严重得多啊。

因为五个星期后，红海上迎来了热浪，大家都脱掉了身上的衣服，希望能凉快点儿。帕西人摘下了帽子，犀牛脱下了他身上的皮，搭在肩膀上，去海滩洗澡。在当时，犀牛肚子那有三颗扣子，扣子将犀牛皮紧紧扣住，看起来跟防水衣一样光滑。犀牛丝毫没有想要和帕西人说说蛋糕那件事的意思，因为他早就把蛋糕吃光了，而且他压根儿不懂礼貌，过去是这样，现在也一样，更别说以后了。他摇摇晃晃地走进水里，用鼻子咕嘟咕嘟地吹着泡泡，把犀牛皮留在了沙滩上。

不一会儿，帕西人走了过来，在沙滩上发现了犀牛皮，他忍不住笑了笑，一脸开心激动的样子。他围着犀牛皮跳了三圈舞，然后，他搓了搓手，回到他的帐篷里，在帽子里塞满了蛋糕屑。帕西人只吃蛋糕，其他什么都不吃，而且从来不打扫帐篷。接着帕西人返回沙滩拿起犀牛皮，使劲抖了抖，不停地搓啊，蹭啊，一直搓到犀牛皮上沾满了发霉干硬的蛋糕屑和烤焦的葡萄干，然后他爬到棕榈树顶上，等着犀牛洗完澡出来穿上犀牛皮。

果然一切按照帕西人想的那样，犀牛刚扣上三个扣子，就感觉浑身痒得不舒服。他想伸手去抓痒，但越抓越痒，然后他就躺在沙滩上滚来滚去，但蛋糕屑来回不断摩擦，越滚越痒，丝毫没有缓解。随后他跑到棕榈树那儿，倚着树干使出了全身力气磨来蹭去，在肩膀、肚子和腿上都蹭出了好几层褶皱（肚子上的纽扣也蹭掉了）。犀牛气得鼻子都快冒烟儿了，但蛋糕屑却纹丝不动，紧紧地贴在身上，从里往外地痒。没办法，犀牛只能生气地一边往家走，一边使劲抓痒。从那天开始，每只犀牛的脾气都十分暴躁，身上都有很多褶皱，而这一切都是拜蛋糕屑所赐。

犀牛走后，帕西人从棕榈树上下来，头上戴着那顶在阳光的照耀下显得格外靓丽的帽子，收拾好烤蛋糕的炉子，朝着奥洛塔瓦、阿米格达拉、阿兰塔利沃高原和索纳普特湿地的方向走去。

　　那无人居住的荒岛，

　　靠近佳尔答福伊角；

　　紧邻索科特拉海滩，

　　与粉色阿拉伯海滩。

　　苏伊士这天气炎热，

　　我们一起乘坐邮轮，

　　找烤蛋糕的帕西人！

为什么豹子身上长着黑斑点

　　亲爱的孩子，很久很久之前，所有的动物身上都没有斑点或花纹。豹子住在一个叫作"高地草原"的地方，请注意，那个地方是叫"高地草原"，不是"低地草原"，也不是"灌木草原"，更不是"酸蚀草原"，而是一片光秃秃、热乎乎、亮闪闪的高地草原，那里的沙子和岩石颜色几乎差不多，都是沙黄色的，就连野草也是沙黄色。高地草原上居住着许多动物，长颈鹿啊、斑马啊、大角斑羚啊、弯角羚啊，还有大羚羊，他们全身上下都是沙黄色的，还略微带点棕褐色。但是，猫科动物豹子是所有动物中肤色最纯正的，纯正的沙黄色与纯正的棕褐色融合，跟草原的颜色最为接近。这对长颈鹿、斑马和其他动物来说是非常不利的，因为豹子总是躲在黄褐色的石头或草丛旁边，当长颈鹿、斑马、大角斑羚、弯角羚和大羚羊这些动物经过时，他就跳出来吓唬要吃掉他们，吓得他们魂都没了。豹子是真的会吃掉他们的！高地草原上还有一个埃塞俄比亚人（他当时全身也是黄褐色），身上总是带着弓箭，和豹子一起居住在高地草原上。他们两个以前常常一起打猎，埃塞俄比亚人拿着弓箭，豹子靠他的尖牙和利爪追得长颈鹿、大角斑羚、弯角羚、斑马和其他动物无路可逃。亲爱的孩子，这些动物是真的无路可逃啊！

很久之后——那时候动物的寿命都很长——他们学会了躲避所有看起来像豹子或埃塞俄比亚人的东西。长颈鹿的腿最长，他率先提议，大家离开高地草原。他们一路小跑，一天又一天，走了好久终于来到了一片大森林。森林里到处都是乔木和灌木丛，阳光透过灌木丛留下斑驳的阴影，动物们选择藏身于此。又过了很长一段时间，由于动物们的身体一部分被树叶和灌木丛遮住，一部分暴露在阳光下，长颈鹿身上出现了斑块，斑马身上有了条纹，大角斑羚和弯角羚的肤色变得更深了，背上还有着星星点点或弯弯曲曲的灰色纹路，就像树皮一样。所以，就算你能听见他们的声音，闻到他们身上的气味，但就是一点儿都看不到他们的影子。只有准确地知道他们所处的位置，才能看到他们。豹子和埃塞俄比亚人跑遍了整个草原，也不知道那些本是他们盘中餐的动物们都去哪里了。后来，豹子和埃塞俄比亚人太饿了，只能吃些老鼠、甲壳虫和岩兔充饥，却不停地闹肚子。正巧这时他们遇到了狒狒巴维安，他的脑袋和狗差不多，十分健谈，算得上是整个南非最聪明的动物了。

这天天气十分炎热，豹子向巴维安问道："那些家伙都跑哪儿去了呢？"

巴维安只是眨了眨眼，他心里门儿清着呢。

埃塞俄比亚人又对巴维安再次问道："你能告诉我原来住在高地草原上的那些动物现在的栖息地吗？"（埃塞俄比亚人和豹子问的问题其实是一样的，但是埃塞俄比亚人总是愿意用更有文化的词语，毕竟他是成年人。)

巴维安又眨了眨眼，他太清楚了。

接着，巴维安回答道："那些家伙已经去别的地方啦，豹子啊，我觉得你也得尽快改变一下，换换别的'点'啦。"

埃塞俄比亚人说道："说得没错，但是我想知道高地草原的动物到底迁徙到何地了呢？"

巴维安回答说："高地草原的动物已经和土生植物融为一体啦，现在该做出改变啦，我觉得，你啊，也得尽快变一变啦。"

这话让豹子和埃塞俄比亚人都感到很困惑，但他们还是出发去寻找巴维安所说的土生植物了。他们走了好多好多天，终于看到了一片高大茂密的森林，里面的树干都密密麻麻遍布着斑点，枝附影从，弯曲交错，斑驳陆离。（快点大声喊出这几个词，你就会知道这片森林是多么阴森吓人。）

豹子问道："这是怎么回事？为什么一眼望去里面一片黑暗，却还有这么多细小的光圈？"

埃塞俄比亚人说："我也不知道，但应该是巴维安说的土生植物吧。我能闻到长颈鹿身上的味道，能听到长颈鹿的声音，但就是看不到长颈鹿的影子。"

豹子说："真奇怪啊！会不会是因为我们刚从很亮的地方过来。我能闻到斑马身上的味道，能听到斑马的声音，但就是看不到斑马的影子。"

埃塞俄比亚人说："等等，我们已经很久没有捕到过猎物了，或许我们已经忘记这些动物的样子了。"

豹子说道："不可能！他们在高地草原上的样子我可记得一清二楚，烧成灰我都认识。长颈鹿将近六米高，从头到脚都是金黄色的，斑马大概一米五高，从头到脚都是浅褐色的。"

"嗯，"埃塞俄比亚人看着树影斑驳的森林说，"在这么漆黑的森林里，我们本应该很容易找到这些动物啊，他们应该像熏制房里熟透的香蕉那样明显啊。"

事实跟他们想的完全不一样，豹子和埃塞俄比亚人整天都在狩猎。虽然他们能闻到动物身上的味道，能听到动物的声音，但就是都看不到动物的影子。

下午茶的时候，豹子说："老天爷啊！我们等天黑再继续找吧，白天打猎根本就是笑话！"

于是，他们一起等着天黑。星光透过树枝留下斑驳的树影，豹子听到了细微的呼吸声，他立马纵身扑过去，那家伙闻起来像斑马，摸起来也像斑马，蹬腿挣扎起来更像是斑马，但看起来一点儿都不像斑马。于是，豹子说："老实点儿，不知名的家伙！我要在你的头上坐到天亮，你把我弄得稀里糊涂的。"

不一会儿，豹子听到了一阵咕哝咕哝的声音，还有东西碰撞的声音，场面似乎十分混乱。埃塞俄比亚人大喊道："我抓到了个家伙，但我看不清楚。这家伙闻起来像长颈鹿，蹬腿挣扎起来像长颈鹿，但看起来一点儿都不像长颈鹿。"

豹子说："可别被骗了！我们一起在他们头上坐到天亮，他们一点儿都没有动物的模样，一点儿都看不出来！"

豹子和埃塞俄比亚人一直坐到天亮，然后豹子问道："老兄，你那边怎么回事？"

埃塞俄比亚人不解地挠挠头，回答道："这家伙从头到脚都是橙褐色，看样子应该是长颈鹿，但他浑身都是栗色斑点。老弟，你那边情况如何？"

豹子也十分困惑地挠了挠头，回应道："这家伙从头到脚都是浅褐色的，看样子应该是斑马，但他浑身都是黑紫色的条纹。斑马，你这些天到底在耍什么花招？难道你不知道如果在高地草原，我老远就能看到你吗？你现在一点儿都看不出以前的模样了！"

斑马说："你说得没错，但这里可不是高地草原，你还看不出来吗？"

豹子回答说："现在我知道了，但我昨天一整天都稀里糊涂的，这到底是怎么回事？"

斑马说："让我们起来，我们就跟你解释清楚。"

豹子和埃塞俄比亚人只好让斑马和长颈鹿站起来，只见斑马跑向满是荆棘的灌木丛，阳光透过灌木丛在他身上印下一条条的阴影，长颈鹿跑到茂密的大树背后，阳光透过树枝在他身上留下了好多斑点。

斑马和长颈鹿说："瞪大眼睛看好了，就是这么回事，一、二、三！猜猜我们在哪儿呢？"

豹子认真地盯着他们的动作，埃塞俄比亚人也仔细地观察着，但他们只能看到阳光在森林中投射出的条纹和斑点，一丁点儿斑马和长颈鹿的影子都没有，他们早就把自己藏在森林的阴影里了。

埃塞俄比亚人忽然明白过来，着急地说："啊！啊！这个方法值得学习啊，学着点吧，老弟！在这个漆黑的地方，你看起来就像煤斗里的一块肥皂，一打眼就看到你了。"

豹子说道："呦吼！在这个黑咕隆咚的地方，你看起来就像煤炭上的芥末，你自己还不知道吧！"

埃塞俄比亚人说："我们之间互相挖苦也不能吃饱饭，说到底就是我们在森林里实在太显眼了。我决定听巴维安的话，他告诉我应该变一变，但我也就只能变一变肤色，那我就打算从肤色上下手。"

豹子非常兴奋激动地问："怎么变？"

"我打算弄点黑褐色，一点点紫色，再加点蓝灰色，涂在皮肤上，这样方便藏在洞穴里或者躲在树后面。"

说着，埃塞俄比亚人就开始在皮肤上涂色了，豹子激动得不得了，他从来没有见过人可以改变自己皮肤的颜色。

当埃塞俄比亚人把最后一根小手指也涂好色之后，豹子问："那我该怎么办呢？"

"你也听听巴维安的话，他说你得换换别的点。"

豹子说："我已经照他说的换了，我们以最快的速度来到了这个地方，对我来说这已经够好的了。"

埃塞俄比亚人向豹子解释道："啊，巴维安说的'点'不是在南非的其他地点，是说你应该在身上也弄出些斑点。"

"要斑点有什么用呢？"豹子一头雾水。

埃塞俄比亚人说："你想想长颈鹿身上的斑点吧，要是你喜欢条纹的话就想想斑马，他们对自己身上的斑点和条纹可满意啦。"

"哼！"豹子说，"我可不想跟斑马一样，绝对不行！"

埃塞俄比亚人说："那好，你自己决定吧！我可不想丢下你一个人去打猎，但是如果你非要像黑沥青篱笆里的向日葵那么显眼的话，我就只能单独行动了。"

豹子别无他法，"那就弄些斑点吧，但千万别涂得又大又俗气，我可不想跟长颈鹿一样，绝对不行！"

埃塞俄比亚人说："我用手指尖给你涂斑点，我的皮肤上还剩很多黑色颜料呢，快站好！"

然后埃塞俄比亚人把五个手指并在一起（他的新皮肤上还有很多多余的黑色颜料），直接按在豹子身上，手指碰过的地方都留下了五个小小的黑色印记，紧紧地贴在一起。亲爱的孩子，所以现在豹皮上都有这样的斑点。埃塞俄比亚人偶尔手滑一下，斑点就会变得有点模糊，但是如果你仔细看就会发现，每只豹子身上都有五个一堆的斑点，因为那是用五个手指印上去的。

埃塞俄比亚人印好后说："这下你可真帅气啊！现在你躺在地上看起来就像一堆鹅卵石，靠在岩石上看起来就像一块圆砾石。你可以躺在茂密的枝头上，看起来就像阳光穿过树叶留下的阴影，你可以躺在小路的正中央，可能别人都不会发现你！太棒了吧！"

豹子说："现在我已经涂好了斑点，为什么你的身上没有斑点呢？"

埃塞俄比亚人回答道："啊，浑身全黑对黑人来说就是最好的伪装。来吧，看看我们能不能抓到数完一、二、三就消失的那两个家伙吧！"

然后豹子和埃塞俄比亚人就离开了，从此开心快乐地一同打猎。亲爱的孩子，故事到这儿就结束了。

对了，有时你会听到大人们说："埃塞俄比亚人能改变肤色吗？豹子能涂斑点吗？"依我看呐，要是豹子和埃塞俄比亚人没做过这样的事的话，大人们就不会一直说这样的傻话了，对吧？但是，亲爱的孩子，他们再也不会在皮肤上涂抹颜料了，因为他们已经心满意足啦！

我是狒狒巴维安，聪明无敌跟你说：

"我们混入美景里，仅仅只有我和你。"

人们乘着马车来，妈妈站前头那排。

你带着我现在走，保姆绝不会插手。

院子栏杆并排坐，先去猪圈不会错！

再去逗逗小兔子，摇尾撒欢可爱哩！

只要和爸爸一起，玩个什么都可以，

一起大胆去探险，玩到太阳下山前！

我给你带上靴子，加上帽子和手杖，

快点过来出发吧，烟斗烟草全没忘。

为什么大象会长出长长的象鼻

　　啊，亲爱的孩子，在很久很久之前，大象是没有长长的象鼻的，脸上只鼓出一个黑靴子那么大的鼻子，可以来回扭动，但却没办法用象鼻捡起东西。可有头小象，他是大象的孩子，好奇心特别强，总有很多问题，简直就是行走的"十万个为什么"。小象生活在非洲，他对非洲的所有事情都特别好奇。他问高个子的鸵鸟阿姨，为什么她尾巴上羽毛长成那个样子，鸵鸟阿姨就用坚硬的爪子使劲地抽他的屁股。他问高个子的长颈鹿叔叔，为什么他的身上长满了斑点，长颈鹿叔叔毫不留情地用他结实的蹄子踢他的屁股。但他还是对一切充满了好奇，他问胖乎乎的河马阿姨，为什么她的眼睛是红色的，河马阿姨不由分说地用她宽大的蹄子踹他的屁股。他问毛茸茸的狒狒叔叔，为什么西瓜是这个味道，狒狒叔叔用他毛茸茸的爪子扇他的屁股。就算这样，他的好奇心永远得不到满足！只要是他能看到的，能听到的，感觉到的，闻到或者摸到的东西，他都会不断地提问，就算所有叔叔阿姨都打他的屁股，他的好奇心也永远得不到满足。

时逢岁差年 ①，一个晴朗的早晨，好奇心永远无法满足的小象问了一个他之前从来没问过的问题。他问道："鳄鱼吃什么来填饱肚子呢？"然后大家严厉地齐声说："嘘！"说完便立即开始抽他的屁股，丝毫没有停下来的意思，可有好一会儿呢。

小象挨打完不一会儿，碰到了一只科罗鸟，科罗鸟坐在满是荆棘的灌木丛中。小象说道："我的爸爸妈妈打我的屁股，我所有的叔叔阿姨都打我的屁股，就因为我的好奇心太强了，但我就是想知道鳄鱼吃什么填饱肚子？"

科罗鸟听后难过极了，便说："去那条漂着油污、水色灰绿的林波波河岸边看看吧，鳄鱼就在岸边的蓝桉树林里，你会找到答案的。"

第二天早上，由于岁差分点，时间比平时早了一些，但岁差年快过完了。好奇心永远无法满足的小象背着九十多斤又小又红的香蕉、九十多斤又长又紫的甘蔗和十七个又绿又脆的西瓜，对他亲爱的家人们说："再见了！我要去那条水色灰绿、漂着油污的林波波河了，岸上长满了蓝桉树，我要去看看鳄鱼吃什么填饱肚子。"大家又在他的屁股上抽了好几下，祝他一切顺利，就算小象非常礼貌地请求他们不要再打了也没用。

然后小象便兴致勃勃地出发了，一点儿也不担心，一路上吃着甜瓜，把瓜皮扔在路的两边，因为他没办法把瓜皮捡起来。

---

① 岁差年：岁差指地球自转轴长期进动，引起春分点沿黄道西移，致使回归年短于恒星年的现象。岁差年为春分点西移一周后回归原点的那一年。（本书注释若无特殊说明均为译注。）

他先从格雷厄姆斯敦走到金伯利，再从金伯利走到卡马的国家，又从卡马的国家再向着东北方向前进，吃着甜瓜不断赶路，最后他终于到了那条水色灰绿、漂着油污的林波波河，岸上长满了蓝桉树，和科罗鸟所说的一模一样。

啊，亲爱的孩子，现在你必须知道，直到那一周的那一天，那一天的那一小时，那一小时的那一分钟，这个好奇心永远无法满足的小象从来没有见过鳄鱼，也不知道鳄鱼长什么样子，来到这儿完全是因为他的好奇心太强了。

最先映入眼前的就是一条花斑巨蟒，正盘着身子趴在岩石上。

小象非常有礼貌地问道："打扰了，请问你在这密林之中见过鳄鱼这类的东西吗？"

"我见过鳄鱼吗？"花斑巨蟒应道，语气充满不屑，"下一句你想问什么？"

小象说："抱歉啊，你愿意告诉我鳄鱼吃什么填饱肚子吗？"

下一秒，花斑巨蟒迅速地从岩石上摆正身子，用他那鞭子一样的蛇尾使劲抽打小象的屁股。

小象说："真奇怪啊！我的父母和叔叔阿姨都因为我好奇心太强打过我的屁股，河马阿姨和狒狒叔叔也没少打，我猜花斑巨蟒也是因为我太好奇才打我的屁股吧。"

于是，他礼貌地向花斑巨蟒告别，还帮他将身子重新盘在岩石上。他继续兴致勃勃地走着，一点儿也不担心，一路上吃着甜瓜，把瓜皮扔在路的两边，因为他没办法把瓜皮捡起来。忽然他以为自己踩到了一块木头，这块木头就在那条水色灰绿、漂着油污的林波波河边，河岸上长满了蓝桉树。

啊，亲爱的孩子，其实那块木头就是鳄鱼。只见鳄鱼眨了眨眼睛，眼睛里闪着兴奋的光。

小象彬彬有礼地说："打扰了，你在这密林之中见过鳄鱼吗？"

鳄鱼眨了眨另一只眼睛，把剩下的半条尾巴从泥里拽了出来。小象非常有礼貌地向后退了几步，他可不想再被打屁股了。

鳄鱼说："小家伙，到我这儿来。你问这个干什么？"

小象依旧有礼貌地解释道："对不起啊，我父母总是打我的屁股，高个子鸵鸟阿姨和高个子长颈鹿叔叔也没少打，胖乎乎的河马阿姨和毛茸茸的狒狒叔叔踢我踢得很重，在上游岸边刚遇到的花斑巨蟒还用他那鞭子一样的蛇尾使劲地抽了我的屁股，他抽得最疼。所以，我怕你和他们一样，我可不想再被打屁股了。"

鳄鱼说："到这儿来吧，小家伙，我就是鳄鱼啊。"说着还流下了假惺惺的眼泪来证明自己说的是真的。

然后小象上气不接下气地跪在岸边说："原来你就是我这些天一直在找的鳄鱼啊，你愿意告诉我你吃什么填饱肚子吗？"

鳄鱼说："靠近点吧，小家伙，我悄悄地告诉你。"

然后小象低下头，凑近鳄鱼长满尖牙的嘴，但鳄鱼一口咬住他的小鼻子，在那一周的那一天，那一天的那一小时，那一小时的那一分钟，小象的鼻子还和一只靴子差不多大，不过可比靴子有用多了。

鳄鱼咬着小象的鼻子，从牙缝中挤出一句话："我想，我想今天就从吃掉小象开始填饱肚子吧！"

啊，亲爱的孩子，一听这话，小象非常恼火，他从鼻子里发出声音，说道："放开五（我）！你弄疼五（我）了！"

这时，花斑巨蟒沿着岸边急忙冲下来："年轻的小朋友，你现在要是不马上用尽全力把鼻子拽出来，我看呐，那个穿着花纹皮衣的家伙（他说的就是鳄鱼）一眨眼就会把你拖进河里。"

花斑巨蟒说话总是这个风格。

小象蹲下身来，使劲地拉呀，拉呀，他的鼻子开始被拉长了。鳄鱼那边在水里使劲拉呀，拉呀，尾巴不停地搅和，水和泥土混在一起，周围一片泥泞。

小象的鼻子被一点一点地拉长了，他四腿张开，顽强地坚持往回拉，拉呀拉，鼻子越拉越长。另一头，鳄鱼甩着船桨一样的尾巴不停地往河里拽，拽呀拽，双方相持不下。每拉一次，小象的鼻子就被拉长一点儿，疼得不得了！

忽然小象感觉腿有些吃不住劲地往下滑，于是，他用鼻子传话，他的鼻子现在都快有两米长了。他说："五（我）快不行了！"

这时花斑巨蟒也走过来，把自己的身子缠绕在小象的后腿上说："冲动无知的旅人啊，我们现在必须高度紧张起来，否则那艘装甲威风、火力十足的战舰（啊，亲爱的孩子，他说的就是鳄鱼）会毁掉你的未来啊！"

花斑巨蟒说话总是这个风格。

于是花斑巨蟒和小象一起使劲，想把鼻子拽回来，鳄鱼也不甘示弱，但还是没抵过小象和花斑巨蟒。最后，鳄鱼耗尽了力气，不得已松开了小象的鼻子，扑通一声回到了河里，那声音之大，整个林波波河上上下下都能听见。

小象一时反应不及，猛地摔到了地上，但他还是小心翼翼地先对花斑巨蟒说了声"谢谢"，然后才仔细看自己那被拉得很长的鼻子，他用凉爽的香蕉叶把鼻子包了起来，然后把鼻子伸进水色灰绿、漂着油污的林波波河里凉快凉快。

花斑巨蟒问："你这是在干什么？"

小象解释道："抱歉啊，我的鼻子已经彻底变形了，我正等着它变回原样。"

花斑巨蟒说："那可得花时间了，有些人怎么不知道到底什么才是对他们自己有好处的呢。"

小象在岸边待了三天，等着他的鼻子变回原样，但鼻子却一点儿都没往回缩，而且因为他一直盯着鼻子看，还变成了斜视眼。啊，亲爱的孩子，这下你就应该明白了，鳄鱼把小象的鼻子拉成了货真价实的象鼻，跟现在所有大象的象鼻一样。

等到第三天傍晚的时候，有只苍蝇飞了过来，在小象的肩头上叮了一口，小象自己还没反应过来怎么回事就甩起他的象鼻，用鼻尖把那只苍蝇拍死了。

花斑巨蟒说："优点一！你原来的鼻子可打不到苍蝇，现在试着吃点东西吧。"

小象自己还没反应过来怎么回事就把鼻子伸出来，拔了一大捆草，把草抵在前腿上抖了抖灰，然后塞进了嘴里。

花斑巨蟒说："优点二！你原来的鼻子可拔不起来草。你不觉得这里的夕阳很刺眼吗？"

小象说："确实。"小象自己还没反应过来怎么回事就从水色灰绿、漂着油污的林波波河岸边捞起一团泥巴，拍在自己的头上，当作泥巴帽用来遮阳，泥浆顺着耳后一滴一滴地淌了下来。

花斑巨蟒说："优点三！你原来的鼻子可捞不起来泥巴，那你现在要是再被打屁股的话会感觉如何？"

小象说："对不起，我一点儿也不愿意被打屁股。"

花斑巨蟒问："那要是让你打别人屁股呢？"

小象回答道："那我应该非常愿意。"

花斑巨蟒说："那正好，你会发现你的新鼻子非常适合打别人屁股。"

小象说道："谢谢你，我记住了，我现在先回家和家人们团聚，然后再试一试。"

于是，小象穿过非洲平原一直往家走，一路上鼻子不停地甩来甩去。当他想吃水果的时候，就用长长的象鼻去摘树上的水果，不用像以前那样，等着水果掉下来才能吃到；当他想要吃草的时候，就用长长的象鼻把地上的草拔起来，不用像以前那样曲着腿才能吃到；当苍蝇叮咬他的时候，就用长长的象鼻折断一根树枝，把树枝当作拂尘驱赶苍蝇；当天气很热的时候，就用长长的象鼻给自己做一顶泥巴帽遮阳；当他赶路感到孤单无聊的时候，就用长长的象鼻哼唱歌曲，声音比好几个铜管乐队一起演奏还要响亮。

小象特意选了条岔路，找到了一只胖乎乎的河马，然后狠狠地揍了她的屁股，这只河马可不是小象的亲戚，小象只是想验证一下花斑巨蟒说的话是真是假。其余的时间里，小象一直在捡之前来时路上扔的瓜皮，他可是一头讲卫生的小象。

终于在一个深夜，小象回到了家人身边，卷起长长的象鼻说："大家过得好吗？"大家看到小象平安回来十分高兴，马上说："快点过来！让我们打你屁股，因为你的好奇心太强了。"

小象说："哼，得了吧，你们根本不知道怎么打屁股，我可知道，我给你们演示一遍。"说着他伸开他长长的鼻子，用象鼻把两个哥哥甩倒在地。

大家简直看呆了，惊道："哇哦，太厉害了吧！你在哪儿学的这招，你的鼻子怎么这么长？"

小象说道："我在那条水色灰绿、漂着油污的林波波河岸边见到了鳄鱼，我问他吃什么填饱肚子，他就给了我这个新的长鼻子。"

毛茸茸的狒狒叔叔说："可是这么长的象鼻可不好看。"

小象说："倒是没错，但它可有用了呢。"说着便用象鼻缠住毛茸茸的狒狒叔叔的一条腿，把他甩进了马蜂窝。

这个调皮的小象在之后的很长一段时间里都在捉弄他的家人们，弄得大家担惊受怕。他拔掉了高个子鸵鸟阿姨尾巴上的毛；拖着高个子长颈鹿叔叔的后腿穿过荆棘丛；对着胖乎乎的河马阿姨大声喊叫，趁她吃完饭在河里午睡的时候往她耳朵里面吹泡泡。但是，他绝对不允许任何人对科罗鸟动一根指头。

最后，事情变得有些意想不到。小象的家人们一个接一个地去到了那条水色灰绿、漂着油污的林波波河，河岸上长满了蓝桉树，他们想要从鳄鱼那里换个新鼻子。等他们回来的时候，大家都友好相处，再也没有人打屁股了。啊，亲爱的孩子，从那天开始，你看到的大象，还有那些你看不到的大象，都长着长长的鼻子，跟好奇心永远无法满足的小象的长鼻一模一样。

我有六个好随从，

（教我知识与做人，）

他们都叫什么名：

什么、哪里与何时，

谁和为啥和怎样。

派遣他们跨海陆。

派遣他们到西东；

为我工作很勤劳，

我让他们休息好。

朝九晚五不必忙，

全由自己一人扛。

早餐午餐和茶点，

顿顿不落不腼腆。

各人喜好有不同，

有人随从百千万。

休息免谈工作晚，

全年无休时时忙。

从早到晚听派遣，

怎样哪里不得歇，

为啥每日嘴喋喋。

袋鼠的故事

从前，袋鼠不是我们现在所看到的样子，那时的他和现在不一样。他有四条小短腿，浑身灰不溜秋，毛茸茸的。袋鼠还非常骄傲，甚至骄傲得有点过头了。他在澳大利亚中部一块裸露的岩石上跳了一会儿舞，然后就去找小巫师了。

早上六点，袋鼠吃完早饭后出发去找小巫师，他对小巫师说道："请你在今天下午五点之前把我变得和其他所有的动物都不一样。"

小巫师从沙坪上跳起来，冲他喊道："快走开！"

袋鼠浑身灰不溜秋，毛茸茸的，而且特别骄傲，甚至骄傲得有点过头了。他在澳大利亚中部的一片岩礁上跳了一会儿舞，然后就去找中年巫师了。

早上八点，袋鼠去找中年巫师，他对中年巫师说道："请你在今天下午五点之前把我变得和其他所有动物都不一样，并且让我特别受大家欢迎，人见人爱人人追。"

中年巫师从他长着三齿稃草的地洞中跳出来，冲他喊道："快走开！"

袋鼠浑身灰不溜秋，毛茸茸的，而且特别骄傲，甚至骄傲得有点过头了。他在澳大利亚中部的一块沙洲上跳了一会儿舞，然后就去找老巫师了。

他在午饭前的十点钟，找到了老巫师，对老巫师说道："请你在今天下午五点之前把我变得和其他所有动物都不一样，并且让我特别受大家欢迎，人见人爱人人追。"

老巫师从盐田的洗澡池里跳出来，对他大声说："好的，我会帮你的！"

老巫师召唤那条澳洲大黄狗，大黄狗总是饥饿难耐，满身灰尘，在地上晒太阳。老巫师让他看了看袋鼠，说："大黄狗！醒一醒，大黄狗！你没看见那个在土坑里跳舞的绅士吗？他想要变得受欢迎，而且人见人爱人人追。大黄狗，去实现他的愿望吧！"

大黄狗跳了起来，说："什么？就是那个猫不猫、兔不兔的家伙吗？"

饥饿难耐的大黄狗，咧嘴大笑，嘴巴大得像煤斗一样。他出发去追袋鼠。

骄傲的袋鼠用他的四条小短腿，像兔子一样蹦蹦跶跶地奔跑着。

哦，我亲爱的宝贝，故事的第一部分到这里就结束了！

袋鼠跑过了沙漠，越过了高山，穿过了盐田，踏过了芦苇地，钻过了蓝桉树林，穿过了三齿稃草丛，直到他的前腿跑痛了。

可他不得不这样跑！

那条饥饿难耐的大黄狗，总是咧嘴大笑，那嘴巴张得像捕鼠器一样大，总在后面追着袋鼠跑，跟得不近也不远。

大黄狗不得不这样追！

袋鼠跑啊，跑啊。他跑过了朱蕉丛，穿过了洋槐乔木林，钻过了高草丛。他跨过了南回归线，越过了北回归线，直到他的后腿也跑痛了。

他不得不这样跑！

那条大黄狗越来越饿，嘴巴张得跟马颈圈一样大，仍在后面追着袋鼠，不远不近地跟着。就这样他们来到了伍伦贡河河边。

河上没有桥，河边也没有渡船。袋鼠不知道怎样过河，他急得直起后腿，站起身子跳起来。

他不得不这么干！

他跳过了弗林德斯河，跳过了辛德河，跳过了澳大利亚中部的沙漠。他跳得跟真正的"袋鼠跳"一样。

一开始他只能跳一米远，之后他可以跳三米远，最后他能跳五米远。他的腿变得越来越健壮，越来越长。他没办法停下来休息或者喘口气，虽然他其实特别想休息一下。

那只大黄狗仍然不依不饶地在后面追着，他特别困惑，还十分饥饿。他很纳闷究竟是什么东西让袋鼠跳了起来。

袋鼠蹦蹦跶跶，跳得像一只蟋蟀，像一颗热锅里的豌豆，像儿童室里弹跳不停的新皮球。

他不得不这样跳。

他蜷着两条前腿，用后腿跳。他伸出尾巴撑地来保持平衡。他跳啊，跳啊，跳过了达令草原。

他不得不这样跳！

那条大黄狗还在追,他越来越饿,又非常困惑。他不知道袋鼠究竟什么时候才能停下来。

这时,老巫师从他的盐田浴池中走出来,说道:"现在已经五点了。"

可怜的大黄狗坐了下来,晒着太阳。他饥饿难耐,灰头土脸,伸出舌头,不停地嚎叫。

袋鼠也坐了下来,身后的尾巴支棱起来,像挤牛奶用的木凳。他说:"谢天谢地,总算结束了!"

这时,总是非常绅士的老巫师说道:"你为什么不谢谢大黄狗?你为什么不谢谢他为你所做的一切?"

可怜的袋鼠说:"他把我追出了我童年时的家。他打乱了我正常的用餐时间。他让我变成现在这个样子,我永远都变不回原来的样子了。他还给我的腿施了魔法。"

老巫师说:"也许是我的错,但难道不是你让我把你变得和其他动物不一样的吗?难道不是你要求把你变得人见人爱人人追?现在已经五点钟了。"

袋鼠说:"是的,是我要求的。现在,我真希望自己从没说过那些话。我以为你会用魔法和咒语实现我的愿望,但结果却是个恶作剧。"

在蓝桉树林中沐浴的大巫师听完说道:"恶作剧?你再说一遍,我现在就把大黄狗叫来,让你把你的后腿跑断。"

袋鼠说:"不要那样做!我必须跟您道歉。腿就是腿嘛,我觉得您不必跟我的腿过意不去。我就是想和大师您解释一下,从早上开始我就没吃过任何东西,现在真的特别饿。"

大黄狗说："对，我和他一样。我把他变得和其他动物不一样了，我该吃点什么东西了吧？"

泡在盐田浴池里的老巫师回答说："明天再来问我吧，我要洗澡了。"

就这样，袋鼠和大黄狗滞留在了澳大利亚的中部地区，他们互相指责："都是你的错！"

这是一首有关说大话的歌曲，

袋鼠在赛场上奔跑气喘吁吁，

一切的一切都是巫师的咒语，

袋鼠在前黄狗在后追赶步履。

袋鼠跳跃后腿如活塞的速率，

从清早跑到傍晚的日光一缕。

他一跳就足有 25 英尺的距离，

大黄野狗躺在地上沉默不语，

像远处黄色的云彩挥之不去。

天哪！他们一直跑到了故事的结局，

没人知道他们跑到了哪儿去，

跟上他们的足迹并非轻而易举，

因为那时澳洲大陆没有名和姓。

从托雷斯海峡到露纹酒庄，

整整跑了 30 个纬度也无所畏惧。

（请看看地图上两地的相距。）

他们像来时那样又跑了回去。

如果小跑允许，

用一下午时间参与，

从阿德雷德到太平洋，

他们俩也只跑了一半的距离。

或许你会感到酷热如炬，

但这会让你的双腿变得健壮无比。

不错，我淘气的儿子啊，

你一定会变得无所畏惧！

犰狳（qiú yú）的起源

哦，亲爱的孩子，这是另一个来自很久很久以前的故事。那时在浑浊的亚马孙河岸边，有一只浑身长着刺的刺猬。他靠吃蜗牛和一些其他东西为生。他有一个朋友，住在浑浊的亚马孙河岸边，是一只行动缓慢的乌龟。乌龟靠吃绿色的莴苣和一些其他东西为生。我亲爱的孩子，一切都还不错吧。你们觉得呢？

同时，也是在很久很久以前，有一头小花斑豹，他也住在浑浊的亚马孙河岸边。他吃所有他能抓到的东西。当他抓不到鹿或者猴子时，他就吃青蛙和甲虫；如果他抓不到青蛙和甲虫，他就去找花斑豹妈妈，妈妈会告诉他怎么吃刺猬和乌龟。

花斑豹妈妈摇着尾巴，满脸和蔼慈祥，一遍又一遍地对他说："我的孩子，如果你发现了一只刺猬，把他扔到水里，刺猬蜷缩的身体就会舒展开；如果你抓住了一只乌龟，你要用你的爪子把他从壳里挖出来。就是这么简单，我亲爱的孩子。"

一个美丽的夜晚，在浑浊的亚马孙河岸边，小花斑豹发现浑身都是刺的刺猬和慢吞吞的乌龟坐在一棵倒塌的大树的树干底下。他们知道自己根本跑不掉，于是，刺猬把自己蜷成一团，因为他是一只刺猬啊；慢吞吞的乌龟把他的脑袋和脚都尽量缩进了龟壳里，因为他是一只乌龟啊。我亲爱的孩子，你看到了吗？一切就是这样简单。

"现在请听我说，"小美洲豹说，"这很重要。我妈妈说，当我遇到刺猬时，我要把他扔进水里，然后他的身体就会舒展开。当我遇到乌龟时，我要用爪子把他从壳里挖出来。所以现在你们谁是刺猬，谁是乌龟？因为……哎呀，真烦人，我根本就分辨不出来！"

"你确定你妈妈是这么告诉你的吗？"浑身都是刺的刺猬问道，"你确定吗？也许她是这么说的，当你想让乌龟伸展开，你必须用勺子把他从水中舀出来；当你抓到刺猬的时候，你必须要把他放在乌龟壳上。"

"你确定你妈妈是这么告诉你的吗？"慢吞吞的乌龟说，"你确定吗？也许她是这么说的，当你想用水泡刺猬，你必须用爪子抓住他；当你抓到乌龟时，你必须剥开他的壳，让他的四肢慢慢伸展开来。"

"我觉得根本就不是这样的。"小花斑豹虽然嘴上这么说着，但心里却十分困惑，"不过，你们可以说得更清楚一些吗？"

"当你用爪子舀水的时候，你需要一只刺猬。"浑身长满刺的刺猬说，"记住这一点，因为这很重要。"

"但是，"乌龟说，"当你用爪子抓住猎物的时候，你用勺子把他扔进乌龟。你怎么就是不明白呢？"

"你们都把我给说糊涂了。"小花斑豹说，"再说，我根本就不需要你们的建议。我只想知道你们谁是刺猬，谁是乌龟。"

"我不告诉你。"浑身长满刺的刺猬说，"但是如果你愿意，你可以把我从壳里挖出来。"

"啊哈！"小花斑豹说，"现在我知道你是乌龟了。你以为我分辨不出来么！现在我就要吃了你。"小花斑豹猛地伸出了他的爪子，刺猬这时刚好蜷成了一团。所以小花斑豹的爪子正正好好地拍到了刺猬的尖刺上。更糟糕的是，那个刺球滚进了树林，滚到了灌木丛里。那里太黑了，根本就找不到刺猬。

于是，小花斑豹把扎伤的爪子放进嘴里舔了舔，那些刺扎得他太疼了，钻心地疼。当他感觉好了些，能够开口说话了，他便说道："现在我知道他根本就不是乌龟。不过……"说着，他用没有受伤的那只爪子挠了挠头，"我又怎么确定另外一只就是乌龟呢？"

"但我真的是乌龟，"慢吞吞的乌龟说，"你妈妈说得很对。她说你要用爪子把我从壳里挖出来，来挖吧。"

"刚才你可跟我说我妈妈不是这么说的。"小花斑豹一边从伤爪里拔刺，一边说道，"你告诉我说，我妈妈说的话不是我理解的意思。"

"好吧，就算你说，我说你妈妈说的话跟你理解的意思不一样，但我并没发现这有什么区别。因为就算她说过你所谓的我说是她说的意思的那番话，那实际上跟我说她说过的话就是那个意思是一回事。从另一方面来讲，如果你以为她是让你用勺子把我打开，而不是把我的乌龟壳撕个粉碎，那我也没办法，难道不是吗？"

"可是你说过，你想让我用爪子把你从壳里挖出来。"小花斑豹说。

"如果仔细想想，你就会发现我并没有说过那样的话。我说的是你妈妈说你要把我从壳里挖出来。"乌龟说。

"如果我这样做了，会怎么样呢？"小花豹小心翼翼地问道，语气非常不屑。

"我不知道呀，因为我从来没有被人从壳里挖出来过。不过实话告诉你，如果你想看我游走，只需要把我扔到河里就行了。"

"我不信，"小花斑豹说，"你把我妈妈教我做的事和你问我是否确定她说没说过这些事完全搅在一起，弄得我晕头转向，都找不着北了。现在你又告诉我一些我能听懂的事情，但却把我弄得更糊涂了。我妈妈告诉过我，要我把你们两个中的一个扔到水里去。但你对此表现得很紧张，所以我觉得你并不想被扔下去。现在，你自己跳进浑浊的亚马孙河吧，快一点儿！"

"那我可警告你，你妈妈会不高兴的。别告诉她我没跟你说过这事。"慢吞吞的乌龟说。

"你要是再说什么我妈妈说……"小花斑豹说。他的话还没说完，乌龟就迅速地游进了浑浊的亚马孙河。乌龟在水底游啊，游啊，游了很长时间才到河对岸。刺猬正在那里等着他呢。

"真是死里逃生啊。"刺猬说，"那个花斑豹可真讨厌。你跟他说你是什么了吗？"

"我如实告诉他，我真的是乌龟。但他根本不相信，他让我自己跳进河里，看看我说的是不是真的。事实证明，我真的是一只乌龟。他对此感到很惊讶。现在他要去告诉他妈妈了吧，听听他妈妈怎么说！"

他们能听到小花斑豹在亚马孙河边的树丛和灌木丛中不停地呼喊，直到他的妈妈闻声来到跟前。

"儿子，儿子！"豹妈妈摇着尾巴，满脸和蔼慈祥，反复问道，"你做了什么不该做的事？”

“我试图用我的爪子把他从壳里掏出来，但我的爪子上却扎满了刺。”小花斑豹说。

“孩子啊，孩子！”豹妈妈摇着尾巴，满脸和蔼慈祥，连连说道，“从你被刺伤的前爪来看，那一定是只刺猬。你应该把他扔进水里。”

“我对另一个家伙就是这么做的，他自称是一只乌龟，但是我根本不相信他说的话。结果他真的是一只乌龟，他潜入了浑浊的亚马孙河水底，再没出来过。到最后我什么东西都没吃到，我想我们最好还是到别处去住吧。住在亚马孙河岸边的动物都太聪明了，我根本逮不到他们。”

“孩子啊，孩子！”妈妈摇着尾巴，满脸和蔼慈祥，不停地叮嘱道，“现在听我说，并且牢牢记住我说的话。刺猬把自己缩成一团，他的尖刺伸向各个方向。根据这些特征，你就能认识刺猬了吧。”

刺猬躲在一片大树叶下乘凉，他说：“我一点儿也不喜欢这个老太太。我想知道她还知道些什么？”

“乌龟是不能把自己蜷缩起来的，”花斑豹妈妈摇着尾巴，满脸和蔼慈祥，反复叮嘱道，“他只把脑袋和腿缩进壳里。根据这些特征，你就能认识乌龟了吧。”

“我一点儿也不喜欢这个老太太，”慢吞吞的乌龟说，“这下小花斑豹肯定不能忘记这些指示了。刺猬啊，真可惜啊，你不会游泳。”

“别跟我说话。想想看，如果你能蜷缩起来多好啊。现在真是太糟糕了！听听小花斑豹说什么。”刺猬说。

小花斑豹坐在浑浊的亚马孙河岸边，一边拔着爪子上的刺，一边自言自语道：

"不能蜷缩，但会游泳的——

一定是乌龟！

能蜷缩，但不会游泳的——

一定是刺猬！"

"这下他好久都不会忘记怎么分辨我俩了，"刺猬说，"小乌龟，快托住我的下巴。我要学学怎么游泳，这招也许能用得上。"

"太好了！"乌龟说。他托着刺猬的下巴，刺猬的四只短腿在浑浊的亚马孙河里蹬来蹬去。

"你马上就要成为一名优秀的游泳健将了。"乌龟说，"现在，你能把我的背甲松开一点儿吗，我想试试我能不能蜷缩起来。这招也许会有用。"

刺猬帮助乌龟松了松背甲，乌龟用力扭了扭身子，还真的把身体蜷起来了一点儿。

"太好了！"刺猬说，"但你不能再这样练下去了，你的脸色都发青了。麻烦你再陪我下水一下，我想要练习一下你说很容易的侧泳。"于是，刺猬在水中练习着，乌龟在旁边游泳陪着他。

"太好了！"乌龟说，"你再多练习几次就快有鲸鱼的架势了。现在麻烦你帮我把背甲和胸甲再松两格，我想练练那种优美的弯腰式，你说那姿势容易学。这会让小花豹大吃一惊吧！"

刺猬刚从亚马孙河中出来，浑身湿漉漉的。他说道："太好了！我敢说，我都快看不出来你到底是刺猬还是乌龟了。我想你刚说的是，再松两格？那就继续练练吧，拜托不要总发出嘟囔的声音，否则小花斑豹可能会发现我们。等你练完之后，我想尝试一下长时间潜水，你说过很简单的。小花斑豹一定会感到特别惊讶！"

于是，刺猬和乌龟两个一起潜到水中。

"太好了！"乌龟说，"稍微注意一下，屏住呼吸，这样的话你就能在浑浊的亚马孙河底部安家了。现在我要尝试练习一下把后腿绕在耳朵上，你说这样特别舒服。小花斑豹一定会感到惊讶吧！"

"太好了！"刺猬说，"不过你的背甲有些变形。它们现在都重叠在一起了，不是一块挨着一块的了。"

"哦，这就是锻炼的效果，"乌龟说，"我发现你身上的刺好像都聚在一起了。你长得越来越像一颗松果了，可你以前长得特像栗子树上的刺果。"

"是吗？"刺猬说，"这是我浸泡在水里的结果。噢，小花斑豹一定会对此感到惊讶吧！"

他们继续练习，互相帮助，一直到了天亮。当太阳升起时，他们休息了一下，晒干了身子。这时他们才发现，他们俩都和过去长得不一样了。

"小刺猬，"乌龟吃完早饭说，"我已经不是昨天的我了，但是我还是想戏弄一下小花斑豹。"

"我刚刚也是这么想的。"刺猬说，"我认为尖刺变成鳞片已经是一个巨大的进步了，更不用说我已经会游泳了。噢，小花斑豹一定会感到特别惊讶吧！我们去逗逗他吧。"

过了一会儿，他们发现了小花斑豹，他还在舔前天晚上受伤的爪子。他吓了一跳，连连后退了好几步。

"早上好啊！"刺猬说，"你亲爱的、慈祥的妈妈今早好吗？"

"她很好，谢谢你。"小花斑豹说，"但是请原谅，现在我有点想不起来你的名字了。"

"你记性可真不好，"刺猬说，"昨天这个时候，你还想用爪子把我从壳里扒出来呢。"

"但是你根本就没有什么壳，你身上全是刺。"小花斑豹说，"我知道那东西就是刺。看看我这爪子吧！就是让刺伤的。"

"你还让我掉进浑浊的亚马孙河淹死呢，"乌龟说，"你今天怎么这么粗鲁又健忘？"

"你不记得你妈妈对你说的话了吗？"刺猬说。

不能蜷缩，但会游泳的——

一定是乌龟！

能蜷缩，但不会游泳的——

一定是刺猬！

然后他们俩都蜷起身子，围着小花斑豹一圈又一圈地滚，转得小花豹眼冒金星，晕头转向。

于是，小花斑豹去找他的妈妈。

"妈妈，"小花斑豹说，"今天森林里来了两个新动物，一个你说不会游泳的家伙，却能在水里游。另一个你说蜷不起身体的家伙，却把身体蜷起来了。我觉得他们身上的壳和刺都掉了，因为他们身上到处都是鳞片。他们俩不是一个表面光滑，另一个身上长满刺。除此之外，他们一直围着我绕圈滚，让我很不舒服。"

"孩子，孩子！"豹妈妈摇着尾巴，满脸和蔼慈祥，不停地叮嘱

44

道，"刺猬就是刺猬，他除了叫刺猬之外什么都不是。乌龟就是乌龟，不可能是别的什么东西。"

"但他不是刺猬，也不是乌龟。他又像刺猬又像乌龟，我不知道他叫什么。"

"胡说！"豹妈妈说，"所有东西都有适合他的名字。在查出他们的真名实姓之前，我姑且叫他'犰狳'吧。好了，现在我不想再提他们了。"

于是，小花斑豹按照妈妈告诉的一一照做，尤其是不要再提他们了。但是，亲爱的孩子啊，奇怪的是，从那天起一直到现在，在浑浊的亚马孙河岸边，人们不把刺猬叫作刺猬，不把乌龟叫作乌龟，把他们统称为犰狳。当然，在其他的地方还有刺猬和乌龟（我的花园里就有一些）。但是，那些很久很久以前，居住在浑浊的亚马孙河岸边的刺猬和乌龟，身上的鳞片像松果鳞片一样一片叠着一片。他们十分古老，而且聪明过人，人们就把他们叫作犰狳，因为他们非常聪明。

到此，一切就是这样啦，我亲爱的孩子，你明白了吗？

> 我从未在亚马孙河上航行，
> 也从未去过巴西；
> "多恩号"和"马格德莱娜号"，
> 他们想去哪儿就去哪儿！

> 是的，白色和金色的大气船，
> 每周从南安普顿出发，

一直开到里约热内卢，

（开呀开，开到里约热内卢！）

在我垂垂老矣前，

我想去一次里约热内卢！

我从没见过花斑豹，

也从没有见过犰狳，

我想我永远不会看到，

穿着盔甲的犰狳。

除非我到里约热内卢，

好好看看这些奇迹。

开呀开，开呀开，

一直开到里约热内卢！

啊，在我垂垂老矣前，

我想要去里约热内卢！

第一封信是怎样写成的

很久很久以前，有一个新石器时代的人。他既不是朱特人，也不是盎格鲁人，更不是达罗毗荼人。他本来有可能成为达罗毗荼人，至于后来为什么没成呢？我亲爱的孩子，这不是我们需要关注的。他是一个生活在山洞里的原始人，他身上只穿了一点儿衣服。他不识字，也不会写字，也不想写字。除了饥肠辘辘的时候，他还是很快乐的。他的名字叫特古迈·波普苏莱，意思是"从不匆忙迈脚的人"。我亲爱的孩子，我们就简称他为特古迈吧。他的妻子名叫特舒迈·特温德洛，意思是"爱问问题的女士"。我亲爱的孩子，我们就简称她为特舒迈吧。他们有个小女儿名叫塔菲迈·美塔鲁迈，意思是"没有礼貌，该打屁股的小孩"；我们就叫她塔菲吧。塔菲是爸爸特古迈和妈妈特舒迈的心肝宝贝，虽然她很淘气，但她几乎没挨过打。他们三个生活得十分快乐。塔菲刚刚会走路的那会儿，就跟着爸爸特古迈到处跑。有时，他们一直玩到肚子饿了才回山洞。这时，特舒迈通常会说："你们俩到底跑哪儿去了，弄得这么脏？说真的，特古迈，你还没有塔菲听话呢。"

现在，请注意，仔细听接下来的故事哦！

一天，特古迈穿过沼泽地，到韦格河去叉鲤鱼做晚餐，当然小塔菲也跟去了。特古迈的鱼叉是木头做的，一端镶有鲨鱼的牙齿。特古迈一个不小心，用力过猛，鱼叉戳到河底，还没抓到鱼，鱼叉就坏了。

这个地方离家有好几英里远（当然他们把午饭装在小袋子里，随身带着），特古迈忘记多带一个鱼叉。

"这下麻烦了！"特古迈说，"修这个要花我半天时间呢。"

"家里有一个黑色的鱼叉呀，"塔菲说，"我现在就跑回洞里，让妈妈拿给我。"

"你的腿太短，还肉乎乎的，这个路程对你来说太远了，"特古迈说，"再说，你可能会掉进沼泽地淹死的。我们只能对付着用这把鱼叉了。"他坐下来，拿出一个小皮包，里面装满了鹿筋和皮革条，还有蜂蜡和树脂块。特古迈开始修补鱼叉。

塔菲也坐了下来，她把脚指头泡在水里，若有所思地托着下巴。接着，她说道："爸爸，这事情恼火就在于你和我都不会写字，你说对不？要是我们会写字的话，我们可以捎个信儿说，我们需要一把新鱼叉。"

"塔菲，"特古迈说，"我告诉过你多少次不要用俚语？'恼火'这个词不好听，但你说的也对，如果我们能给家里写封信，就方便多了。"

就在这时，一个陌生人沿河而来，他来自一个遥远的名叫特瓦拉的部落。他根本听不懂特古迈部落的语言。那个陌生人站在河岸上对塔菲微笑，因为他家里也有一个小女儿。特古迈从他的修理袋里掏出一捆鹿筋，开始修补他的鱼叉。

"请过来一下，"塔菲说，"你知道我妈妈住哪儿吗？"陌生人只是"嗯"了一声。因为你知道的，他是来自特瓦拉部落的外地人。

"我的天哪！"塔菲说，她急得跺了跺脚，因为她看到一群非常大的鲤鱼正在水中游来游去，而她爸爸却不能用鱼叉捕鱼。

"不要老是来烦大人。"特古迈说。他正忙着修鱼叉，顾不上回头。

"我没有，"塔菲说，"我只想让他做我想让他做的事，但他根本没听明白。"

"那就别烦我了。"特古迈说着，用嘴咬着鹿筋的一头，一根一根地拉直扎紧。那个陌生人，纯正的特瓦拉部落人，坐在草地上，塔菲向他展示她爸爸正在做什么。那个外地人想："这孩子真是太棒了。她冲我跺脚，还做鬼脸。她一定是那位尊贵酋长的女儿，那位酋长太伟大了，压根不理我。"于是，他的笑容更加彬彬有礼。

"嘿，"塔菲说，"我想请你去找我妈妈，因为你的腿比我的长，你就不会掉到沼泽地里。你让我妈妈把我爸爸的那支黑色把手的鱼叉送过来，那东西就挂在我家的壁炉上。"

那个外地人（他是一个特瓦拉人）想："这真是个了不起的孩子。她挥舞着手臂，对我大喊大叫，但她说的话我一个字也听不懂。但如果我不按她的要求去做，我担心那个对人不理不睬、傲慢十足的酋长会生气。"他站起来，从一棵桦树上拧下一大块光滑的树皮，递给塔菲。亲爱的孩子，他这样做是为了表明他的心像桦树皮一样洁白，并没有恶意。但是塔菲不太明白。

"噢！"她说，"现在我明白了！你想要我妈妈的住址？我不会写字，但我可以用一个锋利的东西把它画出来。你可以把你项链上的鲨鱼牙齿借给我吗？"

那个外地人（他是一个特瓦拉人）什么也没说，于是塔菲伸出她的小手，拉了拉他脖子上戴的项链，那串项链上有漂亮的珠子、种子，还有鲨鱼的牙齿。

外地人（他是一个特瓦拉人）想："这真是个了不起的孩子。我项链上的鲨鱼牙齿是有魔力的，人们经常对我说谁要是没有经过我的允许就去碰它，他就会马上死掉，但这个小女孩并没死，而那个威严的酋长根本没有搭理我，只顾着干他自己的事，似乎根本不担心她女儿会死掉。那我还是更加礼貌一点儿吧。"

于是，他把鲨鱼的牙齿给了塔菲。塔菲跷着腿趴在地上，就像有些人在客厅里画画那样把腿翘起来，她说："现在我要给你画一些漂亮的画！你可以在我的身后看，但你不许摇来晃去的。首先我要画爸爸正在钓鱼，这可能不太像他，但妈妈会认出来的，因为我已经画出他的鱼叉断了。好吧，现在我要画出他想要的另一把黑柄鱼叉。这把鱼叉看起来像是戳在爸爸背上似的，都是因为鲨鱼的牙齿太滑了，而且这片树皮不太够大。这就是我要你去取的那把鱼叉，所以我还得画出我现在在向你解释的样子。我的头发并不像我画的那样支棱起来，但这样画更容易一些。现在我来画一下你。我觉得你长得真的很帅，但我画不出来你帅气的样子。所以你一定不要生气。你生气了吗？"

那个外地人（他是一个特瓦拉人）笑了笑。他想："某个地方一定会打一场大仗。这个了不起的孩子拿走了我的魔法鲨鱼牙齿，但她并没有死。她是叫我去召集他父亲的部落，叫全部落的人都来帮这个酋长。他肯定是个大酋长，不然他早该注意到我了。"

"看，"塔菲一边说，一边认真地画，但是图画还是很潦草，"现在我把你画好了，然后，我把爸爸想要的那把鱼叉画在你手里，这是为了提醒你要去取鱼叉。现在我来告诉你怎么找到我妈妈的住址。你一直往前走，直到看见两棵树（这就是那两棵树），然后翻过一座小山（这就是那座小山），然后你来到一片到处都是河狸的河狸沼泽地。我没有画出河狸，因为我不会画，但我画出了他们的脑袋，这就是你穿过沼泽地会看见的河狸。当心一点儿，千万别掉进去了！我们的洞穴就在河狸沼泽那边。它其实没有山那么高，但我不会画很小的东西。洞外面的就是我妈妈。她长得很漂亮，她是世界上最漂亮的妈妈。如果她看到我把她画得这么难看，她应该不会介意的，她会因为我会画画而为我高兴。还有，怕你万一忘，我把爸爸想要的那把鱼叉画在洞外了，那把鱼叉其实是在洞里面的。你把这幅画给我妈妈看，她会把鱼叉给你的。我把她的双手画的是举起来的，因为我知道她见到你会十分高兴。这幅画难道不好看吗？你确实明白了吗？还是要我再解释一遍？"

那个外地人（他是一个特瓦拉人）看着照片，使劲地点了点头。他心里想："如果我不去把这位大酋长部落的人招来帮他，他就会被手拿着长矛从四面八方围上来的敌人杀掉。现在我明白为什么那个伟大的酋长假装没有看到我了！他怕躲在灌木丛里的敌人发现他。所以他背转身去，让他聪明可爱的女儿画出一幅可怕的图画，让我明白他所处的困境。我要去他的部落中寻求救援。"他都没问塔菲去山洞的路怎么走，就拿着桦树皮像风一样快速跑进了灌木丛。塔菲坐了下来，心里非常满意。

这就是塔菲给他画的那幅画！

"塔菲，你刚才一直在干什么？"特古迈问道。他已经修好了鱼叉，正小心翼翼地来回挥舞着。

"哦，亲爱的爸爸，这是我自己的一件小事。"塔菲说，"你不用问我，过不了多久你就会知道的，而且你会大吃一惊。你根本想象不到你会有多惊讶，爸爸！真的，你会大吃一惊的。"

"很好。"特古迈说着，继续叉鱼去了。

那个外地人，你知道他是特瓦拉人吧？他拿着画匆匆离去，跑了好几英里。很巧，他在山洞门口看见了特舒迈，她正在和前来做客的几位新石器时代的妇女吃午餐，午餐是原始时代的风格，她们正相谈甚欢。塔菲和特舒迈长得很像，尤其是上半边脸和眼睛，所以，拥有纯正特瓦拉部落血统的外地人礼貌地笑了笑，把桦树皮递给了特舒迈。因为他一路上跑得太快了，所以他还喘着粗气，他的腿也被荆棘刮破了皮，但他还是努力表现得很有礼貌。

特舒迈一看到这张照片，就大声尖叫起来，接着朝外地人扑了过去。其他新石器时代的女性立刻把他打倒在地，六个人一个挨一个地坐在他身上，而特舒迈则在一旁拽他的头发。

"这情况再清楚不过了，就像他脸上的鼻子一样明显。"她说，"他拿鱼叉把我的特古迈捅死了，还把可怜的塔菲吓得头发都竖起来了。他不满足于此，还给我带来了这幅可怕的图画，告诉我他是如何做到的。看！"她向那些坐在外地人身上的女士们展示那幅画，"特古迈的胳膊断了，还有一个鱼叉插在他的背上。这里还有一个人拿着

52

长矛准备扔出去，这是另一个从山洞里扔长矛的人，这还有一群人（实际上是塔菲画的河狸，但看起来确实很像人）在特古迈后面。这场面真是太可怕了！"

"真是太令人震惊了！"新石器时代的女士们说，接着，她们在外地人的头发上涂满淤泥（外地人对此非常吃惊），然后她们敲响了召集部落人的大鼓，召来了特古迈部落的酋长、祭司、巫医、所有的武士以及其他族人。他们一致决定，在砍掉外地人的脑袋之前，应该让他领大伙儿到河边去，看看他把可怜的塔菲藏到哪里去了。

这时，外乡人（尽管他是个特瓦拉人）真的很生气。因为那些女人在他的头发上涂满了淤泥，她们让他在硌人的鹅卵石上滚来滚去，她们六个人排成一排坐在他身上，她们对他拳打脚踢，让他喘不过气来。虽然他听不懂那些人说的话，但他几乎可以肯定新石器时代的女性对他的称呼缺少女人该有的优雅。可是，他什么都没说，直到所有特古迈部落的人都聚集在这里，他才带他们回到韦格河畔。在河边，他们看见塔菲正在做雏菊花环，特古迈正小心翼翼地用他补好的鱼叉在叉鲤鱼。

"你可真快！"塔菲说，"可你为什么带这么多人来呢？亲爱的爸爸，这是我给你的惊喜。爸爸，你惊不惊讶？"

"真是太惊讶了，"特古迈说，"可这下我就没法捕鱼了。哦，塔菲，我们的族人那么亲切，干净整洁，喜欢安静，为什么他们都在这里呢？"

的确是这样的。特舒迈和新石器时代的女士们走在前面，紧紧地抓着头上满是淤泥的外地人（尽管他是个特瓦拉人）。大酋长、小酋长和酋长的助手们走在她们身后（每个人都全副武装）。他们身后是由各队首领带领的一队队、一排排武士（一个个也都武装到了牙齿）；再后面就是按身份高低排列的部落成员，从领主到隶农。领主拥有四个山洞（一个季节一个）、一个驯鹿饲养场和两段大马哈鱼跳跃距离那么长的河段；隶农冬夜有半张熊皮保暖，可以在距火堆六米处烤火，还有租地内农奴的使用权，在租借地继承税制度下还可享受返赠一块动物髓骨的福利（我亲爱的孩子，这些词语是不是很优美？）。他们在那里又蹦又叫，把20英里外的鱼都吓坏了。特古迈流畅地使用新石器时代的语言向他们表达了感谢。

特舒迈跑过来，把塔菲抱起来亲了好久。但是特古迈部落的酋长抓住特古迈头上的羽毛，使劲地摇他。

"解释！快和我们解释一下！"特古迈部落的人都大叫道。

特古迈说："看在上帝的分上！松开我头上的羽毛吧。难道一个人把鱼叉弄断了，整个部落的人都要来惩罚他吗？你们真是多管闲事。"

"我想你们应该没有把我爸爸的黑柄鱼叉带来。"塔菲说，"而且，你们对善良的外地人做了什么？"

人们还在三五成群地打外地人，外地人的眼珠一直滴溜溜地转。他气喘吁吁地指着塔菲。

"亲爱的，刺伤你的那些坏人呢？"特舒迈说。

"根本就没有什么坏人啊，"特古迈说，"我今天上午唯一的客人就是你们正准备要弄死的那个可怜人。啊，我部落的兄弟们，你们到底是好人还是坏人啊？"

"他带来了一张可怕的图片，"酋长说，"那张图片上你浑身插满了长矛。"

"嗯……我来解释一下吧，那张图片是我给他的。"塔菲忐忑地说。

"你！"特古迈部落的人异口同声地说，"你这个不懂礼貌、该打屁股的小孩？居然是你？"

"亲爱的塔菲，恐怕我们遇上点小麻烦了。"爸爸说着，用手臂搂住了她，以此安慰她不用担心。

"解释！快和我们解释一下！"部落的酋长说道，他急得单脚直跳。

"我想让那个外地人去拿爸爸的鱼叉，所以我画了这幅画。"塔菲说，"而且那根本就没有很多把鱼叉，只有一把。为了确认这点，我画了三次。我画的鱼叉好像扎进了爸爸的头，那也是没有办法，因为这块桦树皮上没地方画了。那些被妈妈称为坏人的东西是我画的河狸。我把它们画出来，是为了给他指出穿过河狸沼泽的路。我把妈妈画在洞口，笑脸盈盈，是因为他是一个善良的外地人。我觉得你们是世界上最愚蠢的人。"塔菲说，"他是一个非常好的人。你们为什么把他的头发上涂满泥巴？快帮他洗了！"

过了好长一段时间，谁也没有说话，直到酋长哈哈大笑起来。接着，那个外地人笑了（他至少还是一个特瓦拉人）；接着，特古迈笑得躺倒在岸上；接着，整个部落越来越多的人跟着笑起来，笑声越来越大，越来越刺耳。唯一没有笑的是特舒迈和所有新石器时代的女性们。她们在丈夫面前十分温顺，时不时地会被叫一声"傻女人"。

这时，部落酋长连说带唱地高声喊道："啊，不懂礼貌的小人儿，该打屁股的小人儿，你想出了一个伟大的发明！"

"我不是故意的，我只想要爸爸的黑柄鱼叉。"塔菲说。

"没关系。这是一项伟大的发明，将来有一天人们会称之为写信。现在它只是图画，而且正如我们今天所看到的那样，画画不能很好地表达意思。但是，特古迈的宝贝啊，总有一天，我们会写字母的——整整二十六个字母，我们会读也会写。到那时，我们就能准确地表达我们的意思了。让新石器时代的女人们把外地人头发上的淤泥洗掉吧。"

"您这么说，我很开心，"塔菲说，"因为，即使你把咱们部落所有的鱼叉都带来了，你却忘了我爸爸的黑柄鱼叉。"

部落酋长再次连说带唱地高声喊道："亲爱的塔菲，下次你写带图的书信时，最好派个会说我们语言的人来解释一下它的意思。我个人倒无所谓，因为我是酋长，但这对咱们部落的其他人来说就非常麻烦了。而且，正如你所看到的那样，这也会吓到外地人的。"

后来，他们把这个外地人（真正的特瓦拉人）带进了特古迈部落，因为他是一位绅士，对新石器时代妇女在他头发上抹泥的事毫不挂怀。但是，从那天起直到现在（我想这都是塔菲的错），很少有小女孩喜欢读书或写字。她们中的大多数更喜欢画画，和他们的爸爸一起玩耍——就像塔菲一样。

梅洛丘边古道长，

如今草没迹难寻。

56

吉尔福德近眼前，
韦河岸边走一走。

听闻马铃声声响，
古人整装齐上马，
观看腓尼基商队，
带货沿路西行去。

此时此地人相遇，
大拉家常与风俗，
愿把珠子换黑玉，
还有锡罐换项圈。

很久很久很久前，
（野牛当时也很闲，）
塔菲和爸爸齐上线，
爬上山丘建家园。

河狸溪边来筑坝，
这里是他沼泽家，
棕熊时常来看望，
塔菲小孩难相忘。

塔菲嘴里的韦格，

就是我们的韦河，

那里足有六倍大，

特古迈部落真伟大！

字母表是怎样造出来的

虽然塔菲迈·美塔鲁迈（亲爱的孩子，我们还是叫她塔菲吧）在她爸爸的鱼叉、外地人和图画信等问题上犯了一个小错误，但一个星期后她又和爸爸去叉鲤鱼了。她的妈妈想让她待在家里，帮她把牛皮挂在新石器时代洞穴外的杆子上晾干，但是塔菲早早就溜到她爸爸那里，一起叉鱼去了。不一会儿，她开始咯咯地笑起来，她爸爸说："孩子，别傻笑了。"

"可这太刺激了！"塔菲说，"你难道忘了大酋长鼓起腮帮、喘着粗气的样子？那个头发上沾着泥巴的外地人看起来是多么滑稽可笑？"

特古迈说："确实挺有意思。因为我们对那个外地人的所作所为，我不得不赔给他两张镶有饰边的软鹿皮。"

"但我们什么也没做呀，"塔菲说，"那些事情是妈妈和其他新石器时代的女人们干的，当然也有稀泥的错。"

"我们不谈这个了，"她爸爸说，"我们去吃午饭吧。"

塔菲拿了一根髓骨，像小老鼠一样安安静静地坐了整整十分钟，她的爸爸在一旁用鲨鱼的牙齿在桦树皮上刻刻画画。塔菲说："爸爸，我想到了一个神秘惊喜。你发出点声音——什么声音都可以。"

"啊（Ａ）！"特古迈说，"这样可以吗？"

"对，"塔菲说，"你看起来就像一条张着嘴的鲤鱼。请再说一遍吧。"

"啊！啊！啊！"她爸爸连说了三声，"女儿，你可别捉弄我啊。"

"我没有捉弄你，真的，"塔菲说，"这是我神秘惊喜的一部分。爸爸，一定要张大嘴巴发出声音啊。你把那颗鲨鱼牙齿借给我吧。我要画一条张着大嘴的鲤鱼。"

"你画那个做什么？"她爸爸问。

"你还没明白吗？"塔菲一边说，一边在树皮上刻画。"这将是我们的神秘惊喜啊。当我在咱们家山洞里面熏黑的洞壁上画出一条张着大嘴的鲤鱼时（如果妈妈不介意的话），那就会让你想起'啊'这个声音。这样我们就可以假想是我从暗处跳出来，'啊'的一声吓你一跳，就像去年冬天我在河狸沼泽地里吓你一跳那样。"

"真的吗？"她爸爸说，他说话的语气是成年人用心倾听时使用的语气，"继续说，塔菲。"

"哦，讨厌！"她说，"我画不出来一整条鲤鱼，但我可以画出鲤鱼的嘴巴。你知道鲤鱼是怎样倒立在淤泥里的吗？好吧，就把这个当作一条鲤鱼吧（我们可以假装他的其余部分已经画出来了）。这是他的嘴，代表着'啊'。"塔菲把鲤鱼的嘴画成这样。（图1）

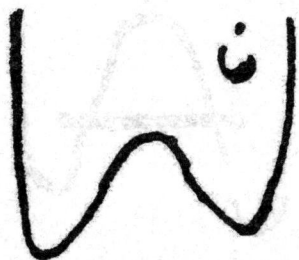

（图 1）

"画得不错，"特古迈边说边在树皮上刻刻画画，"可你忘了画他嘴边的触须。"

"我不会画，爸爸。"

"你没必要画出他的其他部分，只要画他张开的大嘴和伸出的触须就行了。这样我们就知道他是一条鲤鱼了，因为鲈鱼和鳟鱼没有触须。看这里，塔菲。"说着，他把触须给画上了。（图 2）

（图 2）

"现在，我来照着画。"塔菲说，"你要是看到这个图，能明白它的意思吗？"

"非常完美。"她爸爸说。

这就是她画的。（图 3）

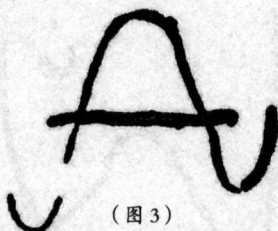

（图3）

"无论我在什么地方看到它，我都会感到很惊讶，就像你从树后跳出来，大喊一声'啊！'"

"现在，再发个别的声音。"塔菲十分骄傲地说。

"呀（Y）！"她爸爸大声说。

"嗯，"塔菲说，"这是一种混合的声音。后一半是鲤鱼张嘴表示的'啊'音，可前一半声音用什么来表示呢？衣——啊——呀！"

"这很像鲤鱼鱼嘴表示的声音。那我们就再画点鲤鱼的其他部分，把它跟嘴巴合在一起。"她爸爸十分激动地说。

"不，如果把它们合在一起，我会忘记的。还是分开画吧，就画鲤鱼尾巴吧。鲤鱼要是头朝下，最先看到的就是尾巴。再说，我觉得鱼尾巴很好画。"塔菲说。

"好主意，"特古迈说，"这是一条表示'呀'声的鲤鱼尾巴。"他边说边画出了鲤鱼尾巴。（图4）

（图4）

"我现在也试试，"塔菲说，"但我可不能画得跟你一样好，爸爸。我只画尾巴分叉的部分行吗？下边这条竖线就是两个分叉接合的位置。"说完，塔菲画了这个图。（图5）

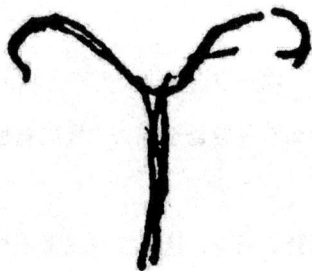

（图5）

她爸爸点了点头，两眼放光，非常兴奋。

"真漂亮，"她说，"爸爸，现在再发个其他声音吧。"

"喔（O）！"她爸爸大声说。

"这太简单了，"塔菲说，"你的嘴张得圆圆的，像鸡蛋也像石头。所以一个鸡蛋或一块石头就可以代表这个声音。"

"你不可能总能找到鸡蛋或石头，我们就画一个类似的圆来代替吧。"她爸爸说着就画了一个圆圈。（图6）

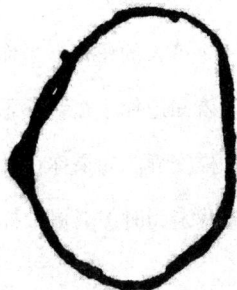

（图6）

"我的天哪！"塔菲说，"我们画了好多表示声音的图画啊，鲤鱼嘴，鲤鱼尾，还有鸡蛋！现在，爸爸，再发个声音吧。"

"嘶（S）！"她爸爸说，同时皱起了眉头。但是塔菲太兴奋了，根本没有注意到。

"这太容易了。"她一边说一边在树皮上画了画。

"嗯，你在说什么？"她爸爸说，"我的意思是我正在思考，不想被人打扰。"

"这也是一种声音。爸爸，这是蛇在思考不想被打扰时发出的声音。我们就把'嘶'（S）这个声音画成一条蛇，可以吗？"她说着就画了出来。（图7）

（图7）

"画好了，这是另一个惊人的秘密。当你在你补鱼叉的小洞门口画一条嘶嘶叫的蛇时，我就知道你正在认真思考，我会非常安静地走进来，就像小老鼠走路一样安静。如果你在叉鱼的时候把他画在河边的树上，我就知道你希望我走路时像老鼠一样悄无声息，不在河岸上弄出任何声音。"

"千真万确，"特古迈说，"这个游戏比你想象的更重要。亲爱的塔菲，我觉得我的女儿找到了自特古迈部落开始用鲨鱼的牙齿取代燧石做矛头以来最好的东西。我相信我们已经发现了世界上最伟大的秘密。"

"为什么？"塔菲说，她的眼睛也闪烁着兴奋的光芒。

"我跟你说说，"她爸爸说，"'水'在特古迈语中怎么说？"

"当然是 YA 了，它也有河的意思。比如：'韦格 YA'就是韦格河的意思。

"如果你喝了黑水、沼泽水，这些会让你发烧的水应该怎么说？"

"当然是哟（YO）。"

"那么现在我们来看。"她爸爸说，"假如你在河狸沼泽边看见这个符号，该怎么做呢？"他画出了这个符号。（图8）

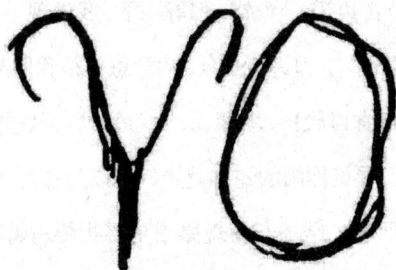

（图8）

"是鲤鱼的尾巴和圆形的蛋混合在一起的声音！哟（YO）是脏水的意思。我当然不会喝了，因为我知道你在说那水很脏。"

"但我根本不需要靠近水。我可能在几英里之外打猎，但是……"

"不过，这就像你站在那里说：'走开，塔菲，不然你会发烧的。'你说的话都在一条鲤鱼尾巴和一个圆鸡蛋上！哦，爸爸，我们必须快点告诉妈妈！"塔菲围着他爸爸跳起舞来。

"别急，"特古迈说，"我们还可以再研究一下。我们来看看，'哟'代表着坏水，但 SO 却可以代表火上煮的食物，不是吗？"于是他画出了 SO 的符号。（图9）

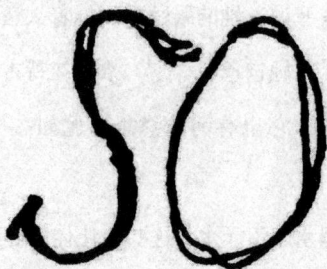

（图9）

"对，蛇和鸡蛋一起，"塔菲说，"意思就是饭做好了。这下你只要看见树上画着这个符号，你就知道该回家吃饭了。我也一样。"

"是呀！"特古迈说，"没错。但等一下，我发现一个问题。梭（SO）的意思是'回家吃饭'，但说（SHO）的意思却是我们晒兽皮的晒杆。"

"这个晒杆可真讨厌！"塔菲说，"我最讨厌帮妈妈晒那些沉甸甸、毛茸茸的兽皮了。看见你画的蛇加鸡蛋，我以为那是叫我回家吃饭哩。等我从树林里跑回家，结果却发现原来是要我帮妈妈晒兽皮，那我该怎么办呢？"

"那你就会发脾气。而且你妈妈也会生气。我们得为说（SHO）这个音画个新的符号。我们必须画条 SH——SH——SH（湿、湿、湿）叫唤的花斑蛇，而且假定没有斑点的蛇只能发 S——S——S（嘶、嘶、嘶）的声音。"

"我不知道怎么画上斑点，"塔菲说，"如果你画得太着急，说不定会忘了画斑点，那我就有可能把 SHO（说）看成 SO（梭），这样妈妈照样会抓住我。别画花斑蛇了！我看最好还是就画那讨厌的晒杆吧，这样保准一点儿。我把它们画在蛇后面。看！"塔菲说着画了这个图案。（图10）

（图10）

"也许这样最好不过了。它确实很像我们的晒杆，"她爸爸笑着说，"现在我要用蛇和晒杆创造一种新的声音。那就是湿（SHI），在特古迈语中是矛的意思。"说完他笑了起来。

"别拿我取笑了。"塔菲说。这时，她想起了她的图画信和外地人头发上的淤泥，"你把它画出来，爸爸。"

"这次我们就不画河狸和小山了哈，"爸爸说，"我要画一条直线代表我的矛。"说着，他画了这个。（图11）

（图11）

"这回就连你妈妈也不会把这看成是我被杀了。"

"别这样说，爸爸。这让我感到不舒服。再发些别的声音吧。我们进行得太顺利了。"

"嗯哼！"特古迈抬起头，说道，"我们会说'舒'（SHU），它的意思是天空。"

塔菲画出蛇和晒杆。然后她停了下来："我们得画个新符号来代表这个音的后半部分，对吧？"

"SHU——SHU——U——U！"她爸爸说，"咦，这就像圆形鸡蛋的声音变薄了一样。"

"那么我们画一个细圆的鸡蛋，假装它是一只很长时间没吃东西的青蛙吧。"

"不——不。"她爸爸说，"如果我们画得很着急，可能会把它误认为是圆形蛋。SHU——SHU——SHU！我跟着你说说我们怎么做吧。我们可以在鸡蛋的一端开一个小口，来表示这个变薄了的 O。就像这样，OOO——O——OO。"说着，他画出了这个。（图 12）

（图 12）

"哦，这太可爱了！比一只瘦瘦的青蛙好看多了。我们继续吧！"塔菲一边说，一边用她的鲨鱼牙齿划来划去。她爸爸继续画画，因为

太激动了，他的手一直在颤抖。最后，他完成了这个。（图13）

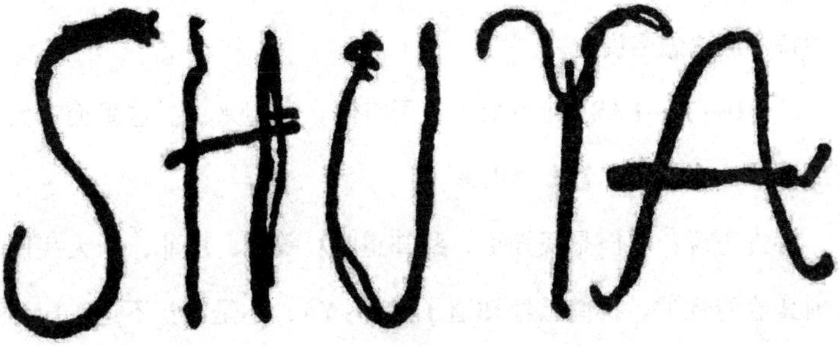

（图13）

　　"不要往上看，塔菲，"他说，"你试着看一下这句话在特古迈语中的意思。如果你能明白，我们就发现秘密了。"

　　"蛇——晒杆——破碎的——鸡蛋——鲤鱼尾和鲤鱼嘴。"塔菲说，"舒——呀（SHU-YA），意思是天上的水（雨）。"就在这时，一滴水滴到她手上，现在天上乌云密布。"哎呀，爸爸，下雨了。这就是你要告诉我的秘密吗？"

　　"当然，"她爸爸说，"我什么话都没说就让你明白要下雨这件事了，对吧？"

　　"嗯，其实我本来一下子就明白了你的意思，但那滴雨滴让我更加确定了。我会一直记得的。'SHU-YA'是'雨'或者'要下雨了'的意思。太好懂了，爸爸！"她站起来，围着他跳起了舞。"假如你在我睡醒之前出去了，你就可以在熏黑的洞壁上画个SHU-YA，那我就知道要下雨了，我就会带上我的河狸皮帽子。妈妈一看应该会大吃一惊吧？"

　　特古迈起身，也跳起舞来（那时候当爸爸的可不介意和女儿一起

69

跳舞）。"不止这些！不止这些！"他说，"假如我想告诉你们，今天的雨不会下很久，你们必须到河边来，我们应该画什么呢？先想想这用特古迈语怎么说。"

"SHU-YA-LAS,YA MARU（雨将停，河边来）。这里面有太多新的音了！我不知道怎么画出来。"

特古迈说："但是我知道，我知道呀！等等，塔菲，今天我们不再画其他的音了。我们已经知道了 SHU-YA，不是吗？不过，LAS 这个音的确不好画呀。LA-LA-LA！"说罢，只见他不停挥动鲨鱼齿。

"它的尾音是蛇的嘶嘶声，蛇音的前面是鲤鱼嘴，这就凑成了AS-AS-AS。我们只需要画出 LA-LA。"塔菲说。

"我知道，我们必须画出 LA-LA。我们是世界上最先做这件事的人，塔菲！"

"好吧，"塔菲打了个呵欠，因为她太累了，"LAS 意思是打破、终结和结束，对吗？"

特古迈说："的确如此。YO-LAS 的意思是水槽里没有足够水让妈妈做饭——正好碰上我要出去打猎的时候。"

"SHI-LAS 的意思是你的矛断了。要是我能早想到这一点，也不至于给那个外地人画那些傻里傻气的河狸图片了！"

"LA！LA！LA！"特古迈说，他放下木棍，皱着眉头，"哦，真是麻烦！"

"我可以很容易地画出 SHI，"塔菲继续说，"那么我现在也能画出你那根折断的鱼叉——就是这样画的！"说着，她画了出来。

（图 14）

（图 14）

特古迈说："就是这个图案。这样 LA 就搞定了，它和其他的符号都不一样。"说着他画出了这个。（图 15）

（图 15）

"现在让我们来画 YA 吧。哦，我们以前画过。那现在应该接着画MARU。MUM-MUM-MUM, MUM 这个词的发音得把嘴唇闭上，对吧？我们这样画一张闭着的嘴。"说着，他画了这个。（图 16）

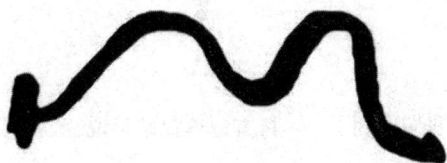

（图 16）

"这个后面接上张开的鲤鱼嘴就成了 MA，MA-MA-MA！可是 R 这个音该怎么画呢，塔菲？"

"这个音听起来不太顺滑，有些躁动，就像你削木板做独木舟的时候，你的鲨齿锯子发出的声音。"塔菲说。

"你是说锯齿很锋利，像这样吗？"特古迈边说边画出了这个。（图 17）

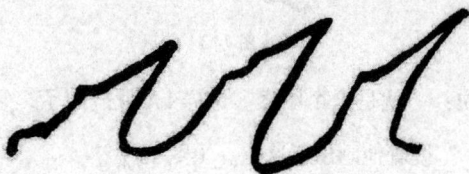

（图 17）

"就是这个，"塔菲，"但我们没必要画出所有的牙齿，我们只画两颗就行。"

特古迈说："我只画一颗牙。如果这场游戏真的按照我预想的情况进行，那么，声音符号画得越简单，就越方便大家学习。"说完，他画了这个。（图 18）

（图 18）

"现在，我们做到了，"特古迈单腿站着说，"我要像串鱼一样，把它们画成一排。"

"我们最好在两个符号中间插一根小木棍或别的什么东西，这样它们就不会像鲤鱼一样互相碰来挤去的。"

"哦，我会留点空地的。"她爸爸说。他非常激动，一口气把这些符号画在一块全新的大桦树皮上。（图19）

（图19）

"SHU-YA-LAS YA-MARU。"塔菲一个音接着一个音地大声念着。

"今天就到此为止吧，"特古迈说，"再说，你也累了，塔菲。没关系，亲爱的。我们明天就能画完所有的声音符号，我们会因此被世人铭记，直到你看到的那棵最大的树被砍下当作柴火以及那之后很长很长的时间里，我们都不会被人遗忘。"

于是他们回家了。那天晚上，特古迈坐在火堆旁，塔菲坐在另一边，在烟熏的墙上画着"YA""YO""SHU"和"SHI"，一起咯咯地笑个不停。最后，妈妈说道："说实在的，特古迈，你还真不如我的塔菲懂事呢。"

"别这么说，"塔菲说，"亲爱的妈妈，这只是我们的神秘惊喜。等我们把事情干完了就告诉你。不过，现在请你不要问我是什么事，不然我会忍不住告诉你的。"

所以，她的妈妈小心翼翼地忍住，没有再问。第二天一大早，特古迈就到河边去想新的声音符号了。塔菲起床后，看见山洞外面的大石缸上用粉笔画着"YA–LAS"（水没了，或者快没了）。

"嗯，"塔菲说，"这些声音符号太麻烦了！就好像爸爸亲自到这儿来，叫我多拿点水给妈妈做饭一样。"她走到屋后的泉水边，用树皮桶担水装满水缸，然后跑到河边扯了扯爸爸的左耳（那是她听话时可以干的事）。

"现在我们来把剩下的声音符号都画出来。"她爸爸说。于是他们度过了非常兴奋的一天，中间还吃了一顿美味的午餐，玩了两场游戏。当他们准备画 T 的时候，塔菲说她的名字、爸爸的名字和妈妈的名字都是这个音打头的，他们应该画出一个一家人手拉手的图案。开始的一两次，他们画得挺好的；可是，画了六七次之后，塔菲和特古迈就越画越潦草，越来越应付。最后，他们把 T 画成了一个又高又瘦的特古迈，伸开双臂抱着塔菲和特舒迈。从下面这三幅图中，你可以大概看出到底是怎么回事。（图 20、21、22）

　　（图 20）　　　　　　　（图 21）　　　　　　（图 22）

其他许多声音符号他们刚开始的时候都画得很漂亮，尤其是午餐前画的那些。随着他们在桦树皮上一遍又一遍反复地画，这些符号变得越来越精炼，越来越简易。最后连特古迈也说他看不出这些符号有什么不妥。他们把蛇形翻转了一下，变成了 Z 这个音，它表示非常轻柔的嘶嘶声（图23）；他们只用了一条曲线来表示 E，因为这个符号在其他图案中出现的次数太多了（图24）；他们还用特古迈人崇尚的圣物河狸来用作 B 的符号（图25、26、27、28）。因为 N 是粗重的鼻音，他们就练习画了很多鼻子来表示这个音（图29），直到倦意来袭。他们画狗鱼的嘴巴代表 G 这个浊音（图30）；然后在狗鱼嘴后面加一把鱼叉代表 K 这个摩擦音（图31）；他们画了一小段蜿蜒流淌的韦格河来代表音调婉转的 W（图32、33）。就这样，他们一刻不停，一鼓作气，他们想要的所有声音的图案全部完成。字母表就这样完成了。

（图23）

（图24）

（图25）

（图26）

（图27）

（图28）

（图 29）

（图 30）

（图 31）

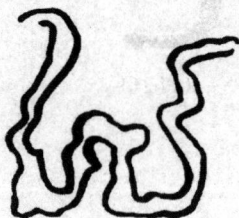

（图 32）

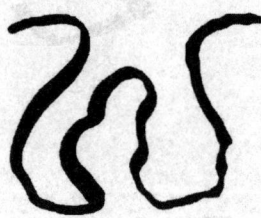

（图 33）

好多好多好多年以后，象形文字、古埃及通俗文字、尼罗河文字、线性文字、古阿拉伯文字、卢恩文字、多利安文字、爱奥尼亚文字，以及许许多多古代文字都已经消失了（因为古代那些皇帝、法老、术士、巫医都不懂得珍惜他们眼前的珍贵事物），而古老优美的、简易好懂的 ABCDE 字母表却依然完整，而且成为今天亲爱的孩子们长大了要学习的知识。

但我记得特古迈、塔菲和她亲爱的妈妈特舒迈，以及所有那些逝去的日子。韦格河畔那些久远的故事，就好像刚刚发生在不久之前。

（刻有字母的魔法项链）

特古迈部落曾创下丰功伟业，

如此黄鹤一去不复返难再现，

任凭梅洛山丘上布谷鸟啼鸣，

落日之下万物一片寂静安宁。

当那段充满信念的时光重返，

痊愈的心灵再次来一起唱响，

塔菲到来草间轻盈起舞飞旋，

呼唤萨里郡的春天再次来到。

塔菲头顶戴着蕨草花环，

她卷曲的金发随风飞舞，

她的双眸明亮耀如钻石，

蓝色的双眼盖过蓝天蓝。

鹿皮斗篷鹿皮鞋，

无惧无畏不信邪，

生起小火冒青烟，

告诉父亲她很仙。

父亲父亲她声声唤，

因为遥远的土地上，

找寻爱女的特古迈，

只身一人四处游荡。

玩弄大海的螃蟹

噢，我亲爱的孩子，在很久很久以前万物起源之时，大魔法师正在为这个世界做准备。首先，他准备好了陆地；然后，准备好了大海。接着，他告诉所有的动物，他们可以出来玩了。动物们说："哦，大魔法师，我们玩什么游戏呢？"他说："我来演示给你看。"他拿起大象（那可能是最早的大象），说道，"去玩扮大象的游戏吧。"于是，最早的那头大象就开始玩耍了。接着，他把所有的海狸都叫来（可能是最早的海狸）说："去玩扮海狸的游戏吧。"于是，所有的海狸都玩耍了起来。然后，他又抓住了一头牛（那可能是最早的牛），"去玩扮牛的游戏吧。"所有的牛都玩耍了起来。接下来，他又拿起一只乌龟（可能是最早的那只乌龟）说："去玩扮乌龟的游戏吧。"于是，那些乌龟就玩耍了起来。他把所有的兽、鸟和鱼一个接一个地拿起来，告诉他们该玩什么游戏。

到了傍晚，大家都很疲惫，来了一个人（带着他自己的小女儿？）——是的，他最心爱的小女儿坐在他的肩膀上。他问道："这是在玩什么呀，大魔法师？"大魔法师说："嗬，亚当的儿子，这是在玩创世纪的游戏。但你太聪明了，不适合玩这个。"那个人点了点头说："是的，我太聪明了，根本不适合玩这个游戏；不过，你得让所有的动物都服从我。"

他们正说话的时候，排在队伍最后面的螃蟹保罗侧着身子钻到海里去了。他心里想："我要在深水里独自玩耍，我永远都不会听亚当儿子的话。"没有人看见他离开，除了那个靠在男人肩膀上的小女孩。大魔法师接着教其他动物怎么玩，直到所有动物都有了自己的游戏。大魔法师擦了擦手上的灰尘，在世间四处走走，看看动物们玩得怎么样了。

亲爱的孩子，他先往北走，发现最早的大象正在用他的长牙挖土，然后再用他的脚把面前挖出来的新土踩实。

"嗯，这样玩对吗？"最早的大象问道。

"哈哈，非常好。"大魔法师说。他对着大象挖出的巨大的岩石和土块吹了口气，那些岩石和土块就变成了伟大的喜马拉雅山脉，你可以在地图上找到它。

然后，他向东走，发现最早的那头牛正在为他准备的田野里吃东西。他一次就把整个林子舔了个遍，一口吞下，然后坐下来反刍嚼味。

"我做得对吗？"最早的牛说。

"非常好。"大魔法师说。他对着牛吃过饭的地方和坐过的地方吹气，一个变成了大印第安沙漠，另一个变成了撒哈拉沙漠，你可以在地图上看到它们。

接着，他向西走，发现最早的海狸正在为他准备的宽阔的河口上筑一道海狸水坝。

80

"我做得对吗？"最早的海狸说。

"非常好。"大魔法师说。他对着倒下的树木和平静的水面吹了口气，它们就变成了佛罗里达的大沼泽，你可以在地图上看到它们。

之后，他往南走，发现最早的乌龟正用脚蹼在为他准备的沙子里刨来刨去，被他刨出的沙石铺天盖地地落进远处的海水里。

"我做得对吗？"最早的乌龟说。

"非常好。"大魔法师说。他对着落在海里的沙子和岩石吹了口气，它们就变成了美丽的婆罗洲岛、西里伯斯岛、苏门答腊、爪哇和马来群岛等岛屿，你可以在地图上看到它们。

后来，大魔法师在霹雳河岸边遇见了亚当的儿子。他说："嗬！亚当的儿子，所有的动物都听你的话吗？"

"是的。"男人说。

"地球上的人都听你的话吗？"

"是的。"男人说。

"整个大海都听你的吗？"

"不，"男人说，"海水每天都涌上霹雳河，白天一次，晚上一次，河水因此漫进森林，把我的房子都弄湿了；而且海水每天还会顺流而下，白天一次，晚上一次，把所有的水都带走了，只剩下一堆淤泥，我的独木舟也被弄翻了。这就是你让它玩的游戏吗？"

"不，"大魔法师说，"这可是一个糟糕的新玩法。"

"快看！"那人说着，只见海水涌上霹雳河的河口，把河水冲向后面的森林里，淹没了方圆数英里的森林，还淹没了那人的房子。

"这样不对。快划上你的独木舟，我们去看看到底是谁在跟大海玩游戏呢。"大魔法师说。于是他们坐上了独木舟，小女孩也跟着来了。那人还带上了他的短剑，那是一把有着波状刀刃的弧形匕首，刃口十分锋利，像火焰一样霸道。他们在霹雳河划着，这时海水开始往后退去，独木舟就像被一根绳子拉着一样，被吸出了霹雳河的河口。他们一路经过了雪兰莪、马六甲、新加坡，最终到达宾坦岛。

这时，大魔法师站起来喊道："嗬！我从一开始就把你们这些野兽、飞鸟和鱼儿拿在手上，——教给你们该玩的游戏。你们当中究竟谁在和大海玩？"

然后，所有的野兽、鸟和鱼异口同声地说："大魔法师，我们和我们的孩子都在玩你教我们玩的游戏，根本没有人跟大海玩。"

这时，一轮又大又圆的月亮在水面上升起，大魔法师对坐在月亮上纺着渔线的驼背老人说："嗬！月亮渔夫，你在和大海玩吗？"

"没有，"渔夫说，"我正在纺线，有一天我要用它来钓起整个世界。但我不跟大海玩。"说罢，他继续纺线。

月亮上还有一只老鼠，他总是能飞快地咬住老渔夫的渔线，大魔法师对他说："嗬！月亮老鼠，你在跟大海玩吗？"

老鼠说："我正忙着给这个老渔夫咬着渔线呢，哪有工夫。我不跟大海玩。"说着，他继续咬着渔线。

这时，小女孩抬起她的胳膊，她棕色的胳膊上戴着美丽的白贝壳手镯。她说道："啊，大魔法师！我爸爸一开始和您说话的时候，当时我靠在他的肩膀上。动物们都在学习他们的游戏。但是，有一只动物在你还没教他玩游戏之前，就调皮地跑到海里去了。"

大魔法师说："这个小孩子可真聪明！她当时看到了，却还能保持沉默不说穿。那只动物长什么样？"

小姑娘说："他又圆又扁，眼睛长在他的肉茎上，像这样横着走，背上披着结实的盔甲。"

大魔法师说："这个小孩子可真聪明！她讲诚实、说真话。现在我知道螃蟹保罗去哪儿了。快把桨给我！"

大魔法师拿起桨，但其实根本没必要用桨。因为海水一直推着小舟平稳前行，经过了许多岛屿，最后他们来到一个叫作普萨塔塞的地方（大海的中央）。那里有一个大洞直通地球的中心，洞中长着一棵名叫珀坚吉的神树，树上结着一对有魔力的孪生坚果。大魔法师把他的整个手臂伸进温暖的深水里，在神树的树根下，他碰到了螃蟹保罗宽宽的背壳。大魔法师这一碰，保罗沉到海底，整个海面随即上涨，就像你把手伸进盛水的盆里，盆里的水会涨起来一样。

"啊！"大魔法师说，"现在我知道是谁在和大海玩耍了。"他喊道，"保罗你在干什么？"

在大海深处的保罗回答道："我每天都出去找食物，白天一次，晚上一次。然后，我再回来，白天一次，晚上一次。现在，让我清静清静吧。"

大魔法师说："听着，保罗。你从洞里出来的时候，海水就会从这个洞灌入地心，这时，所有岛屿的海滩都会露出水面，光秃秃一片，小鱼都死了，象王莫扬·卡班的腿上全是淤泥。当你回到这个普萨塔塞的洞里时，海水就会上升，这时，一半的小岛会被淹没，那个人的房子也会被淹，鳄鱼王阿卜杜拉的嘴里也全是咸咸的海水。"

在大海深处的保罗笑着说："我不知道我是如此重要。从今以后，我要一天出去七次，让大海永不安宁。"

大魔法师说："我可不能因为你当初从我身边逃走，就允许你想怎么玩就怎么玩。如果你不害怕的话，就到水面上来，我们来谈一谈。"

"我可不怕。"保罗说。他浮到了洒满月光的水面上。世界上没有比保罗更大的螃蟹了，因为他不是普通的螃蟹，而是螃蟹之王。他的背壳很宽，一边碰到了沙捞越州的海滩，另一边碰到彭亨州的海滩。他比三座火山产生的烟雾还高！当他穿过那棵神树的枝丫浮出水面时，碰掉了那对孪生坚果中的一个（那是种能使人返老还童、永葆青春的仙果）。小女孩看见坚果在独木舟旁边漂来漂去，就把它捞了起来，用她的金色小钳子挖出里面柔软的果仁。

"现在，"大魔法师说，"保罗，给我们表演个魔法吧，证明你真的很重要。"

保罗转了转眼睛，使劲晃了晃腿，但他只把海水搅动了一下。虽然他是螃蟹之王，但他也不过就是只螃蟹而已。大魔法师哈哈大笑起来。

"保罗，这么看来，你根本没那么重要。"大魔法师说，"现在，看我的吧。"他用左手小拇指施了个魔法，然后，我亲爱的孩子啊，保罗身上那蓝晶晶、绿幽幽、黑乎乎的坚硬外壳就掉下来了，就像椰子脱壳那样。现在，保罗浑身软乎乎的，就像有时候我们在海边看到的小螃蟹一样。

"你的确很重要。"大魔法师说，"需不需要我让这个男人用弯刀把你切开？还是让象王莫扬·卡班来用他的长牙刺穿你，或是让鳄鱼王阿卜杜拉来咬你呢？"

保罗连忙说道："我非常羞愧！快把我的坚硬的外壳还给我吧，让我回到普萨塔塞的洞里去吧。我保证以后白天和晚上分别出来一次觅食。"

大魔法师说："不可能，保罗，我不会把你的外壳还给你的。如果我还给你，你就会变得更大、更强、更骄傲。你可能还会忘记你的诺言，再次跟大海玩耍。"

保罗说："那我该怎么办呀？我太大了，只能躲在普萨塔塞的洞里。如果我像现在这么软乎乎的，跑去别的地方，鲨鱼和角鲨会把我吃掉的。就算我进到洞里，像我现在这样浑身软软的，也只能躲在洞里没法出去找吃的，只能活活饿死。"说完，他拍打着双腿，哀号起来。

"听着，保罗。"大魔法师说，"我不能因为你当初从我身边逃走，就允许你想怎么玩就怎么玩。但如果你愿意的话，我可以让海洋里的每一块石头、每一个洞穴、每一束草，都变得和普萨塔塞的洞一样安全，永远作为你和你的孩子们的藏身之处。"

保罗说："听起来不错，但我还没打定主意。看！就是这个人一开始就拉着你说话。如果不是他分散你的注意力，我就不会因为等得不耐烦而逃跑，这一切也就不会发生了。那他该为我做些什么呢？"

那人说："如果你愿意的话，我就施一种魔法，让深海和陆地都成为你和你的孩子们的家，让你们在陆地上和海里都能安全栖身。"

保罗说："我暂时还不想做选择。看！就是那个女孩，一开始她就看见我逃跑了。如果她当时告诉大伙儿，大魔法师就会把我叫回来，这一切就不会发生了。那她该为我做些什么呢？"

小女孩说："我正在吃的坚果可好吃了。如果你愿意的话，我就给你施一种魔法，把我这把锋利结实的剪钳送给你。这样，你从海里到陆地上来的时候，你和你的孩子就可以整天吃椰子了。或者，当附近没有石头或洞穴的时候，你可以用它为自己挖一个和普萨塔塞一样的大洞。在硬地上，这把剪钳还能帮你爬到树上。"

保罗说："我暂时还不想做选择。我现在软乎乎的，这些礼物根本帮不了我。哦，大魔法师，快把我的外壳还给我吧，然后，你告诉我怎么玩我就怎么玩。"

大魔法师说："好吧，保罗，我把它还给你，但一年只还给你十一个月。在每年的第十二个月，它会再次变软，让你和你的孩子记住我才能施展魔法，让你保持谦卑。因为我知道，如果你既能在水里游，又能在陆地上跑，你就会变得胆大包天。而且，如果你既会爬树，还会劈坚果，用钳子挖洞，你就会变得贪婪无比。"

保罗想了想说："好吧，我想好了。我收下所有的礼物。"

大魔术师用右手施了一个魔法。他五根指头合在一起，你瞧，亲爱的孩子，保罗变得越来越小、越来越小。最后，在独木舟的旁边，只看见一只绿色的小螃蟹在水里游，发出微弱的哭泣声，喊道："请把剪钳给我！"

小女孩把螃蟹从水中捞了出来，放在她棕色的手掌中，然后让他坐在独木舟里，把剪钳递给了他。保罗开始挥舞他的小钳子，一会打开，一会又合上，说道："我可以吃坚果，我能劈开贝壳，我会挖洞，我能爬树。我可以在陆地上呼吸，我可以在每一块石头下找到一个安全的洞。我之前还不知道我有这么重要，是吧？"（他说得对吗？）

"完全正确。"大魔法师说着笑了起来，并为他祝福。保罗顺着独木舟的一侧攀爬，跳进了水里。他真的很小，小得可以藏在陆地上的一片枯叶下，也可以藏在海底的一个空贝壳下面。

"这下好了吧？"大魔法师说。

"是的，"男人说，"现在我们必须回到霹雳河上去，那段路很吃力。要是保罗还能从普萨塔塞的大洞钻进钻出，搅动海水把咱们直接冲回去该多好啊！"

"你真是太懒了。"大魔法师说，"这样你们的孩子也会变得懒惰。他们将是世界上最懒的人。他们会被称为马懒人（意思是懒惰的人）。"他举起手指向月亮，说道，"渔夫啊，这就是那个懒得划船回家的人。用你的渔线把他的独木舟拽回家吧。"

"这还不够，"男人说，"如果我想整天偷懒，就让海水永远都每天涨两次潮、退两次潮吧，这样就省得划船啦。"

大魔法师笑着说："好吧。"（这样是对的。）

月亮老鼠停下来，不咬渔线了。渔夫把渔线垂到海面上，把整个大海拽了起来。独木舟漂过宾坦岛、新加坡、马六甲、雪兰莪，最后回到了霹雳河河口。

"这样对吗？"月亮上的渔夫问。

"非常好，"大魔法师说，"从现在起，你白天都要把大海拽起来，白天两次，晚上两次，这样马懒人的渔民就不用划船了。不过要小心，别太用力了，不然我会像对待螃蟹那样，也对你施个魔法。"

然后，他们沿着霹雳河逆流而上，回家睡觉去了。

亲爱的孩子，现在注意听！

从那天开始，月亮让海水涨涨退退，就形成我们所说的潮汐。有时，月亮渔夫拉得太使劲了，就会形成大潮。有时他拉得很轻，就会形成所谓的小潮。但因为心中忌惮大魔法师，他通常还是很小心的。

那螃蟹保罗怎么样了？当你去海滩的时候，你就可以看到保罗的孩子们是如何在沙滩的石头和杂草下给自己挖小号的普萨塔塞洞穴。你可以看到他们挥舞着小钳子。在世界的一些地方，他们真的生活在陆地上。而且正如小女孩承诺的那样，他们可以爬上棕榈树吃椰子。但是，每年保罗家族都必须脱掉他们坚硬的盔甲，变得柔软，以提醒他们大魔法师的法力。因此，如果仅仅因为很久以前老保罗犯了愚蠢的错误，我们就杀死或者捕食他的孩子，这样做是很不公平的。

啊，是啊！保罗的孩子们讨厌人类把他们从普萨塔塞洞穴里弄出来，且装在腌菜瓶里带回家。这就是他们用蟹钳夹你的原因，可千万要记住！

> P&O 公司去中国的轮船，
>
> 正好要经过保罗的地盘。
>
> 他的那个普萨塔塞老窝，
>
> B.I. 公司的邮轮会经过，
>
> U.Y.K 和 N.D.L 两家公司，
>
> 也都很熟悉保罗的大洞。
>
> 海上的渔夫特知晓行情，
>
> A.T.L 公司邮轮要受禁，
>
> O&O 和 D.O.A. 轮船要绕行，
>
> 东方、船锚、比步和霍尔，

这些公司的船从不走这里。

要是 U.C.S. 有商船从这过，

那还不得发通脾气又难过。

要是比弗斯的货轮去槟城，

拉各斯那地儿自然去不成。

索维尔的客轮开去新加坡，

白星的邮轮想去苏腊巴亚，

B.S.A 的船只直达井里汶，

那时劳埃德船级社会赶来，

缆绳并用把它们拖回来！

你要是吃下山竹果，

你来解这诗谜最妥。

如果你不愿等到能吃到山竹果的那天，那就让你的爸爸妈妈给你一份《泰晤士报》，找到副刊第二版，版面的左上角写着"航运"二字。然后，打开一本地图册（这是世界上最好看的图画书），在地图上仔细找找报纸上提到的那些轮船去到的地方，看看是不是全部都有。所有热衷航海的孩子都能做这件事，但如果你不识字，那就需要别人来指给你看喽。

独来独往的猫

啊，亲爱的孩子，接下来的故事你可要认真听啊，因为在故事发生那会儿，现在的家养动物可都是野生动物。狗是野狗，马是野马，牛是野牛，羊是野羊，猪是野猪，全部都放养在潮湿的野树林里，自顾自地在森林里溜达，但是在这些野生动物中，猫应该算是最野的动物了。他总是独来独往，想去哪儿就去哪儿。

当然，那个时候的男人也一点儿都不修边幅，也没什么规矩，直到他遇到了女人。女人告诉他，她不喜欢男人大大咧咧的生活方式，不想躺在一堆湿漉漉的树叶里面睡觉，于是她找了个干爽的山洞，在地上铺了层干净的沙子，在山洞后面点燃了一堆柴火，在洞口上挂了一张晾干的野马皮当作帘子，对男人说："亲爱的，进来之前先把脚擦干净，这儿就是我们以后的家了。"

我亲爱的孩子啊，那天晚上，他们在滚烫的石头上烤着野羊，用野蒜和野胡椒调味，在野鸭里塞满了野米、野葫芦巴和野芫荽，吃了野牛的骨髓、野樱桃和野石榴，美美地饱餐了一顿。后来，男人在柴火堆前睡着了，心里十分高兴，但女人却坐起来梳着头发，她拿起野羊肩膀上的一块骨头，那肩胛骨又大又肥，看了看上面奇妙的记号，又往火堆上扔了些木头，施起了魔法，那是世界上第一个有声魔法。

在潮湿的野树林里，所有的野生动物聚在一起，他们看到远处的火光，但却不知道怎么回事，都充满了好奇。

然后，野马跺了跺蹄子说："啊，朋友们，啊，敌人们，为什么那个男人和女人在洞穴弄出那么大的火光，那会伤害到我们吗？"

野狗抬起鼻子嗅了嗅，闻到了烤羊肉的味道便说："我要过去看看，我感觉是好事，猫啊，跟我一起去吧。"

猫说："我可不去，我向来独来独往，想去哪儿就去哪儿，想不去就不去，我是不会去的。"

野狗接着说："那我们就没办法做朋友了。"说完便往山洞跑去，野狗刚走没一会儿，猫自言自语道："我想去哪儿就去哪儿，凭什么不能去看看，看完了想走再走呗。"于是，他蹑手蹑脚地跟在野狗身后，找了个地方藏起来偷听。

野狗到了洞口，用鼻子掀起晾干的野马皮做的帘子，烤羊肉的香味扑面而来，女人看着野羊的肩胛骨，听到野狗进来的声音便笑着说："第一个朋友来了，野狗啊野狗，你有什么事？"

野狗说："啊，我的敌人和我敌人的妻子，在这野树林里，到底什么东西闻起来这么香？"

女人听后扔给野狗一块烤过的羊骨头说："野狗啊野狗，尝尝吧。"野狗啃着骨头，他从没吃过这么好吃的东西。他啃完一块接着说："啊，我的敌人和我敌人的妻子，再给我来一块吧！"

女人回答道："野狗啊野狗，要是你白天帮助我的丈夫打猎，晚上为我们看守山洞，你想要多少烤羊骨头就有多少。"

猫一边听一边说道："呦呵！这个女人很聪明啊，但是她还是没我聪明。"

野狗慢慢走进了山洞里面，把头轻轻靠在女人的腿上说："啊，我的朋友和我朋友的妻子，我白天会帮助你的丈夫打猎，晚上为你们看守山洞。"

猫继续听着："哼，这只狗可真好糊弄。"于是，猫独自晃悠悠地摇着尾巴回到了潮湿的野森林，但是他并没有没把这件事告诉其他动物。

男人睡醒后见到野狗便问道："这只野狗为什么在这里？"女人回答道："以后不能再叫他野狗了，他是我们的第一个朋友，以后永远都是我们的朋友，下次打猎带着他一起去吧。"

第二天晚上，女人从河边的草地上割下好几捆绿色的新草，放在柴火堆前烤干，闻起来就像新割的干草一样。她坐在洞口用马皮编了一个马笼头，然后看着野羊又大又肥的肩胛骨，施起了魔法，那是世界上第二个有声魔法。

在潮湿的野树林，野生动物们都想知道野狗的情况，最后野马跺着蹄子说："我要过去看看野狗为什么还没有回来，猫啊，跟我一起去吧。"

猫说："我可不去，我向来独来独往，想去哪儿就去哪儿，想不去就不去，我是不会去的。"但他还是像上次一样蹑手蹑脚地跟在野马身后，找了个地方藏起来偷听。

野马的鬃毛太长了，走起路来总是摇摇晃晃、跌跌撞撞。女人听到野马的脚步声笑了笑，说道："第二个朋友来了，野马啊野马，你有什么事？"

野马说："啊，我的敌人和我敌人的妻子，野狗在哪儿呢？"

女人笑着拿起肩胛骨看了看，接着又说："野马啊野马，你来这里可不是来找野狗，是想吃这干草吧。"

野马被他长长的鬃毛绊得有些站不稳，但还是说道："你说得没错，给我点干草吃吧。"

女人说："野马啊野马，低下你高贵的头，戴上我编的马笼头，你就可以一天吃三顿这样美味的干草了。"

猫一边听一边说道："呦呵！这个女人很聪明啊，但是她还是没我聪明。"野马低下头，让女人把马笼头套在他头上，野马亲昵地蹭着女人的脚说："啊，我主人的妻子，我的女主人，我愿意为这美味的干草做您的仆人。"

猫继续听着："哼，这匹马可真好糊弄。"于是，猫独自晃悠悠地摇着尾巴回到潮湿的野树林，但是他并没有把这件事告诉其他动物。

男人和狗打猎回来后便问道："这匹野马为什么在这里？"女人回答道："以后不能再叫他野马了，他是我们的第一个仆人，会一直陪我们来回奔波，以后就骑着他去打猎吧。"

第三天，野牛朝山洞走去。她一路上抬头挺胸，以防树枝缠住自己的角。猫还是像之前一样蹑手蹑脚地跟在野牛身后，找了个地方藏起来偷听。一切都和前两次一模一样，就连猫自言自语说的话也跟前两次一模一样。看到野牛答应女人每天提供牛奶来换取美味的鲜草后，猫独自晃悠悠地摇着尾巴回到了潮湿的野树林，但是他并没有把这件事告诉其他动物。男人、马和狗打猎回到家后，他们又问了跟前两次相同的问题，女人说："以后不能再叫她野牛了，她现在是我们的奶牛了，会一直给我们热乎乎的牛奶，你带着狗和马去打猎的时候，我会在家照料她。"

第四天，猫想等着看看会不会有其他野生动物去山洞，但森林里的动物谁都没去，于是猫就自己走了过去，看到女人正在挤牛奶，山洞里闪着火光，他闻到了热乎乎的牛奶的香气。

猫问女人道："啊，我的敌人和我敌人的妻子，野牛哪儿去了？"

女人笑着回答道："野猫啊野猫，回你的树林里去吧，我已经编好了头发，收起了魔法骨头，我们的山洞不再需要新的朋友和仆人了。"

猫说："我不是你的朋友，更不是你的仆人。我是一只独来独往的猫，想住进你的山洞。"

女人反问道："那为什么第一天晚上你没和我们的第一个朋友一起来呢？"

猫一听可气坏了，说道："好啊，是野狗偷偷告诉你的吧！"

这时，女人却大笑说道："你这只野猫向来独来独往，想去哪儿就去哪儿，你自己说过不做我的朋友也不当我的仆人。那就快走吧，想去哪儿就去哪儿吧！"

猫假惺惺地装作很可怜的样子说："我真的不能进你的山洞吗？我真的不能在温暖的柴火堆旁烤火吗？我真的不能喝口热乎乎的牛奶吗？你这么聪明，人长得也漂亮，怎么能对一只猫这么残忍呢？"

女人说："我知道我很聪明，但我没意识到自己很漂亮。这样吧，我和你做个交易，要是能让我对你说一句感谢的话，你就可以进我的山洞。"

猫接着问："那要是你对我说了两句感谢的话呢？"

女人回答说："绝对不可能，但要是我真的对你说了两句感谢的话，你就可以在温暖的柴火堆旁烤火。"

猫继续问道："那要是你对我说了三句感谢的话呢？"

女人回答说："绝对不可能，但要是我真的对你说了三句感谢的话，从那以后，你就可以每天喝三顿热乎乎的牛奶。"

听完，猫弓起背说："现在，洞口的帘子、洞里的柴火堆还有火堆旁的牛奶罐，请你们替我作证，记住我的敌人和我敌人的妻子说过的话吧。"然后猫就独自晃悠悠地摇着尾巴回到了潮湿的野树林。

那天晚上，男人带着马和狗打猎结束回到家后，女人担心她和猫做的交易会让他们不高兴，所以就没有告诉他们。

猫走得很远很远，独自在潮湿的野树林里躲了很长时间，一直躲到女人把他们之间的交易忘得一干二净。只有山洞里那只倒挂着的小蝙蝠知道猫的藏身之地。小蝙蝠每天晚上都会飞到猫跟前，告诉猫山洞里的最新消息。

一天晚上，蝙蝠说："山洞里有个刚出生的婴儿，他全身粉嫩粉嫩的，是个胖乎乎的小不点，那个女人可喜欢他了。"

猫边听边问："啊，那这个小不点喜欢什么呢？"

蝙蝠说："他喜欢软软的东西，喜欢别人挠他痒痒，喜欢睡觉的时候抱着暖乎乎的东西，喜欢有人陪着他玩，这些事情他都喜欢。"

猫听罢说道："这样啊，那我的机会可就来了。"

第二天晚上，猫从潮湿的野树林走了出来，在洞穴附近一直躲到天亮。早上，男人带着狗和马去打猎了，女人正忙着做饭，但孩子却一直哭闹，于是她抱着孩子走出洞穴，拿了一把鹅卵石让他玩，但孩子还是不停地哭闹。

于是猫伸出他的肉垫爪子拍了拍孩子的脸蛋，小家伙便高兴地发出咿咿呀呀的声音，接着猫又蹭了蹭小家伙胖乎乎的双腿，还用尾巴在小家伙肉乎乎的下巴那挠痒痒，小家伙终于开心地咯咯笑起来，女人听到孩子不再哭闹也露出了满意的笑容。

洞口那只倒挂着的小蝙蝠见状说："啊，我的女主人，我主人的妻子，我小主人的母亲，有只潮湿的野树林的野生动物和你的孩子正玩得非常开心呢。"

女人直了直腰，说道："不管是哪个野生动物，谢谢他了，我今天早上太忙了，谢谢他帮了我一个忙。"

亲爱的孩子啊，女人的话音刚落，挂在洞口晒干了的那张尾巴朝下的马皮帘子嗖地一下掉了下来，因为它还记得女人和猫的交易。呦呵，快看！当女人去把帘子捡起来的时候，猫正在山洞里舒舒服服地坐着呢。

猫看到女人后说："啊，我的敌人，我敌人的妻子和我小敌人的母亲，是我啊，因为你对我说了一句感谢的话，我以后可以一直待在山洞里了，但我向来独来独往，想去哪儿就去哪儿。"

女人非常生气，她紧闭双唇，直接拿起纺车开始纺线。但是猫一走孩子又开始哭闹起来，小手乱抓，小腿乱踢，小脸涨得通红。女人一点儿办法都没有。

猫说："啊，我的敌人，我的敌人的妻子和我小敌人的母亲，拿一根你正在纺的线绑在纺锤上，然后在地上拖着它，我给你变个魔术，我保证，这小家伙现在哭得多伤心，待会儿就会笑得多开心。"

女人说："听你的吧，我确实没别的办法了，但是我是不会感谢你的。"

于是女人把纺线绕在了个小小的陶制纺锤上，拽着纺锤在地上划了一圈，猫便追着纺锤跑了起来，先用爪子拍了拍纺锤，翻过来倒过去，又把纺锤从肩膀往后抛，再追上去用两条后腿夹住，假装纺锤不见了，最后又朝纺锤扑过去，一把抓住。小家伙又被逗得咯咯笑起来，刚才哭得多伤心，现在笑得就多开心，在山洞里跟在猫身后爬来爬去，最后小家伙玩得累了，抱着猫就要睡觉了。

猫说："现在我给这个小家伙唱一首歌，能让他安心睡上一个小时。"说完便开始咕噜咕噜地哼了起来，声音时高时低，最后这小家伙美美地睡着了。女人低下头，微笑着看着他们两个说："野猫啊野猫，谢谢你哄睡了我的孩子，你确实是很聪明。"

亲爱的孩子啊，女人的话音刚落，山洞里面一团火烟从洞壁顶上扑哧一声掉了下来，因为它还记得女人和猫的交易。呦呵，快看！当女人把柴火灰打扫干净后，猫正舒舒服服地坐在火堆旁边烤火呢。

猫看到女人后说："啊，我的敌人，我敌人的妻子和我小敌人的母亲，是我啊，因为你对我说了两句感谢的话，我以后可以一直坐在山洞里面烤火了，但我向来独来独往，想去哪儿就去哪儿。"

女人听了这话非常非常生气，她立马把头发散开，在火堆上又添了些木柴，拿出野羊的肩胛骨，打算再施一次魔法，让自己不再对猫说第三句感谢的话。所以，亲爱的孩子，这次不是有声魔法，而是无声魔法。过了一会儿，山洞里变得安静下来，一只小老鼠从角落里爬出来，吱吱地叫着，在地上跑来跑去。

猫说："啊，我的敌人，我敌人的妻子和我小敌人的母亲，这只小老鼠也是你的魔法变出来的吗？"

女人说："哎呀！当然不是！"她立马丢下手中的肩胛骨，跳到火堆前的脚凳上，飞快地把头发编成辫子，生怕老鼠顺着头发跑上去。

猫看着老鼠，说道："啊，这样啊，那如果我把这只老鼠吃了不会对我有影响吧！"

女人一边编着头发一边说："绝对不会的，快点把他吃了吧，我会永远感谢你的。"

猫往前纵身一跳，一下子就抓住了小老鼠。女人说："太谢谢你了，就算是我们的第一个朋友狗也没办法像你这么快地抓住小老鼠，你一定很聪明啊。"

啊，亲爱的孩子，女人的话音刚落，火堆旁的牛奶罐咔嚓一声裂成了两半，因为它还记得女人和猫的交易。呦呵，快看！女人从脚凳上跳下来的时候，猫正舔着奶罐碎片里热乎乎的牛奶呢。

猫说："啊，我的敌人，我敌人的妻子和我小敌人的母亲，是我啊，因为你对我说了三句感谢的话，我以后可以每天喝三顿牛奶了，但我向来独来独往，想去哪儿就去哪儿。"

女人笑着给猫端来了一碗热乎乎的牛奶，提醒道："猫啊，你真是和人一样聪明，但别忘了是我和你做的交易，男人和狗可不知道，我可说不好他们回家后会有什么反应。"

猫十分不屑地说："这跟我有什么关系？如果我能住在山洞里的火堆旁，每天喝三顿热乎乎的牛奶，我才不在乎那个男人和狗有什么反应呢。"

那天晚上，男人带着狗回到山洞。女人把她和猫的交易一五一十地告诉了他们，猫坐在火堆旁满脸微笑地观察着他们的反应。然后男人说："好吧，但是他还没有和我还有我之后的所有男人做过交易。"说着，他脱下脚上的两只皮靴，拿起小石斧（一共三样东西），又取来了一块木头和一把短柄斧头（这回总共五样），把它们依次摆成一排。男人说："现在我们来做笔交易。从今以后，如果你在洞里不抓老鼠的话，我一看到你就会朝你扔这五样东西，而且今后所有的男人都会这样做！"

女人一边听一边想："哈！这只猫是很聪明，但他可没我男人聪明。"

猫数了数这五样东西，看起来都奇形怪状的，要是被打一下肯定很疼，便说："从今以后，我会一直在山洞里抓老鼠，但我向来独来独往，想去哪儿就去哪儿。"

男人说："在我眼皮底下就不行。你要是没说最后那句话，我可能会把这五样东西都收起来放好。但从现在起，只要让我看见你，我就朝你扔这两只靴子和小石斧（一共三样东西），而且今后所有的男人都会这样做！"

狗接着说："等等，他还没有和我还有我之后的所有狗做过交易。"于是，狗张开嘴露出尖牙说："如果我在山洞里的时候你不逗孩子开心，我就一直追着你跑，逮住你之后使劲咬你，而且今后所有的狗都会这样做！"

女人一边听一边想："哈！这只猫是很聪明，但他可没我的狗聪明。"

猫仔细瞧了瞧狗的牙齿，看起来十分锋利，要是被咬一下肯定很疼，便说："从今以后，只要这小家伙不使劲拽我的尾巴，我会一直在山洞里逗他开心，但我向来独来独往，想去哪儿就去哪儿。"

狗说："在我眼皮底下就不行。你要是没说最后这句话，从今以后，我就井水不犯河水，不用尖牙吓唬你，但从现在起，只要让我看见你，我就一直追到你爬上树不敢下来，以后所有的狗都会这样做！"

狗话音刚落，男人就把两只靴子和小石斧（一共三样东西）朝着猫扔了过去，猫飞快地逃出了山洞，又被狗追着撵着爬上了树。亲爱的孩子啊，从那天起，五个男人中有三个遇到猫就会朝他扔东西，所有的狗都会把他撵上树。但是猫也遵守了自己的承诺，只要那小家伙不使劲拽他的尾巴，他会一直在山洞里逗小家伙开心，还会在山洞里逮老鼠。每当夜幕降临，月亮高挂夜空，他做完分内的事以后仍然是一只独来独往的猫，独自晃悠悠地摇着尾巴，想去哪儿就去哪儿，有时回到潮湿的野树林，有时爬上森林里的大树，有时还在湿漉漉的屋顶上来回乱窜。

> 小猫坐在火堆旁边唱歌，
>
> 嗖的一下爬上树枝也可，
>
> 破旧木塞和纺线愿意扯，
>
> 整天自娱自乐好不快活。

我更喜欢我的小狗宾奇，

因为他总是会乖乖握手，

就像山洞里的男人和狗，

宾奇算是我最好的朋友。

其实小猫也会好好表现，

只要舔湿爪子给她时间，

就会在窗台上走起猫步，

就算被人发现也不耽误。

摇摇尾巴不停喵呜喊叫，

张牙舞爪而且到处乱跳，

但宾奇会回应我的呼唤，

他是我第一个真心伙伴。

小猫用头蹭着我的膝盖，

露出假装喜欢我的神态，

一旦看我准备上床睡觉，

立马跑进院子待到天亮。

所以小猫只是假装陪伴，

宾奇整晚在我脚下打鼾，

他是我第一个真心伙伴。

踩脚的蝴蝶

啊，我亲爱的孩子啊，下面的故事新奇又有趣，与之前的故事一点儿都不一样，是发生在耶路撒冷智慧之王——大卫王之子所罗门王身上的故事。

发生在所罗门王身上的故事有三百五十五个，但下面的故事并不是其中之一，不是田凫寻水的故事，不是戴胜鸟为所罗门王遮阳的故事，不是水晶大道的故事，不是红宝石的故事，也不是巴尔克斯王后的金条的故事，而是蝴蝶踩脚的故事。

现在，打起精神，集中注意力，认真听故事吧！

所罗门王十分聪明，能够与鸟兽虫鱼交谈，知道地下岩石互相挤压碰撞发出的声音有什么意思，了解清晨树木沙沙作响的声音包含的意思。从圣坛上的大主教到墙上长的牛膝草，他对一切了如指掌。他最美丽的巴尔克斯王后也跟他一样聪明。

所罗门王能力超群，右手中指上戴着一枚魔戒。每当他转动一次魔戒，就有神仙从地下出来听他差遣；当他转动两次魔戒，天上的仙女就会下凡听他吩咐；当他转动三次魔戒，掌剑的死亡天使亚兹拉尔就会打扮成挑水工，向他汇报天上、地下和人间的消息。

　　然而，所罗门王从不骄傲自满，也很少炫耀自己。如果自己不经意间表现出炫耀的意思，他会为此感到惭愧。他曾想在一天之内请全世界所有的动物吃顿饭，但当食物准备好以后，忽然从深海里冒出来一只动物三大口就把食物全都吃光了。所罗门王非常惊讶地问："咦，你这个动物叫什么名字？"动物说："啊，伟大的国王啊！我家有三万个孩子，我是最小的，就住在海底，听说你要请世界上所有的动物吃饭，我的兄弟们派我来问问大餐什么时候开饭。"所罗门王听了更是无比惊讶地说："啊，你这个动物，我为世界上所有的动物准备的大餐都被你吃光了。"动物说："啊！伟大的国王啊！你真的觉得这就算是大餐吗？在我们那儿，光是我们每顿饭之间吃的零食都足足有这些的两倍多呢。"所罗门王白忙了一通，只好说："啊，你这个动物啊！我这顿大餐只是为了炫耀我是一个伟大又富有的国王，其实并不是真的想关爱动物。现在我真是很羞愧，这是我该受的教训啊！"我亲爱的孩子啊，所罗门王真是个聪明的王啊！从那以后，他会永远记住这个教训，随意炫耀是非常愚蠢的行为。接下来，故事的重头戏就要开始了。

　　所罗门王娶了很多王妃，除了最美丽的巴尔克斯王后以外，还有九百九十九个王妃。王妃们都住在他那金灿灿的宫殿里，宫殿坐落在一个美丽的大花园中央，花园里还有好多喷泉哩。其实，所罗门王并不想要九百九十九个王妃，但在那个时代，每个男人都会娶很多妻子。所以国王别无选择，只能娶更多的妻子来证明自己身为国王的尊贵地位。

有些王妃十分体贴，善解人意，但有些王妃性格泼辣，脾气暴躁。那些暴脾气的王妃会和温柔的王妃吵架，最后这些王妃的脾气也都变得越来越糟糕了。她们就一起来找所罗门王评理，吵得所罗门王头昏脑胀，心烦不已。但世界上最美丽的巴尔克斯王后从来不和所罗门王吵架，她是真心地爱着所罗门王，所以她要么在金灿灿宫殿中自己的房间里待着，要么到宫外的花园里散步。想到所罗门王无可奈何的样子，她从心底为他感到难过。

当然，如果所罗门王转动手指上的魔戒，把神仙召唤出来，他们就会用魔法把那九百九十九个争吵不休的王妃变成沙漠中的白骡子、灰狗或者石榴籽，但所罗门王认为这样是在炫耀。所以当王妃们吵得不可开交的时候，他就独自在花园的角落里闲逛，心想要是自己不生在这个世上，这一切就不会发生了。

有一天，九百九十九个王妃在一起吵了三个星期，所罗门王像往常一样出去躲清净。他在橘子林里遇到了巴尔克斯王后，王后发现所罗门王兴致不高，心里十分担忧，便对所罗门王说："啊，伟大的国王啊，我眼中的光芒所在，请转动手指上的戒指，让来自埃及、美索不达米亚、波斯和中国的王妃们看看，你是伟大又厉害的国王吧！"但是所罗门王摇了摇头说："啊，美丽的王后啊，我生命的快乐所属，还记得因为我随意炫耀，那只海里来的动物让我在世界上所有的动物面前感到羞愧的事情吧！如果我因为那些来自埃及、美索不达米亚、波斯和中国的王妃们让我烦心，就在她们面前炫耀，我可能会比之前更加羞愧啊！"

最美丽的巴尔克斯王后说："啊，我的国王，我灵魂的珍宝，那你会怎么做呢？"

所罗门王说："啊，我的王后，我心灵的慰藉，就算这九百九十九位王妃让我心烦，我也要继续忍受她们无休无止的争吵。"

说完，他继续在花园里闲逛，穿过盛开着百合和玫瑰的花丛，走过挂满了枇杷和美人蕉的果园，还有那香气扑鼻的姜丛，最后来到了一棵巨大的樟树面前，这棵樟树后来被称为"所罗门王的樟树"。樟树后面是高高的鸢尾花丛、斑竹林和红百合花丛，巴尔克斯悄悄地躲在那里，这样她可以离她深爱着的所罗门王近一点儿。

不一会儿，有两只蝴蝶飞到树下，争吵不休。

所罗门王听到其中一只蝴蝶对另一只蝴蝶说："你怎么敢用这种语气跟我说话，你难道不知道我的厉害吗？我只要一跺脚，所罗门王的宫殿和这里的花园就会在一声雷鸣巨响中立即消失！"

所罗门王听罢，顿时把让他心烦的九百九十九个王妃抛到九霄云外去了。他大声笑起来，笑到樟树都直摇晃。他伸出手指，对那只蝴蝶说："小家伙，过来。"

蝴蝶吓坏了，但还是鼓起勇气飞到所罗门王的手上，紧紧地抓住所罗门王的手，不停地扇动着翅膀。所罗门王低下头，轻声地问："小伙子，你知道不管你怎么跺脚，你连一片草叶都踩不弯，你为什么要对你的妻子撒这样的谎呢？她一看就是你的妻子。"

蝴蝶看着最聪明的所罗门王，发现他的眼睛像寒夜中的星星一样闪闪发亮，于是，他继续扇动翅膀鼓起勇气，把头偏向一边，回答道："啊，伟大的国王啊，她确实是我的妻子，妻子是什么样你也知道的。"

所罗门王偷偷笑着说道："是的，小伙子，我太清楚不过了。"

蝴蝶说："总得有人管管吧，她已经和我吵了一上午了，我这么说是为了让她安静下来。"

所罗门王说："小伙子，希望你这个方法有用吧。回去找你妻子吧，让我听听你接下来说什么。"

蝴蝶飞回到他的妻子身边，他的妻子正躲在树叶后面叽叽喳喳地说："他听见了！所罗门王听到了你说的话了！"

蝴蝶说："他当然听见了，我是故意让他听见的。"

"那他怎么说？他到底说什么了？"

蝴蝶抖动着翅膀，神情骄傲地说："亲爱的，是这样的，这可是我们之间的小秘密，千万别告诉别人。我也不怪所罗门王，因为建造宫殿确实花了一大笔钱，而且橘子也快要熟了，所以他请求我不要跺脚，我也答应他了。"

蝴蝶的妻子安静下来感叹着："天哪！"所罗门王笑得眼泪都顺着脸颊淌了下来，这只厚颜无耻的小蝴蝶可太能吹牛了。

最美丽的巴尔克斯王后站在樟树后的红百合花丛里，也忍不住笑了笑，这两只蝴蝶的谈话她听得清清楚楚。她心里想着："我倒是有个主意能让国王不被这些争吵不休的王妃们折磨到心烦了。"于是她勾了勾手指，轻声对蝴蝶的妻子说："小妹妹，过来一下。"蝴蝶的妻子吓得立马飞起来，紧紧地抓着巴尔克斯王后雪白的手。

巴尔克斯王后优雅地低下头，小声地说："小妹妹，你真的相信你丈夫刚才说的话吗？"

蝴蝶的妻子看着巴尔克斯王后，发现这位最美丽的王后的眼睛像泛着星光的潭水一样明亮。她扇动着翅膀，鼓起勇气说："啊，尊贵的王后啊，男人是什么样你也知道的。"

作为示巴王国最聪明的女王，巴尔克斯王后用手把嘴挡住，掩着笑，说道："小妹妹，我可太清楚不过了。"

蝴蝶的妻子迅速扇动着翅膀说："啊，尊贵的王后啊，他们总是因为芝麻大的小事生气，我们还得迁就他们。他们说的话有一半都是在吹牛。听他吹什么他跺一跺脚就能让所罗门王的宫殿消失，太离谱了。不过如果我信了，就能让他高兴的话，那我就信好了。我个人无所谓的。他明天就会忘光自己说过的话。"

巴尔克斯王后说："小妹妹，你说得很对。但是下次他吹牛的时候，你就顺着他的话说，让他跺一跺脚看看到底能怎么样。我们不是都知道男人是什么样的吗？他一定会非常羞愧的。"

然后，蝴蝶的妻子飞回丈夫的身边，五分钟后，他们吵得比之前还厉害。

蝴蝶说："别吵了！别忘了我一跺脚会发生什么！"

蝴蝶的妻子说："你说的话我一点儿也不信，我真想看看能发生什么，你现在就跺脚试试吧！"

蝴蝶说："我答应过所罗门王不会跺脚破坏他的宫殿的，我得说到做到。"

蝴蝶的妻子接着说："你就算跺了也没关系，你连一根草都踩不弯，我看你就是不敢跺！你跺给我看啊！跺啊！跺啊！"

所罗门王坐在樟树下听得一清二楚，笑得比以往任何时候都要开心，他忘记了那些让他心烦意乱的王妃，忘记了那只从海里冒出来的动物，忘记了他请动物们吃大餐随意炫耀的那件事。他是真的开心，开怀大笑。看到自己心爱的所罗门王如此开心，躲在樟树后面的巴尔克斯王后也一起笑了。

那只蝴蝶非常生气，不一会儿，给自己气得鼓囊囊的。他飞回到树荫下，对所罗门王说："她让我跺脚！她想看看会发生什么！啊，伟大的国王啊！你知道我是在吹牛，现在她再也不会相信我说的话了，她以后会一直笑话我的！"

所罗门王说："没关系，小伙子，她再也不会嘲笑你了。"说完，他便转动着手上的魔戒，这次所罗门王可不是随意炫耀，而是为了帮小蝴蝶的忙而已。快看！四位神仙从地下冒了出来！

所罗门王吩咐道："我的仆人啊，当我手指上的这位跺左脚，你们就把我的宫殿和这里的花园在一声雷鸣巨响中变不见。当他再次跺脚的时候，你们再把宫殿和花园恢复原样。"其实所罗门王说的就是那只厚颜无耻的小蝴蝶。

所罗门王说："小伙子，现在回去找你的妻子跺跺脚，让她看看吧！"

蝴蝶飞回妻子身边，她大喊着说："我看你就是不敢跺！你跺给我看啊！跺啊！跺啊！现在就跺！"巴尔克斯王后看到四位神仙围着宫殿在花园的四角俯下身，轻轻地拍了拍手说："所罗门王终于要为一只蝴蝶做他早就应该为自己做的事了，这回那些争吵不休的王妃们肯定知道怕了！"

只见蝴蝶用力跺了跺左脚，四位神仙把宫殿和花园猛地抬到高空中，伴随着一声雷鸣巨响，周围一切顿时漆黑一片。蝴蝶的妻子在黑暗中扇动着翅膀，哭喊着说："啊，好了好了我不说了！我真不该那么说啊，我亲爱的丈夫，快把宫殿和花园恢复原样吧，我再也不敢了！"

那只蝴蝶跟他的妻子一样吓得不轻，所罗门王却笑得喘不过气来。过了好几分钟，他才低声对蝴蝶说道："小伙子，你这个最厉害的魔法师，再跺跺脚，把我的宫殿还给我吧。"

蝴蝶的妻子在黑暗中像飞蛾一样，一边来回扑腾一边说："快点，快把宫殿还给他，快把宫殿还给他，这个魔法太吓人了。"

那只蝴蝶强装勇敢，说道："好吧，亲爱的，看看你总是唠叨的后果吧。不过，这对我来说没什么影响，我对这些早就习以为常了。现在，我就看在你和所罗门王的面子上，把宫殿和花园恢复原样吧！"

说着，那只蝴蝶又跺了跺脚，四位神仙便把宫殿和花园稳稳当当地放了下来。太阳照在深绿色的橘子叶上，喷泉重新在粉红色的埃及百合花丛间喷水，鸟儿们继续开心地唱着歌，蝴蝶的妻子靠在樟树下无力地扇着翅膀，气喘吁吁地说："可吓死我了，这回好了！这回好了！"

所罗门王笑得快说不出话来了，笑得浑身无力。他背靠着樟树，冲着蝴蝶晃了晃手指，说道："啊，厉害的魔法师啊，要是我被你逗得笑死了，你把宫殿还给我也没什么用了啊！"

这时，忽然传来一阵骚动，九百九十九位王妃全都从宫殿里跑了出来，吓得大喊大叫，急着找自己的孩子。她们慌忙地跑到喷泉下面的大理石台阶上，站成一排。最聪明的巴尔克斯王后优雅端庄地迎上前去，问道："啊，王妃们，你们遇到了什么麻烦？"

王妃们并排站在大理石台阶上喊道："我们还能有什么麻烦？我们跟平时一样待在金灿灿的宫殿里，只听一声雷鸣巨响，然后宫殿就突然消失了，我们呆坐着一片漆黑之中，任由各路神仙在黑暗里来回穿行。这就是我们遇到的麻烦！啊，尊贵的王后啊，我们现在害怕极了，这可太吓人了，我们可从来没遇到过这样的麻烦。"

作为所罗门王最爱的王后，示巴和南国金川最美丽的女王，从锡恩沙漠到津巴布韦巨型石塔的掌管者，几乎和智慧之王所罗门王一样聪明的巴尔克斯王后说："啊，王妃们，没事的！就是有只蝴蝶抱怨他的妻子总是和他吵架，所罗门王很乐意给这只蝴蝶的妻子一个教训，让她学会说话轻声细语，举止温顺谦卑，因为这是每只蝴蝶的妻子都应有的美德。"

这时，一位埃及王妃站了出来，她是法老的女儿。她说道："我们的宫殿怎么能因为一只小小的蝴蝶就像韭菜一样被连根拔起呢！不可能！所罗门王肯定已经死了，所以我们才听到那声雷鸣巨响，世界才顿时一片漆黑。"

巴尔克斯王后听罢，只是冲这位王妃招了招手，都没正眼瞧她。王后对这位王妃和其他王妃说："那你们就自己过来看看吧！"

她们并排走下大理石台阶，看到智慧之王所罗门王还在樟树下笑得前仰后合，浑身无力，两只手上各趴着一只蝴蝶。所罗门王说："啊，蝴蝶的妻子啊，以后要记住凡事都要让你的丈夫满意高兴，免得他生气后又要跺脚，他很擅长这种魔法，都能把我的宫殿和花园变不见，绝对是一个最厉害的魔法师。小家伙们，现在和好吧！"于是所罗门王在蝴蝶翅膀上吻了一下，两只蝴蝶便一起飞走了。

最美丽优雅的巴尔克斯王后微笑着站在一旁，那些王妃吓得花容失色，不禁嘀咕着："如果这只蝴蝶对他的妻子不满意就把所罗门王的宫殿和花园变不见，那么我们这么久以来一直大声嚷嚷，争吵不断，惹得所罗门王烦心，所罗门王会怎么教训我们呢？”

于是，王妃们戴上面纱，用手捂严嘴巴，蹑手蹑脚地回到了宫殿里。

最美丽聪明的巴尔克斯王后随后穿过红色的百合花丛，走进树荫里，把手搭在所罗门王的肩膀上说道：“啊，伟大的国王啊，我灵魂的珍宝，高兴一点儿吧，我们已经给那些来自埃及、埃塞俄比亚、阿比西尼亚、波斯、印度和中国的王妃们上了难忘的一课了。”

所罗门王一边看着那对在阳光下嬉戏的蝴蝶，一边说道：“啊，美丽的王后啊，我快乐的至宝，这话从何说起？我来到花园后就一直在和蝴蝶玩闹。”所罗门王把刚才与蝴蝶之间发生的趣事告诉了巴尔克斯王后。

最温柔贴心的巴尔克斯王后说：“啊，伟大的国王啊，我生命的主宰，我躲在樟树后面全都看到了，是我建议蝴蝶的妻子去让她的丈夫跺脚的，因为我希望国王你借着这个玩笑施些厉害的魔法，吓一吓那些王妃们。”然后巴尔克斯王后把王妃们的所见所想以及她们说的话全都告诉了所罗门王。

坐在樟树下的所罗门王站了起来，活动活动了双臂，高兴地说：“啊，美丽的王后啊，我生命的甜心，你知道的，如果我为着自己的骄傲或者愤怒去动用魔法，来教训我的王妃们，就像我之前用魔法请所有动物吃大餐一样，我肯定会感到羞愧的。但凭借着你的聪明才智，我这次是因为一只小蝴蝶，因为一场玩笑，才施展魔法的。你看看，这一来，我还摆脱了那些烦人的妃子们的折磨！所以，美丽的王后啊，我的心肝宝贝，快告诉我你怎么这么聪明？”窈窕美丽的巴尔克斯王后抬头看着所罗门王的眼睛，像那只蝴蝶一样把头一偏，说道："啊，伟大的国王啊，因为我是真心地爱着你啊，而且我也特别了解女人哪。"

然后，所罗门王和巴尔克斯王后一起回到了宫殿，从此以后一直过着幸福快乐的生活。

巴尔克斯王后是不是很聪明？

和蝴蝶说话谈心交朋友，
巴尔克斯王后绝无仅有；
与蝴蝶聊天玩笑似密友，
所罗门王可谓空前绝后。

所罗门王真是聪明盖世，
从古至今无人能够相比；
他居然会跟那蝴蝶说话，
就跟人与人的交谈一样。

一位是美丽的示巴女王，
一位是亚洲伟大的国王；
两人在花园里散步闲逛，
两人都跟那双蝴蝶嬉闹。

山精灵普克

维兰德之剑

普克之歌

你可见那坑坑洼洼的小路，

渐渐隐没在麦田里？

啊，那曾是人们运枪运炮，前赴后继，

大败菲利普国王舰队的征途！

你可见那溪边的小小磨坊，

吱吱嘎嘎忙个不停？

任由威廉一世开展土地清账，

她磨面、交税，样样在行。

你可见那寂静的橡树林，

和林边那阴森的沟渠？

啊，在那里撒克逊人一败涂地，

那一天，哈罗德国王离世而去！

你可见莱伊小镇的石门遗迹，

风声滚滚震天吼?

啊,那曾是阿尔弗雷德大帝的海上雄师,

令北欧海盗丧胆溃逃之径!

你可见那宽广寂寥的牧场上,

红牛到处吃草游荡?

啊,那曾有昔日名城,人山人海,

彼时伦敦却不过蛮荒之地!

你可见那雨后隐现的

土冢、壕沟和城墙?

啊,恺撒军团远征高卢,归航途中,

曾在那里扎营休整。

你可见那转瞬即逝的印痕,

宛如掠过唐斯丘陵的阴影?

啊,那是燧石时代的先人刻下,

守卫美好家园的边防线!

古道、军营、古城已了无踪影,

昔日盐沼今成良田;

战争、和平、艺术,更迭交替,

英格兰由此诞生!

英格兰生就不凡,

一水一木、土壤空气超凡脱俗,

你我世代栖居之国土,

乃魔法师梅林的仙境之域。

维兰德之剑

孩子们根据脑海中记忆的《仲夏夜之梦》桥段，在剧场里对着三头奶牛表演起来。他们的爸爸从莎士比亚鸿篇巨制的原作中节选了一小段让他们表演，和妈妈一起陪孩子们排练，直到他们把台词背得滚瓜烂熟。演出开始了，织工尼克·波顿顶着一颗驴头从灌木丛中走出来，发现仙后提泰妮娅正在熟睡之中。接着，剧情跳转到下一个情景：波顿请求三位小仙女给他挠头，再取些蜂蜜来。结尾处，波顿酣睡在提泰妮娅的怀中。丹一人分饰多角：小精灵普克、织工波顿，还有那三位仙女。扮演普克时，他戴上尖头布帽；扮演波顿时，他套上一个纸驴头。头罩是用圣诞爆竹的包装纸糊成的，稍不当心，就容易撕碎。乌娜则饰演仙后提泰妮娅，头戴耧斗菜花冠，手拿毛地黄仙杖。

剧场就在"长条"草地上。一条磨坊小溪蜿蜒流过，为两三片田野之外的磨坊输送水源。河湾处的草地中央有一个巨大又古老的仙人圈，这片草场处在背光的位置，光线较暗，设做舞台。小溪两岸长满了柳树、榛树和绣球花，方便演员们候场休息。曾经有位成年人看到这里便说，即使是莎士比亚本人恐怕也无法想象出比这里更适合他自己剧本的地方了。当然，孩子们不能在仲夏夜当晚演出。于是，仲夏前夜这天，在喝过下午茶之后，孩子们带着纸袋里装好的晚餐（煮鸡蛋、巴斯·奥利弗饼干和调料盐）出发了。这时，太阳西斜，地上的影子也越来越长。三头奶牛已经挤过奶，正在草地上安稳地享受美味的青草，发出阵阵刺耳的叫声，传遍整个草场。忙碌的磨坊传出的声音仿佛赤脚在硬地上奔跑一样急促。一只布谷鸟停在门柱上，"布谷——咕咕"地唱着哀伤的六月小调。勤劳的翠鸟飞过磨坊小溪，朝着草场那头的溪流飞去。四周一片沉寂，空气中弥漫着干草与青草的芳香，令人昏昏欲睡。

孩子们的演出很精彩。丹把他扮演的每个角色（包括普克、波顿和三位仙女）都记得牢牢的，乌娜也把提泰妮娅的台词记得牢牢的，即使是仙后吩咐仙女们拿杏子、无花果和露莓招待波顿的那段有难度的台词，包括那些以"ies"收尾押韵的诗行，乌娜都一字不落。他们兴致勃勃，从头到尾演了三遍，然后才在圈中央没有蓟草的地方坐下来，准备吃鸡蛋、啃饼干。就在这时，他们听到岸边的桤木林中传来一声口哨响，激灵一下跳了起来。

灌木丛自然打开。就在丹扮演普克时的站位那里，他们看到一个小人儿冒了出来，他有着棕色的皮肤、宽宽的肩膀、尖尖的耳朵、短翘的鼻子和一双蓝色的杏眼，脸上长满雀斑。他咧嘴笑着，用手遮住额头，仿佛他正在观看昆斯、斯努特、波顿同其他人一起排练《皮拉缪斯和忒斯彼》这出爱情悲剧一样。他的声音十分低沉，如同三头奶牛要求挤奶时的叫声般说道：

"哪一群凡夫俗子，胆敢在仙后卧榻之旁鼓唇弄舌？"

他停顿了一下，一只手围住耳朵，眼神里流露出一丝古灵精怪的淘气劲儿。他接着说道：

"哈，在那儿演戏！让我做一个听戏的吧，要是看到机会，也许

117

我还要做一个演员哩。"

孩子们看着眼前这一切，惊讶地倒抽了一口气。这个小人儿也就刚到丹的肩膀那么高，轻轻地走到仙人圈里。

"虽然我久未练习，"他说，"但这才是我的角色应该呈现出来的样子。"

孩子们依旧目不转睛地看着他，从头到脚反复打量：他头上的深蓝色鸭舌帽，像一朵大型的耧斗菜花，赤裸的双脚汗毛密集。终于，他大笑着说道："请别这样啦！这不是我的错。不然，你们还期待什么其他人物出现吗？"

"我们没有期待任何人，"丹慢吞吞地回答道，"这是我们的地盘。"

"是吗？"他们的这位访客一边说着，一边坐了下来，"那么，你们这些凡夫俗子究竟为什么要在仲夏前夜，在古老的英格兰国土上，在我最古老的山脚下，在仙人圈的中央，接连三次表演《仲夏夜之梦》呢？这里是普克山——普克山——普克山——普克山！这一点人尽皆知。"

他指向那蕨草丛生、荒芜空荡的山坡，普克山从磨坊小溪的另一侧一直延伸到黑暗森林。在森林的那边，地势不断升高，绵延五百英尺。紧挨着的是比肯山，站在它那光秃秃的山顶上，你会看到佩文西平原、英吉利海峡以及大半个南唐斯丘陵。

"我发誓，"他一边大声喊道，一边依然大笑，"要是倒退几百年，今天发生的这件事情一定会把山里的居民们都惹出来，他们会像六月的蜜蜂一样倾巢而出！"

"我们不知道这件事情是不对的。"丹说道。

"不对！"小人儿笑得浑身颤抖起来，"实际上，整件事情并非不对。你们今天的所作所为恰是古代的君王、骑士乃至学者们宁愿放弃至爱之物而苦苦追求的东西。即使是大魔法师梅林亲自出手相助，恐怕也无法超越现在的结果！你们断了这些山脉——你们断了这些山脉！这样的事情可是千年难遇。"

"我们——我们不是有意的。"乌娜说道。

"你们当然不是有意的！所以你们才能歪打正着。不幸的是，这些山里早已人去楼空了，我是唯一一个留下来的。我叫普克，应该是英格兰最老的老东西了，如果你们需要我的帮助的话，我很乐意为你们效劳。当然，如果你们不需要，不妨直说，我会马上离开。"

他和孩子们彼此对视了约莫半分钟，他的眼神变得非常友好，不再古灵精怪地闪烁不定。他的嘴角浮现出一丝真诚的笑意。

乌娜伸出手，说："别走，我们喜欢你。"

"来一块巴斯·奥利弗饼干吧。"丹一边说着，一边把装着鸡蛋的软纸袋递给他。

普克摘下头上的蓝色鸭舌帽，大声说道："我发誓，我也喜欢你们。丹，在饼干上多撒些盐，我跟你们一起吃。你们也能因此了解我是个什么样的人。我的同类当中，有些人——"他的嘴里塞满了食物，仍继续说道，"吃不得盐或山灰莓，见不得门上挂着马蹄铁，喝不得自来水，碰不得冷铁，听不得教堂的钟声。但我可不一样，我可是普克！"

他小心翼翼地拍掉上衣上的饼干屑，然后甩了甩手。

"我们总说，就是我和丹两人，"乌娜结结巴巴地说道，"如果事情真的发生了，我们会清——楚该怎么做；但是——但是现在情形似乎完全相反。"

"她是指如果遇到仙女这种事情，"丹说，"我才不信呢，反正我六岁之后就不信这种事情了。"

"我信，"乌娜说，"至少，在学到《再见，报答》之前我一直是半信半疑。你知道《再见，报答与仙女》吗？"

"你说的是这个吗？"普克说道。只见他猛地仰起头，从第二行开始背诵起来：

> 勤劳的主妇们也许会说，
>
> 现在奶场的女工们邋遢懒惰，
>
> 生活过得却跟自己一样不错；
>
> 尽管主妇们打扫壁炉，
>
> （乌娜，咱们一起背！）
>
> 跟女佣的活计分毫不输，
>
> 但谁又因干净整洁，
>
> 获得奖励内藏于鞋？

他们的声音在平坦的草地上回荡。"是吧，我说我知道吧。"普克说。

"还有写仙人圈的诗呢，"丹说，"小时候，总是弄得我很不高兴。"

"你是说《亲见仙人圈与圆舞曲》吗？"普克大声喊道，声音如同教堂里风琴声一般浑厚。

至今仙女们留下的一切，

屹立在绿草如茵的平原，

都源自玛丽女王的岁月。

自从伊丽莎白女王上位，

一直到后来的詹姆斯国王，

她们都没在荒野里现过身，

曾经过往真的一去不复返。

"我好长时间没有听到这首歌了，不过老实说，歌里唱的都是真的。山人都走了。我亲眼看见他们来到古英格兰，目睹着他们离开。巨人、巨魔、水妖、小精灵、地精、小妖精们；木精、树精、冢精和水精们；石楠人、守山人、守宝人、好人、坏人、巫婆、矮妖精、夜骑士，它们全都不见了，全都不见了！我和橡树、白蜡树和荆棘一起来到英格兰，等橡树、白蜡树和荆棘都走了，我也会走的。"

丹朝草地四周看了看，望见了下游闸门边的橡树，这棵橡树是乌娜的。他还望见了水獭池塘边那一排白蜡树，那个水獭池塘靠着溪边磨坊，磨坊水车用不完的水漫溢出来慢慢形成了这个池塘。他还望见那三头奶牛在那粗糙的荆棘丛上搔痒。

"没什么的，"他说，接着又说了一句，"今年秋天我还要种很多橡子。"

乌娜说："那你是不是已经很老很老了？"

"用这里的老话说，我不老——就是活得比较久。让我想想——巨石阵刚建成的时候，我的朋友们常常在晚上为我准备一盘奶油。是呀，那时候，旧石器时代的人们还没有在钱克顿伯里广场那里挖蓄水池。"

乌娜紧握双手，叫道："哦！"然后，她点了点头。

"乌娜肯定有好主意了，"丹解释道，"她有点子的时候，就会那样。"

"我在想，我们给你在阁楼上放点粥怎么样？如果我们放在育儿室里，别人肯定会发现的。"

"那叫教室。"丹赶忙说，乌娜小脸一红。因为那年夏天他们彼此约定，不再把教室叫作育儿室。

"上帝保佑你那颗金子般善良的心！"普克说，"你将来一定会成为一个心地善良、善解人意的好姑娘的。我其实不需要你为我准备一碗粥。如果我想吃东西，我一定会跟你说的。"

普克躺在干草地上伸了个懒腰，孩子们躺在他身边，也伸了个大懒腰。他们在空中惬意地挥舞着双腿。孩子们觉得自己不用害怕普克，他还有没有他们的好朋友树篱老人霍布登吓人呢。至少普克没有用大人的问题来烦他们，也没有嘲笑他们带着的驴头。他静静地躺在那里，笑容可掬，和蔼可亲。

"你们身上带刀了吗？"他问道。

丹把自己的那把大单刃野营刀递给了普克，他随即在仙人圈的中央割下一块草皮。

"那草皮是要做什么用的？——施展魔法吗？"乌娜问道。这时，普克把上面那深褐色的泥土按压成方块状，就像奶酪块一样。

"这是我的一个小小魔法。"他回答着，又割下一块草皮，"你看，我可不能让你们进山去，因为山人都已经走了。但如果你们想要从我这里获得土地的合法占有权，能够在这里跟我一起玩儿，我或许可以给你们看一看一些人类世界里稀奇古怪的东西，你们一定会大开眼界的。"

"土地的合法占有权是什么？"丹小心翼翼地说。

"这是人们买卖土地时的一个古老习俗。他们割下一块地，交给买主。当别人还没有把土地合法权交给你之前，这块地就没真正属于你，必须等到别人真正把土地割给你，就像这样。"说着，他把刚才割下的几块草皮拿了出来。

"但这可是我们自己的草地啊，"丹说着，往后退了一步，"你打算用魔法把它弄走吗？"

普克笑着说："我知道这是你们的草地，但是这里面还有许多东西，你们以及你们的父辈都绝对想不到的。试着找找！"

他把目光转向乌娜。

"我来试试，"她说。丹立马就跟着有样学样。

"现在你们俩已经合法拥有整个古英格兰了，"普克说道，声音音调起伏，"凭着橡树、白蜡树和荆棘的力量，你们将在我的地盘上来去自由，观察和了解我给你们展示的一切。该听的、该看的，你们一样都不会落下，哪怕这些事发生在三千多年前。你将心不存疑，永不恐惧。快抓紧！抓紧我赐给你们的所有东西。"

孩子们紧闭双眼，但是却什么动静也没有。

"好了吗？"乌娜一边说，一边失落地睁开双眼，"我以为你会把龙变出来呢。"

"虽然这是三千年前的事，"普克边说边用手指查数，"不对，恐怕三千年前还没有龙。"

"可是什么也没发生呀。"丹说。

"等一会儿。"普克说，"一年连一棵橡树都种不出来，而古英格兰比二十棵橡树还老呢。让我们再坐下来好好想一想，我可以这样坐一百年呢。"

"啊，你是仙人啊，当然可以了。"丹说。

"你听我说过这个词吗？"普克立刻说道。

"不。你老是说自己是'山人'，却从来不说自己是'仙人'。"乌娜说，"我好好奇呀，难道你不喜欢这个称呼吗？"

"你愿意一直被称为'凡人'或者'人类'吗？"普克说，"或者'亚当之子'和'夏娃之女'？"

"我一点儿也不喜欢，"丹说，"《一千零一夜》里面，巨灵和恶魔就是这么叫我们的。"

"这就是别人叫我'仙人'——这个我经常不说的词的时候的感觉。此外，你们所说的这些称呼都是瞎编出来的，我们山人从来没听说过。所谓的仙人无非就是那些长着蝴蝶翅膀、穿着纱裙的小飞虫，他们头发上有亮晶晶的星星，手握着一根魔杖，就像老师手里的教棍，用来惩罚坏孩子、奖励好孩子。这一点我清楚得很！"

"我们不是那个意思，"丹说，"我们也讨厌他们。"

"他们确实招人厌！"普克说，"你们知不知道，我们山人不希望别人把我们和那些骗子混为一谈，就是那些长着彩色翅膀、挥舞着一根魔杖、就知道在别人头上嘤嘤嘤的。准确地说，那翅膀是蝴蝶翅膀。我见过胡昂爵士和他的一队人马从廷塔哲城堡出发前往幽灵岛，他们顶着呼啸的西风前进，西风席卷城堡，山马被吓得四蹄腾空。他们不再前进，像海鸥一样尖叫着，在内陆足足被风吹回去五英里远，之后又重新上路。那些仙人的蝴蝶翅膀啊！和梅林的黑魔法一样邪恶，整个大海遍是绿色的火焰和白色的泡沫，海面上还有歌唱的美人鱼。山马借着闪电的力量，乘风破浪，继续开路。这就是古时候的样子！"

"好新鲜！"丹说，但乌娜却吓得哆哆嗦嗦。

"那他们离开了挺好，可这些山人们为什么离开呢？"乌娜问道。

"因为点别的事。以后我慢慢给你们讲山人离开这里的原因。"普克说，"但是他们并不是一起同时离开的，而是经历了好几个世纪，一个一个地离开的。他们大多数都是外地人，无法忍受我们的气候，所以很早就离开了。"

"多早啊？"丹问道。

"早了两千年或者更早。事实上，他们一开始是神。腓尼基人来这里买锡矿石的时候，带来了他们的神。高卢人、朱特人、丹麦人、弗里斯兰人以及盎格鲁人来到这里，带来了更多的神明。那时候，这些人可能顺利登陆，有时也会被赶回船上，他们不管在哪里，都带着他们的神明。英格兰可不是一个对神明友好的国家。现在我想吃点东西再接着给你们讲。我就要一碗粥和一碟牛奶，然后和村里人在巷子里玩一会儿，这就够了，就像现在这样。你们知道，我是属于这里的。我一直都在和人打交道。但是，其他山人坚持自己是神，要有自己的庙宇、祭坛、祭司和祭品。"

"祭祀就像布莱克小姐跟我们说的那样吗？把人放在柳条篮子里烧死？"丹问道。

"祭祀的方式有很多，"普克说，"如果不用人，那就用马、牛、猪，或者蜂蜜酒。那是一种甜稠的啤酒，我就没喜欢过那玩意儿。这些老家伙不过是一群顽固又奢侈的神罢了。最后又怎么样了呢？即便是最好的时候，人们也不喜欢被当作祭品。就算是农场的马，他们也不愿意交出来当祭品。过了一段时间，人们就不再理会这些老玩意了，于是他们的神庙也破败了，只得靠自己的力量谋生。他们有的喜欢在树林里游荡，躲在坟墓里，在夜里痛苦地呻吟。有时他们的呻吟特别响亮，特别悠长，可能会吓到一个倒霉的乡下人，这样，那人可能会祭祀一只母鸡，留下一磅黄油。我记得有一位女神叫贝丽萨玛，她去到兰开夏郡做了一个普通的水精灵。我还有几百个朋友，起初他们是神，之后成了'山人'，后来因为种种原因无法与英国人相处，就搬到其他地方去了。我记得只有一个老家伙，来到凡间以后，自力更生。他叫维兰德，为一些神明做铁匠活儿。我不记得那些神的名字了，但维兰德曾经给他们做过剑和矛。我印象里，他好像自称是斯堪的纳维亚人索尔的亲戚。

"是阿斯加德的雷神索尔？"乌娜问道，她曾在书上读到过。

"可能是吧，"普克回答道，"即便遇见困难，他仍然不乞讨，不偷窃，自力更生。我有幸帮过他一个忙。"

"给我们讲讲吧，"丹说，"我喜欢听古人古事。"

他们换了换姿势，让自己坐得更舒服一些。他们每人嘴里嚼着一根草，普克用强壮的胳膊支着头，继续说道：

"是这样的！我第一次见到维兰德是在十一月的一个下午，在佩文西平原，当时还下着雨夹雪。"

"佩文西？你是说的山那边的那个佩文西吗？"丹指着南方问道。

"是呀，但那时候，那里还是一片沼泽地，沼泽一直延伸到霍斯布里奇和海德奈耶。我当时在比根山上——那时候它叫做布鲁南堡——当我看到茅草燃烧时发出的苍白火焰时，我便下山去看看是怎么回事。我看到了几个海盗正在焚烧平原上的一个村庄，我想他们一定是毗琪人。他们刚刚靠岸，有三十二条黑色大船，船头矗立着维兰德的木制黑色雕像，雕像很大，脖子上戴着琥珀色的珠链。那天真是冷啊！甲板上悬着冰柱，船桨上也是一层厚厚的冰，维兰德巨像的嘴上也结了冰。维兰德一见到我，就开始长篇大论，说他未来将如何统治英格兰，说从林肯郡到怀特岛，人们都将虔诚地祭拜他。我才不在乎这个呢！我见过太多的神明冲进古英格兰，最后却碰了一鼻子灰。当他的人在焚烧村子的时候，我让他歌颂一下自己，接着我说道（我也不知道我为什么要这么说）：'诸神的铁匠，我再见到你的时候，你肯定在路边做着小买卖呢。'"

"维兰德说了什么？"乌娜问道，"他生气了吗？"

"他翻着白眼，骂了我几句。之后我走了，去唤醒内陆的人们。但是海盗们确实征服了这个国家，几百年来，维兰德居众神之首。正如他所说，从林肯郡到怀特岛到处都是供奉他的神庙，他的祭品简直令人气愤。但有一说一，他更喜欢用马而不是人来当祭品。我知道他不久就会像其他老家伙一样下凡来，那时候马和人他都'无福消受'喽。我给了他很多时间，大约一千年吧。时间一到，我就去了他在安多弗附近的一座神庙，看看他还趾高气扬不。那里有他的祭坛，有他的神像，有他的祭司，有他的会众。除了维兰德和祭司，每个人似乎都很快乐。在古时，等到祭司选择完祭品之后，会众才高兴得起来。那会儿如果换作是你，你也会的。做礼拜的时候，一个祭司冲了出来，把一个人拖到祭坛，假装用一把镀金的小斧头打他的头，那个人摔倒装死。接着大家都喊道：'这是给维兰德的祭品！这是给维兰德的祭品！'"

"那人不是真的死了吧？"乌娜问道。

"当然没死呀，这一切就是闹着玩儿的一样。然后，他们牵出一匹雄壮的白马。祭司剪下这匹马的一点儿鬃毛和尾巴，放在祭坛上烧成灰，大声喊道：'献祭！'就好像人和马真的被杀了一样。我透过烟雾看到了维兰德可怜巴巴的样子，忍不住笑了起来。他的表情看上去好像很厌烦、很饿的样子，因为最后他真正拥有的只有一股毛发烧焦的难闻气味。简直就是闹剧一场！

"我当时觉得还是闭嘴为妙（不能乘人之危啊）。几百年后，我再来安多弗时，维兰德和他的神庙都消失不在了，只看到那地方变成了基督教的教堂，里面有一位基督教的主教。山人也不知道维兰德去哪儿了，我猜他已经离开英格兰了。"普克转过身来，换了个胳膊肘枕着，陷入了沉思。

"然后，"他终于开口说道，"那应该是几年之后了——应该是在'诺曼征服'之前的一两年，我又回到了这里的普克山。一天晚上，我听到老霍布登说起过维兰德浅滩。"

"如果你说的是树篱老人霍布登的话，他才七十二岁。这是他亲口跟我说的。"丹说，"他可是我们的密友。"

"你说得没错，"普克答道，"但我指的是树篱老人霍布登的第九代祖先。他是个自由民，在这附近烧过木炭。我知道这一家人，但时间隔太久了，有时候也分不太清谁是父亲、谁是儿子。我说的那个霍布登本名叫'沙地的霍布登'，他住在福吉村。当然，一听到他说维兰德，我就竖起了耳朵，然后，飞快地穿过那边沼泽地的树林，跑到维兰德浅滩那里。"普克扭头看向西边，就在那儿，在树木繁茂的山丘与陡峭的啤酒花田中间，曾经是一个狭窄的山谷。

"哎呀，那里是维林福德大桥呀。"乌娜说，"我们总是去那里散步，那儿还有一只翠鸟。"

"亲爱的，那时候那里是维兰德浅滩。从比根山上有一条路一直能够通到那儿，这条路糟透了。山坡上的橡树又多又密，时而还有鹿的踪迹。但我却没看见维兰德。不一会儿，我就看见一个胖胖的老农民骑着马从比根山上的树林里出来。他的马的一只蹄铁陷在了泥里。他在浅滩上下了马，从钱包里拿出一便士，放在一块石头上，并把老马拴在一棵橡树上，喊道：'铁匠，铁匠，你的活儿来了！'然后老农就坐下来睡着了。这时，我看到一个白胡子老铁匠，他弯腰驼背，还穿着个皮围裙，从橡树后面走出来后就开始给马钉蹄铁。这居然就是维兰德本人，你们可以想象我当时有多惊讶，我说：'你究竟在这儿干什么，维兰德？'"

"可怜的维兰德！"乌娜叹了口气。

"他把额前的长发往后捋了捋（一开始他根本没认出我来）。然后他说：'你应该知道，你的预言应验了，老家伙。现在我靠给马钉蹄铁为生。我现在甚至都不是维兰德了，'他说，'他们叫我铁匠维兰德。，①"

"可怜的家伙！"丹说，"你跟他说什么了？"

"我能说什么呢？他抬起头，把那匹马的脚放在自己腿上，笑着说：'我还记得，以前我是不屑用这种老马当祭品的，可现在给它打个马蹄铁能让我挣上一便士，我就很高兴了。'"

"难道你没有办法回瓦尔哈拉英烈祠，或者回你老家吗？"我说。

"'恐怕不行啦。'他一边锉马铁一边说道。他对马很有一套，那头老马在他肩上嘶叫着。'你可能还记得，当年，我掌权的时候风头正劲，可霸道着呢，算不上一个慈悲的神。除非有人真心祝福我，要不然我永远不能重获自由。'

"'当然，'我说，'那个农夫肯定会祝福你。你都给他的马钉上蹄铁了。'

"'是啊，'他说，'我这买卖一个月也就有一次。这些老农民和维兰德浅滩上的黏土一样，非常尖酸刻薄。'

"你们相信吗？那个农夫醒来，发现马蹄铁已经钉好，他连一声感谢都没说就走了！给我气坏了，于是，我就让他的马在附近转圈，绕到比根山三公里以外的地方，好好教教那个老家伙什么叫做礼貌。"

"你当时隐身了吗？"乌娜问道。普克表情严肃，点了点头。

"那个时候为了提防法国人在佩文西登陆，在比根山上建了许多烽火台，以便随时通风报信。在那个闷热、漫长的夏夜，我让那匹马漫无目的地到处走。农夫以为自己中了邪——嗯，他当然中了邪——

---

① 英文为 Wayland-Smith，跟 Weland 同音，但是拼写不同。

所以开始祈祷，开始叫喊。我才不管那些呢！每次赶上县里赶集，我和他都是虔诚的基督教徒。大约凌晨四点钟，一个年轻的初学修士从山上修道院走下来，比根山顶上以前是有座修道院的。"

"初学修士是什么？"丹问道。

"就是刚刚出家的修道士，但在那个时代，人们把他们的儿子送到修道院，那时的修道院就像现在的学校一样。这个年轻人每年都到法国的一个修道院里去待几个月，当时他正在离家不远的修道院里学习，即将完成学业。他的名字叫休，他正好在这一带钓鱼。整个山谷都是他族人的地盘。休听到农夫的号叫，就问他怎么了。农夫给他讲了一个关于精灵、妖精和女巫的奇妙故事，但是我可知道他整晚除了兔子和红鹿，其他什么也没看见（山人就像水獭，除非他们自己愿意现身，否则谁也不可能看见他们）。这位修道士也不傻。他低头看了看马蹄，新蹄铁的打法只有维兰德一个人会（维兰德发明了倒钉法，人们管它叫'铁匠钉'）。

"'嗯？'休问，'你在哪儿给马钉的蹄铁？'

"农夫一开始不愿意告诉他，因为教士不喜欢他们的教民和精灵那些老家伙打交道。最后农夫承认是维兰德铁匠钉的。

"'你付给他多少钱？'休问他。

"农夫很不耐烦地说：'一便士。'

"'那比基督徒要得还少，'休说，'你付钱的时候道谢了吧？'

"'没有，'农夫回道，'维兰德铁匠是个异教徒。'

"'不管他是不是异教徒，你接受了他的帮助，你就该好好谢谢人家。'我当时一直施着魔法，让那匹老马一直绕圈子。

"农夫怒气冲冲地说：'什么？你这个小东西？要按你说的，撒旦帮了我，我还应该对撒旦说谢谢喽？'

"'别瞎打岔，跟我说胡话，'休说，'回到浅滩那里，对铁匠说声谢谢，否则你会后悔的。'

"农夫不得不回去。我一直控制着马呢，虽然没人知道我的存在。那个初学修士走在我们旁边，他的长袍扫过亮晶晶的露水，嗖嗖作响。他的鱼竿斜挎在肩上，像长矛一样。我们再次到达滩口时，已经五点了，橡树下迷雾蒙蒙。但那老农还是不肯说一声谢谢，还说他会告诉修道院院长，那个初学修士想让他崇拜异教徒的神。听罢，初学修士休勃然大怒，大声喊道：'给我滚！'休把他的手臂放在农夫的肥腿下，把农夫从马上掀到了草地上。没等农夫站起来，他上去一把抓住他的后脖颈，把他当作一只老鼠一顿猛摇。最后，农夫不得不说：'谢谢你，维兰德铁匠。'"

"整个过程维兰德全都看见了吗？"丹问。

"他看见了。农夫重重地摔倒在地上的时候，他发出了久违的吼叫声，他从前在战场上经常这样呐喊。他很高兴。接着，初学修士转向橡树，说道：'你好，诸神的铁匠！我为这个粗鲁的农夫感到羞耻，但您对他和我们其他同胞的仁慈和善意，我表示万分感谢，祝您一切顺利。'然后他拾起鱼竿——那鱼竿看起来更像是一根长矛——大步向山谷走去。"

"那么可怜的维兰德做了些什么呢？"乌娜说。

"维兰德喜极而泣，放声大笑，因为他终于自由了，可以走了。但他是一个诚实的老家伙。自力更生不必说，还要在离开前把欠下的人情还上。'我要送那个初学修士一份礼物，'维兰德说，'这份礼物将让他造福古老的英格兰和整个世界。给我生火吧，老家伙，我最后再打一次铁。'然后他做了一把深灰色、带有波纹的宝剑。他锤剑，我吹火。凭橡树、白蜡树和荆棘的名义起誓，我告诉你，维兰德——诸神的铁匠，绝不是常人！他用流水两次给宝剑淬火，第三次用露水淬火。然后把宝剑放在月光下，念诵魔文符咒，赋予宝剑魔力，并在宝剑的剑锋上刻上了预言。'老家伙，'他擦着额头上的汗珠，跟我说道，'这是维兰德做过的最好的宝剑，甚至宝剑的主人都不会知道它有多么厉害。走吧，我们去修道院吧。'

"我们来到修道士休息的宿舍，看到那个初学修士在床上睡得正香。维兰德把宝剑放到他手里，我记得那个年轻人在睡梦中紧紧地握着剑。然后，维兰德大步流星地走进教堂，扔掉了他钉马蹄铁的一整套工具，包括锤子、钳子和锉刀，以示与过去诀别，从此改头换面了。那些工具掉在地上的声音听起来像是盔甲掉落的声音，睡眼惺忪的修道士们跑了进来，以为修道院遭到了法国人的袭击。那个初学修士走在最前面，挥舞着他的新宝剑，发出撒克逊人的战斗呼声。修士们看到地上掉落的工具，满脸疑惑。最后，休请求让他来解释这一切，于是，他讲述了他对农夫的所作所为，当时对维兰德铁匠说的话，以及他在自己宿舍的床铺上发现了那把刻有预言的宝剑的事情。

"修道院院长先摇了摇头，然后笑着对那位初学修道士说：'休，不需要异教的神明显灵，我也能看出来你不是当修道士的料子。拿着你的剑走吧，保管好它。你要百折不摧，也要温文尔雅。我们要把铁匠的工具放在祭坛前，'他说，'无论他过去多么凶神恶煞，现在我们看到的他自力更生，还会给基督教会赠送礼物。'然后，除了那位初学修士之外修道士们都回到床上睡觉了，而他却在庭院里坐着，把玩那把宝剑。维兰德在马厩边对我说：'再见了，老家伙，你还真挺厉害。你看着我来到古英格兰，又看着我离开。再见了！'

"说着，他大步走下山，走向大森林的角落——你们现在叫这个地方'森林角落'吧——那里是他第一次上岸的地方。我听见他穿过灌木丛，向霍斯布里奇的方向走了一会儿，然后，他就从我的视线里消失了。这就是整个事情的经过，我可是亲眼所见。"

两个孩子长舒了一口气。

"可是那个叫休的初学修士后来怎么样了？"乌娜问道。

"还有他的宝剑呢？"丹追问道。

普克望着草地。在普克山的阴凉下，那片草地安然宁静，清凉怡人。一只秧鸡在附近的干草场上扑扑腾腾，小溪里的小鳟鱼活蹦乱跳，一只白色的飞蛾从桤木上摇摇摆摆地飞下来，在孩子们的头顶上拍打着翅膀，一层薄薄的水雾萦绕着小溪。

"你们真的想知道吗？"普克说。

"当然啦，我们都等不及了！"孩子们大声叫道。

"好嘞，我答应过你们，该看的、该听的，你们一样都不会落下。虽然这事儿远在三千年前，我也会让你们知道的。但是现在，我觉得你们应该回家了，不然大人们就会来找你们了。我把你们送到家门口。"

"我们再来这儿的时候，你还在吗？"他们问道。

"当然，当然啦，"普克说，"我来这儿已经有一段时间了。请稍等我一下。"

他给了他们每人三片叶子，分别是橡树叶、白蜡树叶和荆棘叶。

"咬一下这几片叶子，"他说，"不然的话，你们在家里会把你们的所见所闻都一股脑儿地说出来的。据我对你们人类的了解，大人们准会去请医生来的。快咬吧！"

孩子们使劲地咬了咬叶子，然后并排走到家门前。他们的父亲正靠着大门。

"你们的演出怎么样了？"他问道。

"哦，好极了，"丹说，"但是，后来我们睡着了。这天儿太热，周围又那么安静。你说是不是，乌娜？"

乌娜摇摇头，什么也没说。

"好吧。"她父亲说。

　　　很晚很晚，基尔曼尼才回家，

　　　她闭口不谈自己到底去了哪儿，

　　　也闭口不谈自己到底见过啥。

"女儿，你这么大为什么还要嚼树叶呢？好玩吗？"

"不是为了好玩，这是有原因的，但我想不起来为什么了。"乌娜说。

他们两个谁都想不起来，直到——

树之歌

树木郁郁葱葱,

点缀古英格兰,

橡树、白蜡树与荆棘,

普天之下最神圣。

君子仁人讴歌,

橡树、白蜡树和荆棘于仲夏之晨!

于橡树、白蜡树与荆棘之处,

断然不扬渺渺之物。

早于埃涅阿斯诞生日,

橡树已生于虚土,经久不息;

布鲁特正亡命天涯,

白蜡已长于虚土,苍翠欲滴;

丘陵之上,荆棘远望新特洛伊城,

伦敦自此诞生;

橡树、白蜡树与荆棘,

是古往今来的见证!

昔年紫杉，生于虚土，

教堂墓园，制成强弩；

聪慧之辈，

桤木做鞋，

榉树制杯。

你杀了人，打翻了碗，

鞋子也穿得破烂不堪，

务必疾驰而回，取所需一切，

回到橡树、白蜡与荆棘之界。

榆树憎恶人类，伺机而为，

劲风刮过，

她将枝干抛向

树下歇凉之辈。

但少年无论清醒凄惘，

抑或角杯美酒使人酣畅。

偃卧于橡树、白蜡和荆棘之下，

永远毫发无伤。

哦，别让牧师知晓我们的困境，

他要说这种种都是罪行；

但——我们整晚都在树林。

用魔法召唤夏日的来临！

我们给你捎来口信——

牲畜、粮食，句句佳音——

橡树、白蜡和荆棘，

与太阳一同在南方升起！

君子仁人讴歌，

橡树、白蜡和荆棘于仲夏之晨！

橡树、白蜡、荆棘与英格兰同在，

直至审判之日的到来！

庄园青年

庄园青年

几天后，他们去小溪钓鱼。几百年来，这条小溪深深地滋养着这片山谷，土质松软肥沃。这里绿树成荫，树木郁郁葱葱，在他们的头顶上形成了一条长长的隧道。阳光透过树枝，洒下一地斑驳的光点。这隧道下面是一些沙子、小石子，老树根和倒下的树干，上面要么布满苔藓，要么被含铁的水染成了红色。纤细衰枯的毛地黄喜欢阳光，向阳生长，一簇簇蕨类植物和娇嫩的花朵在树荫的庇护下茁壮生长。池塘里，鲑鱼游来游去，掀起阵阵水花。池塘彼此相连，小溪到这里有些时断时续，在那些池塘中间蜿蜒流淌。当然，洪汛期就不是这番景象了，那时，溪水铺天盖地般涌来，到处一片棕色的泥潭。

这里是孩子们最秘密的乐园，还有他们特别的朋友——树篱老人霍布登。他告诉孩子们如何利用这块宝地。除非你轻拨一下低垂的杨柳枝，或者转动拉扯一下娇嫩的白蜡树叶子，否则在炎热的牧场上，没有人能知道河岸下游的鳟鱼的命运。

"我们已经捉了六条鳟鱼了。"丹说。他们已经在这儿玩了一个小时了，浑身上下热火火、湿漉漉的。"我提议我们去石湾那边的长池看看。"

乌娜点了点头。她多数时候都是点头，不怎么说话。两个孩子爬过幽暗的隧道，向小河坝前进。河坝下面的小溪就是流向磨坊小溪的。这里，河岸低洼，草木稀疏，烈日炎炎，午后的阳光洒在坝下的长池上，让人目眩。

当他们来到一处空旷地，眼前的景象令他们大吃一惊，差点摔倒在地上。一匹巨大的灰马正在池子里饮水，它的尾巴在清澈的水面上搅动，嘴边泛起的水花波光粼粼，仿佛融化的金子。马背上坐着一个白发苍苍的老人，他的脑袋秃秃的，身着一件闪闪发光的大号锁子甲，坚果形状的钢铁头盔挂在他的马鞍上。老人那红皮革做的缰绳，有五六英寸粗，边缘呈扇形，马鞍垫是红色的，用红皮革制成的胸带和臀带前后固定着。

"看哪！"乌娜说，这时的丹跟她一样，简直目瞪口呆，"这不就是你房间里那幅《越过浅滩的骑士》①描绘的场景吗。"

马背上的人转向他们，他瘦长的脸庞和蔼可亲，跟画里抱着孩子的骑士相差无几。

"他们现在应该到了，理查德爵士。"柳树丛中传来普克低沉的

---

① 世界油画经典作品。画作以中世纪的骑士传说为原型，骑士帮助两个小孩骑在马背上越过没有桥梁的河流，曾经骁勇的骑士年事已高，仍穿着闪亮的铠甲，他和战马不再与人战斗拼杀，而以援助贫民为己任。

声音。

"他们来了。"骑士回答道。他冲着丹笑了笑，丹的手里还拿着一串鳟鱼。"男孩子看来都差不多啊，我那时候也在这儿捕鱼。"

"如果您的马儿喝饱了，我们在仙人圈里会更自在些了。"普克说着，跟孩子们点了点头，仿佛上周从未用魔法消除过他们的记忆一样。

那匹大马转过身来，扬起四蹄向草场奔去，只听得一阵咔哒咔哒的声音，一路扬起许多土块。

"实在不好意思！"理查德爵士对丹说道，"当我还是这片土地的主人时，我不喜欢有人骑马越过小溪，从滩头那里可以过去。但我的马儿——燕子——渴坏了，而且我还非常想见你们。"

"我们很高兴您能来，先生。"丹说，"没关系的，我们一点儿都不在意。"

理查德爵士骑着那匹骏马飞快地穿过草场，腰带上挂着一把宝剑。那把宝剑十分威风，剑柄是铸铁做的。乌娜和普克在后面跟着，现在她的记忆恢复了。

"关于树叶的事情我很抱歉。"普克说，"万一你们回家说漏嘴了，那就完蛋了。你说对吧？"

"我想不会那么严重吧。"乌娜回答道，"你说所有的仙……山人都已经离开了英格兰。"

"他们确实走了，但我不是告诉过你们，可以来去自由，见你所见，闻你所闻嘛？那位骑士理查德·达尔恩格里奇爵士，不是仙人，是我的一个老朋友。他是和征服者威廉一起来到英格兰的，他特别想见你们。"

"为什么？"乌娜不解。

"因为你们聪明智慧啊。"普克回答道，眼睛眨都没眨。

"我们？"乌娜说，"为什么，我都不知道我的九代祖先是谁——我并不是在推脱。丹最擅长把事情搞砸。他说的肯定不是我们！"

"乌娜！"丹回头，跟乌娜大声说道，"理查德爵士说，他会告诉我们关于维兰德之剑的故事。宝剑在他那儿，厉害吧？"

"不——不。"理查德爵士说道。这时，他们到仙人圈那里了，理查德爵士在磨坊小溪的拐弯处下了马。"你跟我说，今天英格兰的孩子跟我们那个时代的智者一样聪明。"他取下了燕子嘴里的嚼子，取下它头上的红缰绳，这匹聪明的马走到一边吃起草去了。

理查德爵士解下了他的宝剑，孩子们注意到他好像有点跛脚。

"就是这个。"丹悄悄地对乌娜说。

"这就是维兰德铁匠送给那个名叫休的修士的宝剑，"理查德爵士说道，"有一次他想送给我，但是我没有接受。后来经历了一场没有受洗者参与的战斗，这宝剑最终还是落在了我手里。瞧瞧！"他拔剑出鞘，给孩子们看。剑柄下面的符文微微颤抖，仿佛要活过来一样。深灰色剑锋锋利无比，上面留有两道凿痕。"这是什么东西铸造的？"他问道，"我是不知道了，但是你们或许应该知道。"

"理查德爵士，跟他们讲讲这个故事吧，"普克说，"这件事多多少少和他们生活的国土有关系。"

"对，从头开始讲吧。"乌娜恳求说。骑士面带微笑，面色温和，这又让乌娜再次想起了那幅《越过浅滩的骑士》。

他们坐下来认真听着故事。理查德爵士脱下头盔，沐浴在阳光里，双手摆弄着宝剑。大灰马则在仙人圈外吃草，它一晃头，挂在马鞍上的头盔便会发出轻轻的碰撞声。

"那我就从头开始讲啦，"理查德爵士说道，"既然这关系到你们生活的国土，那我就知无不言吧。那时，我们的公爵离开诺曼底，征服英格兰。大骑士们（你们听说过吗？）来到这里，投奔公爵，因为公爵答应给他们分配土地，而小骑士们跟着大骑士一起来了。在诺曼底，我的家族很贫穷，但是我父亲的亲戚是一个伟大的骑士，他就是恩格努尔夫·德·阿奎拉，人称'恩格里德之鹰'。他追随莫尔坦伯爵，莫尔坦伯爵是威廉公爵的追随者，而我追随的是德·阿奎拉。就在我获得骑士封号的第三天，我带着我父亲的三十名全副武装的士兵和一把新剑出发，去征服英格兰。那时我还不知道，其实是英格兰征服我。我们和大军一起去了桑特拉彻大营。"

"你是说黑斯廷斯战役？ 1066 年那场？"乌娜轻声问道。普克点了点头，示意她不要插话。

他指了指费尔莱特的东南方向，接着说："在桑特拉彻大营，我们就在小山的那边发现了哈罗德国王的人马。战争开始了。傍晚，他们都逃跑了。我的人马跟随德·阿奎拉的人去追杀、掠夺。恩格里德之鹰在追击过程中阵亡，他的儿子吉尔伯特接过军旗，带着军队继续厮杀。这是我后来了解到的，燕子当时侧身负伤，我在荆棘旁的一条小溪给它清洗伤口。就在那儿，有一个撒克逊人用法语跟我叫板，所以我跟他打了起来。我本应该听得出他的声音，但是我们已经打得不可开交了。很长一段时间，我们难分胜负。后来，他一不小心，滑了一跤，宝剑脱手而飞。那时，我已经被封为骑士了，那我就应该彬彬有礼，珍惜名誉。所以我没有接着动手，而是让他重新拾起他的剑。'真是对我的宝剑的亵渎啊，'他说道，'它让我输掉了我的第一场战斗。你饶了我一命，那这把剑就送给你了。'他把宝剑递给我，但我一伸出手，那把剑就像一个备受煎熬的人一样发出苦闷的呻吟声。我急忙往后跳回来，大声喊道：'这剑被施了巫术！'"

孩子们盯着那把宝剑，好像它随时会说话似的。

"就在这时，一群撒克逊人向我冲来。他们看到就我一个诺曼人，想杀了我，但那个撒克逊人大喊说我是他的俘虏，然后把他们都打跑了。这样一来，他就成了我的救命恩人了。他让我骑上马，带着我在树林里穿行，走了十英里路，最后来到这个山谷。"

"你是说这里吗？"乌娜问。

"就是这个山谷。我们越过国王山山下的浅滩，来到这里。他手指东方，谷地从那里变得开阔起来。"

"那个撒克逊人就是初学修士休吗？"丹问。

"是的，还有很多事呢。他在鲁昂附近的贝克修道院里待了三年。"理查德爵士轻声笑了笑，"修道院长赫伦是不会让我留在那里的。"

"他为什么不让？"丹问道。

"当我骑着马走进了餐厅，他们那时候还在吃饭呢。我想让撒克逊孩子们知道，我们诺曼人不怕修道院院长。正是那个撒克逊人休劝说我这么做的。即使戴着头盔，我也能听见他的声音。尽管我们在战争中是对手，但我们都庆幸彼此没有互相残杀。他走在我身边，告诉我，这把宝剑是一个异教神明的礼物，但他说他以前从未听过这把剑唱歌。

我记得我警告过他，要提防巫术和咒语。"理查德爵士暗自笑了笑，"我当时真的是天真啊！太天真了！

"他家就在这里，当我们来到这儿的时候，我们几乎都忘了我们双方还在交战这回事。临近午夜，礼堂里坐满了等着听消息的男男女女。在那里我第一次见到了他的姐姐埃卢瓦女士，在法国的时候，休曾跟我说起过她。她看着我，勃然大怒，恨不得当场绞死我，但休说是我饶了他一命，却只字未提他是怎么把我从撒克逊人手里救下来的。休还告诉大家，我们的公爵打了胜仗。就在他们因为我争吵不休时，他伤势发作，昏了过去。

"'都是你的错！'埃卢瓦女士对我说。她跪在休的身边，叫人拿酒和布条过来。

"'要是早知道他受伤了，'我说，'我就让他骑马了，我走路。但他扶我上马的时候也没有喊疼。他走在我身边，谈笑自若。天啊，我祈求上帝，可别是我害了他。

"'那你确实得求上帝保佑了。'她咬紧下唇，'他要是死了，你也会被绞死，给他陪葬！'

"他们把休抬回房间，他家里的三个大汉把我捆起来，用绞索套住我的脖子，把绞索套吊在议事厅的横梁上。然后他们坐在火边，等着关于休的情况，看看他到底是死是活。他们一边等，一边用刀柄敲坚果吃。"

"你当时有什么感觉？"丹问道。

"非常疲惫，但我衷心希望休可以好好的。大约在晌午，我听见谷中传来了马蹄声。那三个大汉就解开我的绳子，落荒而逃。德·阿奎拉的军队冲了上来，吉尔伯特·德·阿奎拉紧随其后。他一直自夸，说虎父无犬子，都忘了压根儿没人效忠他这回事。他和他的父亲一样个子矮小，那鹰钩鼻和那双如老鹰一样锐利的黄眼睛却令人望而生畏。他骑着雄壮的战马，这些马都是他自己喂养的，所以他从不愿意别人帮他上马。他看到吊在横梁上的绳索，笑得前仰后合，他的士兵们也跟着笑起来。我浑身僵硬，根本站不起来。

"'这就是一个诺曼骑士得到的破待遇，'他说，'但是这样的待遇已经不错了。小伙子，跟我说说，谁让你落到这般地步，我得给他们点颜色看看。'"

"他什么意思？要杀了他们吗？"丹问。

"对。当时我看见埃卢瓦女士站在女仆中间，她的弟弟在她身边。德·阿奎拉的兵把他们都赶到了议事厅里面。"

"她漂亮吗？"乌娜问。

"在我一生中，我从来没有见过如此特别的女子。"骑士从容平和地回答道，"我望着她，我想我可以开个玩笑当做幌子，救他们一家人。

"我对德·阿奎拉说：'我来得有点匆忙，也没有事先打招呼，所以这些撒克逊人才对我这么无礼。'但我的声音有些颤抖，要知道，跟那个小个子将领开玩笑可不是闹着玩儿的。

"现场一片寂静。片刻之后，德·阿奎拉却笑了起来。'看，伙计们，真是个奇迹！'他说，'战争还没有结束，我父亲尸骨未寒，而我们最年轻的骑士却已经在庄园里落脚了，还享受着撒克逊人的敬意和款待。瞧瞧他们那肥胖的大脸！以圣徒的名义起誓，'他揉着鼻子说，

'我从没想到，打赢英格兰竟会如此容易！我不能夺人所爱，小伙子，这个庄园归你了。'他说，'希望我下次再来的时候，你还能好好地活在这个世上。好了，伙计们上马吧，我们出发吧。我们要跟随我们的公爵去肯特郡，拥立他为英格兰的国王。'

"他把我拉到门口，手下人把他的马牵过来。那是一匹瘦削的杂色马，比我的燕子还高，但是马上的饰品可不算太好。

"'听我说，'他一边说，一边摸着他打仗时戴的手套，'我给你的这个庄园，实际上就是撒克逊人的马蜂窝，我估计一个月之内，你就会被杀死，和我父亲一个下场。然而，如果你能守住大厅的屋顶、谷仓的茅草还有犁沟里的犁，那么我下次回来，就把庄园封给你。威廉公爵已经答应莫尔坦伯爵，将佩文西全境的土地封给他，莫尔坦公爵会把属于我父亲的封地封给我。你我能不能等到征服英格兰那一天，只有上帝才知道。但是记住，孩子，此时此地，使用武力简直愚蠢至极。'他勒住缰绳，'手腕和谋略是制胜之本。'

"'哎，我也没有谋略。'我说。

"'现在是没有。'他说着，一脚踏上马镫，一跃而上，用马刺戳了戳马肚子。'现在你是还没有谋略，但我知道你有一个好老师。再见了！保住庄园，颐养天年；丢掉庄园，死期将至。'他一边说，一边策马飞奔，盾带在他身后吱吱作响。

"所以，孩子们，我当时其实跟个孩子差不多。桑特拉彻战役我才打了没两天，就让我那三十名武装士兵跟着我来到了这片陌生的土地。当地人的语言我一窍不通，我却需要独当一面，保住这片从他们手里掠夺来的土地。"

"就是在这里吗？"乌娜问。

"是的，就是在这里。看！大概就是从上游的维兰德浅滩到下游贝勒阿莱附近的浅滩，由西向东大约三公里的范围；然后，从我们身后布鲁南堡的比根山，从南向北六公里的范围。所有的树林里都是桑特拉彻战役的伤兵、撒克逊强盗、诺曼侵略者、土匪还有偷猎者。确实是个马蜂窝！

"德·阿奎拉走后，休感谢我救了他们的命，但埃卢瓦女士却说我这么做，只是为了接收庄园。

"'我怎么知道德·阿奎拉会把庄园送给我呢？'我问道，'要是我跟他说，我一晚上都被你们套着绳索，他都能把这个地方烧掉两次了。'

"'要是有男的在我的脖子套绳索，'她说，'在别人跟我讲条件之前，这房子早让我烧掉三次了。'

"'套我的可是女人。'我笑了起来，可她却哭了，说我嘲笑她这个俘虏。

"'小姐，'我说，'这山谷之中只有一个俘虏，但他可不是撒克逊人哦。'

"听到这里，她大声喊叫，说我就是个诺曼小偷，说我巧言令色，说我从一开始就想把她赶到荒郊野外去要饭。还荒郊野外！她简直对战争一无所知！

"我很生气，回答说：'这一点我必须反驳，我发誓，'当时我就把手放在我的剑柄上发誓，'我发誓，除非埃卢瓦女士真心让我来，否则我决不踏进议事厅半步。'

148

"她一声没吭，走了出去，休一瘸一拐地跟着我，吹着忧伤的口哨（这是英国人的习惯）。我们遇到了之前绑我的那三个撒克逊大汉。现在，他们已经被我的武装兵控制住了。他们身后站着约五十名来自庄园的村夫，这些人面目狰狞，咬牙切齿，等着看自己的下场。通往肯特的树林里，德·阿奎拉队伍的号角声渐行渐弱。

"'要把他们绞死吗？'我手下的人问。

"'那村夫们就会打起来。'休低声说。我让他问问那三个人，想不想让我放了他们。

"'不想。'他们说，'埃卢瓦命令我们，如果我们的主人死了，就把你也杀了。我们必定会绞死你，不必多言。'

"就在我犹疑不定的时候，一个女人从国王山那边的橡树林里跑了下来，喊着说有几个诺曼人正在那边赶猪。

"'不管是诺曼人还是撒克逊人，'我说，'我们必须把他们击退，否则他们天天抢劫。有什么武器就拿什么武器，必须把他们赶跑！'于是我放了那三个大汉，让他们加入我们。我率领我的武装兵，休率领撒克逊人，带着藏在茅草屋里的刀斧，我们冲上了国王山的半山腰。在那儿，我们发现了一个从皮卡迪来的混蛋，他是一个在公爵的营地里卖酒的小贩，胳膊还挂着一个阵亡骑士的盾牌，身下骑着一匹偷来的马，后边跟着十几个小混混，朝着猪群乱砍乱打。我们把他们赶跑了，保住了我们的猪肉。在那场伟大的战役中，我们救下了一百七十头猪呢。"理查德爵士笑逐颜开。

"那就是我们的第一次合作，我告诉休转告他的同胞，无论骑士还是村夫，无论是诺曼人还是撒克逊人，谷地里的蛋一个都不能偷，否则我要他好看。我们骑马回家，休对我说：'今晚，你已经征服英格兰了。'我回答说：'英格兰既是你的，也是我的。休，你帮帮我，好好管管这些人。叫他们知道，他们若杀了我，德·阿奎拉肯定会杀了他们，而且会找一个更坏的人替代我。''这很有可能，'他说，接着他把手伸给我，'在我们把诺曼人赶走之前，你这个熟悉的魔鬼总比陌生的魔鬼要强。'他的撒克逊同胞也这么说。当我们把猪赶到山下时，他们都笑了。我想，就是在那时，他们中的一些人就不恨我了。"

"我喜欢休。"乌娜轻声说道。

"毫无疑问，他是世界上最完美的骑士，集礼貌、勇敢、温柔、聪明于一身。"理查德爵士一面抚摸着宝剑，一面说，"他把这把宝剑挂在议事厅的墙上，因为休说这剑就是我的了。直到德·阿奎拉回来，他才把剑取下来，关于这个，我一会儿就要讲到了。三个月来，休的人马和我的人马守卫着山谷。后来，所有的强盗和夜匪都知道，他们在这儿除了挨打或者受死之外，一无所获。我们并肩作战，反击一切来犯者，包括盗贼和想要私占美丽庄园的无地骑士。有时候一星期需要打三次仗。后来日子太平了一些。作为一个骑士，在休的帮助下，我想尽一切办法，管理好这个山谷。你们这里的这个山谷以前都是我的庄园。我保住了议事厅的屋顶和谷仓的茅草屋顶，但是……英格兰人是不拘小节的民族。休跟他手下的撒克逊同胞们经常互相打趣，玩闹嬉戏，这让我大吃一惊。即便是地位最卑贱的人都可以谈论庄园的事情，说着'庄园的规矩是这样'之类的话，每当这时，休和庄园里其他在场的老人就会立刻放下手中的活儿，来跟他们争论一番。我看见他们为此把玉米磨到一半，就在磨坊里停了下来，因为这里的风俗习惯就是这样。尽管休并不想这么做，既非他所愿，也非他所能控，那就随它吧。真是太棒了！"

"是啊，"普克第一次打断了故事，"在你们诺曼骑士到来之前，古英格兰的习俗就已经存在了。尽管诺曼人拼命反对，但这种传统经久不衰。"

"我可没反对，"理查德爵士说道，"我让撒克逊人保持着他们天生的固执。但当我自己的士兵，这些到英格兰还不到六个月的诺曼人站起来跟我大谈特谈这个国家的习俗时，当时可气坏我了。啊，真是好日子啊！啊，真是了不起的民族！我爱他们每一个人。"

骑士伸出双臂，好像要拥抱整个山谷。燕子听到他的护身铠甲叮当作响，抬起头，轻轻地嘶叫了几声。

"最后，"他继续说，"经过我们的努力和筹划，外加还有一点儿压力，一年后，德·阿奎拉孤身一人来到了山谷。他没有预先通知我。我是在下游的浅滩那边看见他的，他的马鞍上坐着一个猪倌家的小孩儿。

"'你不必交代你的治理情况了，'他说，'这个孩子都告诉我了。'他还告诉我：那个小家伙在浅滩上挥舞着树枝，拦住了他的高头大马，跟他大喊道此路不通。'如果说一个小孩就能看守滩口，那说明你已经管理得非常好了。'他说着，擦了擦头上的汗水，气喘吁吁。

"他捏了捏孩子的脸颊，望着我们河边平原上的牛群。

"'牛很壮，人也胖，'他擦了擦鼻子，说道，'这就是我欣赏的精明和谋略啊。我当初走的时候告诉过你什么，孩子？'

"'保住庄园，否则死期将至。'我说。我铭记在心。

"'不错，你已经保住了。'他下了马，用剑尖在岸上割下一块草皮，我跪下，接受草皮。"

丹看着乌娜，乌娜看着丹。

"那就意味着土地的合法占有权。"普克低声说。

"'理查德爵士，现在你可以合法地占有庄园了。'他说。这是他第一次这样称呼我。'庄园的占有权永远归你和你的继承人了。在国王的官员把你的头衔写在羊皮纸上之前，你需要先服役。如果我们能守住，整个英格兰都是属于我们的。'

"'服什么役？'我问道，我当时的得意之情溢于言表。

"'尽一个骑士的义务啊，孩子，骑士的义务！'他说，一只脚已经跨上马背。我说过，他身材矮小，不能忍受别人帮他上马，还记得吧？'如果我需要的话，你要派六名骑兵和十二名弓箭手，你的种子是从哪儿来的？'他说。因为那时已经快到收获的季节了，我们的庄稼长势喜人。'我从来没见过长势这么好的庄稼。每年送我三包同样的种子。而且，还记得我们上次见面时，你脖子上还套着绳索吧。为了纪念我们的那次见面，每年拿出两天时间来在你庄园的议事厅里好好款待我和我的手下。'

"'哎呀！'我说，'那这么说，我的庄园已经丢了。我发过誓，不再踏进议事厅半步。'我告诉了他我对埃卢瓦女士发过的誓。"

"你从那以后就再也没有踏进过那里吗？"乌娜问。

"再也没有。"理查德爵士笑着说，"我在山上搭了一间小木屋，在那儿处理公务，休息……德·阿奎拉转过身，盾牌在我后背上摇晃了一下。'没关系，孩子，'他说，'我给你一年时间过渡一下。'"

"他是说，理查德爵士第一年不用款待他。"普克解释说。

"德·阿奎拉跟我住在山上的小屋。休能读能写能算账，休向德·阿奎拉递交了庄园的卷宗，所有的人员和土地都记录在案。他问了许多问题，包括土地、木材、牧场、轧机、磨坊还有谷地里每一个人的贡献。但是他从未提起过埃卢瓦女士，也没有去议事厅。晚上他和我们一起在小屋里喝酒。是的，他坐在稻草上，像一只竖起羽毛的雄鹰，只看他那双黄色的眼睛在杯子上方滴溜溜地转。他说话如雄鹰扑食般犀利，从一件事谈到另一件事，过渡非常自然，逻辑十分严密。他会静静地在稻草上躺一会儿，然后翻几个身。他说起话来好像威廉国王。过一会儿，他又会给我们讲寓言和故事。如果我们没有立刻领会其妙处，他就会用他的剑戳我们的肋骨。

"'看啊，孩子们，'他说，'我真是生不逢时。五百年前，我可以让整个英格兰所向披靡，丹麦人、撒克逊人和诺曼人都别想踏入英格兰一步。五百年后，我将成为一代名臣，无人可及。一切都在这里。'他说着，拍了拍他的大脑袋，'但在这个黑暗的时代，我一无是处。理查德，现在休比你强。'他的声音像乌鸦一样嘶哑刺耳。

"'没错，'我说，'要不是休任劳任怨地帮助我，我肯定无法保住庄园。'

"'恐怕也保不住你的小命，'德·阿奎拉说，'休救你不止一次，而是上百次。别说话，休！'他说，'理查德，你知不知道休为什么过去和现在一直都跟你的诺曼武装兵们一起同住？'

"'为了靠近我呀，'我说，我当时确实这样想。

"'你这个傻子！'德·阿奎拉说，'那是因为撒克逊人恳求他

153

起来反抗你，把所有的诺曼人都赶出山谷。别管我是怎么知道的，这就是事实。所以休为了救你，把自己当作人质，他很清楚如果他的撒克逊同胞伤害你，诺曼人会毫不犹豫地杀了他。他的撒克逊同胞也明白这一点。是不是这样，休？'

"'差不多吧，'休不好意思地说，'至少，半年前是这样的。我的撒克逊同胞现在不会伤害理查德了。我想他们已经了解他了，但我必须保证万无一失。'

"看看，孩子们，这个人多么伟大！这一点我万万没想到啊！他夜复一夜地躺在我的士兵当中。如果有一个撒克逊人胆敢攻击我，他就会为我偿命。

"'是的，'德·阿奎拉说，'他是一个没有佩剑的人。'他指着休的腰带。我跟你们说过吧，桑特拉彻战役那天，他的宝剑脱手而出，从此他再不用剑，只随身携带着一把短刀和一张长弓。'休，你没有宝剑，也没有领地。他们说你是高德温伯爵的亲戚（休的确有高德温家族的血统）。你的庄园将永远属于这个孩子，属于他的子孙。休，坐起来求求他吧，他赶你出去就像赶一条狗一样容易。'

"休什么也没说，但我能听到他咬牙切齿的声音。我告诉我的领主德·阿奎拉，让他不要再说了，否则我就把他的话塞回去。德·阿奎拉笑得眼泪都流下来了。

"'我曾经提醒过国王，'他说，'提醒过他如果把英格兰交给我们这些诺曼窃贼，会发生什么事。理查德，你不到两天就在这个庄园里站稳了脚跟，你早就已经以下犯上，反抗你的宗主了。休爵士，我们该怎么处置他呢？

"'我又没有佩剑。'休说,'别拿我寻开心了。'他把脑袋伏在膝盖上,不高兴地咕哝了几声。

　　"'你更傻,'德·阿奎拉说,他的声音全变了,'现在,在这小山之上,我刚已经把达灵顿庄园交给你了。'说着,坐在稻草上的他用剑鞘捅了休一下。

　　"'交给我了?'休说,'我是撒克逊人,我留在这里是因为我爱理查德,我绝不会宣誓效忠任何诺曼人的。'

　　"'上帝保佑,会有那么一天,诺曼人和撒克逊人在英格兰不会再针锋相对。我罪孽深重,可能活不到那一天了。'德·阿奎拉说,'以我对人的了解,你虽然没有宣誓效忠,却比我知道的任何诺曼人都忠诚。收下达灵顿庄园吧。如果你高兴的话,明天就跟理查德爵士一起,来反抗我吧!'

　　"'不,'休说,'我不是小孩。我接受礼物,就得提供服务。'说罢,他把双手放到在德·阿奎拉的手中,宣誓效忠。我记得,我当时吻了他,德·阿奎拉亲吻了我们俩。

　　"后来,太阳缓缓升起,我们坐在小屋外,和德·阿奎拉看着在田里工作的农民,聊着圣物,聊着我们庄园以后的管理方式,聊狩猎养马,聊王的智慧和愚昧。他和我们说话的时候,就好像我们现在是他的兄弟一样。不一会儿,一个村夫悄悄向我走来,他就是一年前赦免我绞刑的三个人中的一个。他大喊着——这对撒克逊人来说,算是悄悄话了——说埃卢瓦女士想在议事厅里跟我谈话。她每天都在庄园里散步,每次都会派人给我传口信告诉我她要去哪儿,于是,我派出一两个弓箭手一前一后地保护她。我自己也常常躲在树林里保护她。

"我迅速赶过去，走到门口时，大门竟然从里面打开了。埃卢瓦女士站在那里，对我说：'理查德爵士，您愿意进来吗？'然后她哭了，当时只有我们两个人。"

骑士沉默良久，转向山谷，面带微笑。

"噢，真棒！"乌娜轻轻拍着手说，"她后悔了，她承认了。"

"是啊，她表示很抱歉。反正她是这么说的，"理查德爵士说道，"她慢慢缓过神来，看上去有点受了惊吓。不一会儿，但实际上是两个小时后，德·阿奎拉骑马来到门口，他的盾牌被休擦得干干净净。他要我招待他，还说我是个会把领主饿死的假骑士。然后，休大声说，今天大家都不用去山谷干活儿了。他们的撒克逊人吹响号角，大摆宴席，大口喝酒，举办比赛，载歌载舞。德·阿奎拉骑上战马，跟大家说要做善良的撒克逊人，但没有人听得懂。晚上我们在议事厅设宴。琴师和歌手都已经退下，我们四个人在餐桌旁坐到很晚。我记得，那晚皓月当空，天气温暖。德·阿奎拉命令休，为了达灵顿庄园的荣誉，重新拾起墙上的宝剑，休欣然从命。我亲眼看着他拂去剑鞘上的尘土。

"我和埃卢瓦女士离得很近，谈天说地。起初我们还以为琴师又回来了，因为大厅里充满了喧闹的音乐声。德·亚奎拉跳了起来，地面上只有洒下的月光，跟着人影一起跳动。

"'听！'休说，'这是我的宝剑。'他一系上宝剑，音乐就停止了。

"'诸神啊，您是不允许我佩戴这样的剑吗？'德·阿奎拉说，'这是什么征兆？'

"'铸造它的诸神也许知道，宝剑上次奏出乐音还是在黑斯廷斯战役的时候。那时我失去了所有的土地。今天它再次奏响，我得到了新封地，而且重获新生。'休说。

"他稍稍松开剑身，快意地插回剑鞘。宝剑低声吟唱，就像女人靠在男人肩上柔声低语一样。

"这是我人生中第二次听到宝剑奏出乐音……"

"看呀！"乌娜说，"妈妈从长坡上下来了。她会和理查德爵士说些什么呢？她可是迫不及待地想见他。"

"这一次普克的魔法对我们不奏效了。"丹说。

"是吗？"他俯身向前，和理查德爵士说着悄悄话。理查德爵士微笑着点点头："我改天再给你们讲宝剑和休的故事吧。"他站起来，喊了一声，"吁，燕子！"

那匹大马在草地的另一头，跟妈妈离得很近，听到召唤它迅速跑回来。

他们听见妈妈说："孩子们，格里森的老马又闯进草地了。它从哪里蹿进来的呀？"

"就从石湾下面哪，"丹说，"它在岸边吃草！我们刚才注意到了。我们捉到了好多好多鱼。我们一下午都在抓鱼。"

他们说的全都是真话。他们没有注意到，普克早已经悄悄地把橡树、白蜡树和荆棘树叶放到他们的大腿上了。

理查德爵士之歌

追随公爵时，我尚未生爱慕，

夺取英格兰的封地，收贡纳赋，

可现在，游戏别样地结束，

可现在，英格兰已把我征服！

我的马儿，盾牌和旗帜，

我的男儿之心，完满且自逸；

可现在，歌儿别样地唱着——

可现在，英格兰已把我征服！

塔楼上的父亲，

寻觅我在海上的消息；

他将不忘岁序——

告诉他，英格兰已把我征服！！

凉棚中的母亲，

与父亲巧妙相处；

她将不忘少女的勇武——

告诉她，英格兰已把我征服！！

鲁昂城的哥哥，

顽皮又灵活，

可他要经受苦难和挫折——

告诉他，英格兰已把我征服！！

诺曼底的小妹妹，

快乐地在果园里等待着；

告诉她，青春是恋爱的时刻——

告诉她，英格兰已把我征服！！

营房里、大路上，我的战友们，

轻蔑地扬起眉毛；

告诉他们，我们已各行其道——

告诉他们，英格兰已把我征服！！

蜚声的国王、君王与男爵，

尊贵的骑士和上尉；

诘难之前请听我一叙——

因为英格兰已把我征服！！

人之力量何其堂堂，

两件事却无法逃避；

一是爱情，二是死亡——

啊，英格兰已把我征服！！

欢乐骑士历险记

丹麦妇人的竖琴曲

是什么，让你抛下妻子，

熄了炉火，弃了家乡的田地，

选择那老旧而冰冷的武器？

她没有宿客的房——

那张冰冷的床上，

是她，是苍白的太阳，是流浪的海鸥。

她没有坚实的臂膀把你拥抱，

却能用娴熟的指法将你缠绕，

当潮水涌来岩石上把你抓牢。

夏天的气息已然越来越浓，

白桦倏然发芽，冰雪消融，
年复一年，你回来又离开，你倦了——

倦于呼喊与屠戮——
悄然走近拍岸的水边，
望着你的小船，在它冬日栖息处。

你忘了我们席间的欢声笑语，
忘了棚里的乳牛，忘了厩里的马儿——
唤醒你的马儿，勒起它的绳索！

你驶向狂风暴雨的漩涡，
那桨叶落空的声音，
是而今而后留给我们的一切。

啊，是什么，让你抛下妻子，
熄了炉火，弃了家乡的田地，
选择那老旧而冰冷的武器？

欢乐骑士历险记

烈日炎炎，不能再在露天地里乱跑了，所以丹请求他们的朋友树篱老人霍布登从池塘里取回他们的小船，把它放到花园下游的小溪上去。这艘小船上写着"黛西号"，但在探险时，这艘小船被称为"金鹿号"或"长蛇号"，或是一些其他像这样听上去威风一些的名字。丹走过来，用船钩划桨（小溪太窄，双桨划不开），乌娜则用一根啤酒花的茎秆撑船。当他们来到一个很浅的地方（溪水大概没过"金鹿号"船底六七厘米高的水位）时，他们就下了船，用拖绳拖着小船走过碎石路。他们走出花园，进入杂草丛生的河岸，通过低浅的支流逆水行船往上游走去。

那天，乌娜把一本诗集带在身上，因为他们想模仿诗集中的奥热尔老船长，去探索北角。但是，酷暑难耐，他们改变了航程，决定探索亚马孙河和尼罗河的源头。虽然水面有树荫遮盖，但空气还是郁热沉闷，让人昏昏欲睡。他们透过树林的缝隙，看见外面骄阳似火，灼烤着牧场。翠鸟在树枝上被烤得无精打采，画眉鸟连换个灌木丛都懒得动，蜻蜓也热得晕头转向，到处碰壁。只有黑水鸡和赤峡碟扇动翅膀，逃离烈日，飞到溪边喝水解暑。

他们到达了水獭池，把"金鹿号"停在浅滩上。他们躺在树荫下，望着流水顺着遍布青苔的砖砌水槽，流过防洪闸，缓缓流进小溪。一条孩子们非常熟悉的大鳟鱼摇头晃脑，和小飞虫嬉戏，在小溪的拐弯处游来游去。在水底有鹅卵石的地方，有时溪水会上涨一到二厘米。孩子们静静地看着微风拂过树顶，枝条摇曳。接着，潺潺的流水声再次响起。

"这声音好像影子们在说话，是不是？"乌娜说道。这会儿，她不再看书，丹趴在船头上，双手在小溪里划水玩。他们听见池塘上面的石堤上传来脚步声，发现理查德爵士站在他们面前。

"这就是你们的冒险之旅？"理查德爵士笑着说。

"这船太颠簸了，先生，"丹说，"今年夏天几乎没什么水。"

"啊，我的孩子们以前在玩海盗游戏时，溪水更深更宽。你们喜欢玩海盗游戏吗？"

"哦，不，我们几年前就不玩海盗游戏了。"乌娜解释道，"我们现在总是玩探险游戏，你知道的，就是航游世界。"

"航游？"理查德爵士问道。他岔开双腿，舒服地坐在河岸上一棵白蜡树的根叉上，"怎么航游呀？"

"你们的书本里没有写吗？"丹问道。他上的最后一节课刚好是地理。

"我没读过书，也没写过字。"他回答道，"孩子们，你们都识字吗？"

"当然，"丹说，"但是太长的单词就不行了。"

"太棒了！读给我听听，我想亲自听听。"

丹的脸一下子红了，但是还是打开书，读起了《北角的发现者》，口齿有些含糊不清。

海上老船长奥热尔，

住在赫尔戈兰岛。

热爱真理的阿尔弗雷德大帝，

他那晒得黝黑的右手里

握着一条雪白的海象牙。

"但是——但是——我居然知道这首老歌！我居然听过！这简直是奇迹。"理查德爵士说道，"别停下来，接着读。"他把身体往前倾，继续认真听，树叶的影子在他的护身铠甲上晃动。

我骑上马儿周游大陆，

但我的心绪始终不安。

因为我时时

想到老水手，

还有他们的海上传奇。

他手握着宝剑的剑柄，"对，就是这样的。"他大声说道，"跟我脑子里记住的内容一样。"他随着诗句的节奏，愉快地打着拍子。

奥热尔说："现在陆地

突然向南延伸弯曲。

我沿着弯曲的海岸

一路向南方前进，

进入无名的海域。"

"无名的海域！"他又重复了一遍，"这就是我的经历——休和我一起的经历啊！"

"你们去哪儿了？跟我们说说。"乌娜说。

"等等，让我先听完。"他说道。于是丹一直念到最后。

"真不错！"骑士说，"这是奥热尔的故事，我在丹麦海船上听人唱过。唱词不大一样，但内容很相似。"

"你们去北方探过险吗？"丹合上了书，问道。

"不。我是去南方探险。休和我还有维塔和他的异教徒一起去了南方，比任何人走得更往南。"他双手倚在剑上，将长剑向前一挥。眼睛望向那遥远的过去。

"我以为你一直住在这儿呢。"乌娜怯怯地说。

"是的，那是当我的夫人埃卢瓦女士还在世的时候。哎，但后来她去世了。再后来，我的大儿子长大成人。我请求德·阿奎拉，可以准许在我外出旅行或朝圣时，让我的儿子管理庄园。我需要放空自己。那时，威廉二世已经任命德·阿奎拉为佩文西的管理者，接替莫尔坦伯爵。当时德·阿奎拉年事已高，但他仍骑着那匹高头大马。他坐在马鞍上，看起来就像一只白色的小猎鹰。达灵顿庄园的休听说了我的想法，便派人把我未婚的次子叫来，休一直把这孩子视为己出。征得德·阿奎拉的同意后，休把达灵顿庄园托付给我二儿子，让他一直管理庄园，直到休回来。然后休和我一起出发了。"

"这是什么时候的事？"丹问道。

"我清楚地记着那一天，我们和德·阿奎拉一起骑马在佩文西巡视。我说他是我们佩文西的领主，像雄鹰一样威风凛凛。波尔多的船队每年都会从法兰西给他进贡葡萄酒。这时，有个在沼泽地生活的人向我们跑过来，边哭边喊着，他说看见一只驮着国王尸体的大黑山羊，还说这只山羊开口跟他说话。就在同一天，征服者的儿子，也就是我们的国王红胡子威廉，在森林里打猎时，被暗箭射死。'这两件事必有关联。'德·阿奎拉说，'旅行前碰上大事了。如果红胡子威廉死了，我就得为我的土地而战。再等等吧。'

"我的夫人死了，所以我对什么迹象和凶兆都不上心，休也是如此。我们乘那艘运酒船前往波尔多。佩文西还没从我们的视线中消失，风就停了。周围云迷雾罩。我们沿着峭壁，随着海潮向西漂流。船上大多是返法商人。船上载着羊毛，栏杆上拴着三只大猎狗。猎狗的主人是一位阿图瓦骑士，但我不知道他的名字。他的盾牌是红底金印的。他年轻时受了伤，走路和我一样一瘸一拐。他曾为勃艮第公爵效力，讨伐西班牙的摩尔人。现在他带着猎狗，重返战场。第一天晚上，他给我们唱了一首陌生的摩尔歌曲，差些说服我们跟他同行。我朝圣的目的是为了放空自己，而不是要有所收获。我原本打算跟他一起走的，但是……

"真是世事无常啊！天快破晓时，迷雾缭绕，一艘丹麦船悄无声音地在海面上行驶，撞上了我们的船。当我们在船上翻滚的时候，靠在船舷上的休失足落水。我也随着他跳了下去，然后跟跟跄跄地爬上了丹麦人的船。我们还没站起来，就被抓住了，被人五花大绑。我们自己的那艘船早已在迷雾中消失得无影无踪。狗的吠声戛然而止，据我判断，阿图瓦骑士应该是用他的斗篷把狗的嘴堵住了，以免他们的叫声暴露商人们的位置。

　　"我们在板凳上被捆了整整一晚上。第二天早上，丹麦人把我们拖到操舵处的高甲板上。他们的船长叫维塔，一脚把我们踢翻过去。他的整条胳膊都带着金镯子，红色的头发像女人的一样长，编成的辫子都垂到肩上了。他五大三粗，有点罗圈腿，胳膊很长。他抢走了我们所有的东西，但当他伸手去拿休的宝剑时，一见到剑上的符文，一下子把手缩了回去。然而，他终究敌不过他的贪念，他又试了两次。第三次的时候，宝剑大唱怒歌，连桨手们都靠在他们船桨上，听着歌声。就在这时，他们叽叽喳喳地议论起来，像海鸥的尖叫声一样刺耳。一个黄种人来到高高的甲板上，割断了我们的绳索。我之前从未见过黄种人。他脸色发黄，但不是因为生病，而是天生的。他的脸黄得像蜂蜜，眼睛是直立向上的。

　　"我不知道他是什么人。维塔是在莫斯科维的岸边发现他的。他躺在冰面上，快要死了。我们以为他是魔鬼。他在我们前面爬来爬去，用银盘子端来食物，那是这些海贼从富得流油的修道院里抢来的。维塔亲自给我们端来了酒。他会说一点儿法语，也会说一点儿南撒克逊语，但大部分时候说的都是北欧方言。我们请求他把我们放上岸，并答应付给他更高的赎金，超过他把我们卖给摩尔人的价钱。我认识的一位骑士有一次从法拉盛出海时，就遭遇过这种情况。

　　"'凭我父亲古瑟伦的智慧起誓，我不会这样做。'他说，'诸神把你送到我的船上，就是给我送来了好运。'

"这话给我吓了一跳，因为我知道丹麦人为了祈求好天气，还有把俘虏献给诸神的传统。"

"'诅咒你瘫倒在地，一病不起！'休说，'我们这些可怜的朝圣老人既不能干活儿，也不能打仗，能在我们身上讨到什么好处？

"'上帝保佑，我不会跟你打仗的。你这个可怜的朝圣者，还带着一把唱歌的剑。'维塔说，'来吧，加入我们吧，你们不会再受穷的。你们的牙齿间距很大，这个迹象表明你们将远行，要发财。'

"'如果我们不干呢？'休问。

"'你们可以游到英格兰或法兰西，'维塔说，'我们正处于这两国之间。在船上，我不会伤害你一根毫毛，但是你非要选择淹死，那我也没办法。我们觉得你们带来了好运，我也知道那把宝剑上的符文是吉祥之物。'他转过身来，吩咐手下人扬帆。

"此后，当我们在船上走动时，大家都给我们让路。那艘船非常奇妙。"

"那船是什么样的？"丹问。

"那船又长又低又窄，桅杆上挂着一张红帆，两侧各有十五支桨。"骑士说道，"船头的甲板下面可以躺人，船尾的甲板下也能睡人，那儿有一扇漆门，跟桨手们的长凳隔开来。我和休、维塔、黄种人就睡在这儿，那地毯像羊毛一样柔软。"他自顾自地笑出声来，"我记得，我们刚下到那底下，就听到有人大喊，'拔剑！拔剑！杀，杀！'维塔看见我们被吓到的样子，大笑起来，指着一只长着红尾巴的大喙灰鸟。他让鸟儿坐在自己的肩膀上，这鸟儿用嘶哑的声音要面包和甜酒，还要维塔吻它。但是，那不过是一只笨鸟，你们知道这个吗？"他看着孩子们笑了起来。

"我们不是笑话您，"乌娜说，"那一定是一只鹦鹉，波莉就会这样。"

"后来我们才知道那是什么鸟。但这里还有另一件奇事。那个黄种人名叫契丹，随身带着一个棕色的盒子。盒子里有一只蓝碗，碗沿有着红色标记。碗里有一块用细线悬着的铁针。跟草茎差不多粗，和我的马刺一样长，通体笔直。维塔说，那铁针里有邪灵，是契丹用巫术把它从自己的国家带出来的。那个国家在南边，要走三年才能到。邪灵日夜都想着回家，所以那铁针永远指向南方。"

"南方？"丹突然说道，然后把手伸进口袋。

"我亲眼见过那个铁针。尽管船身每天都摇摆滚动，日月星辰被乌云遮盖，那铁针上的邪灵虽没有双眼，却明确知道自己的方向，始终指向南方。维塔称它为'智慧之铁'，为他指明了穿越陌生海域的方向。"理查德爵士再次热切地看着孩子们，"你们怎么想的？这是不是巫术？"

"是这样的吗？"丹掏出了他那个老旧的黄铜袖珍罗盘。他经常把罗盘与小刀和钥匙圈放在一块，"盘面的玻璃已经裂了，但指针完好无损，先生。"

骑士惊诧万分地喊道："对，对！'智慧之铁'就是这样摇摆晃动的。现在，它仍然是这样，指向南方。"

"指向北方。"丹说。

"不，是南方！那儿不就是南方嘛，"理查德爵士说。然后他们俩都笑了。当然，罗盘指针指向北方时，那另一端必然指向南方。

"这么说，"理查德爵士咂咂舌头说道，"如果孩子都能使用，那就不存在巫术这一说了。为什么它只指南方或是北方呢？"

"爸爸说没人知道怎么回事。"乌娜说。

理查德爵士看起来如释重负："那可能确实是魔法，毕竟我们觉得这很神奇。所以我们就这样航行。起风时，我们就扬起帆来，沿着船舷，让所有风帆迎风鼓荡，让背后的盾牌遮挡风浪。逆风时，他们用长桨划行。黄种人身旁放着'智慧之铁'，维塔负责掌舵。一开始，我还害怕那汹涌的巨浪，但当我看到维塔高超的掌舵技术，我渐渐变得胆大起来。休从一开始就很喜欢这种感觉，但我的水上技术不佳。这里的礁石和旋涡和我们在法兰西的西部群岛上看见的一样，船桨极易碰上礁石折断，而我晕船严重。我们继续向南航行，狂风暴雨卷积着这片海域。月光透过云层洒落在海面上，我们看到一艘佛兰德斯船在海面上翻滚，随之沉没海底。休和维塔忙活了一整夜，我躺在甲板下，跟鸟儿对话，破罐子破摔，丝毫不在乎自己的死活。连晕三天船，和死有什么区别！当我们再次看到陆地时，维塔说那就是西班牙，然后我们接着向大海驶去。公爵与摩尔人正在交战，海上来来往往的尽是战船。我们提心吊胆，害怕被公爵的手下绞死，或是被摩尔人卖为奴隶。我们驶进了维塔熟悉的一个小港口。到了晚上，人们带着载满货物的骡子来到这儿来进行交易，维塔用从北方搞到的琥珀换来小铁楔和珠子，珠子一包一包地扎好，放在瓦罐里。他把瓦罐放在甲板下，把那些铁楔子放在船底，扔掉了之前一直用来压舱的石块和卵石。他还用散发着香味的灰色琥珀换了一桶甜酒，那琥珀还没指甲盖大。我说话的方式像个商人一样吧。"

"天呐！告诉我们，您都吃了些什么呀？"丹大声问道。

"维塔给的肉干、鱼干和地豆，还有成篓的香甜柔软的水果，这是摩尔人的特产，像无花果酱一样，但有细长的果核。啊哈！我想起来了，它叫海枣。

"'现在，'维塔将船装满之后说，'我劝你们异邦人现在跟你们的上帝祈祷，因为从现在起，我们就要进入无人之境了。'维塔和手下在船头杀了一只黑山羊当作祭品。黄种人拿出一尊墨绿色、面带微笑的小石像，对它烧香。我和休向上帝、圣巴纳巴斯和圣母祈求保佑，我的夫人埃卢瓦特别喜爱圣母。虽然我们那时都已经不再年轻，但是跟你们说说这个也没什么丢人的：当太阳升起，大海风平浪静，我们驶出了秘密港口，我们俩兴高采烈地唱着歌，就像古代骑士们追随我们伟大的公爵去英格兰的时候那样。只不过，当时我们的首领是一名异教徒海盗，我们引以为傲的舰队只不过是一艘超载的桨帆船，我们还需要异教的巫师为我们指引方向。我们的港口在世界的尽头。维塔告诉我们，他的父亲古瑟伦曾沿着非洲海岸漂流，到达了一片陆地，那里的人不穿衣服，用黄金换取铁和珠子。他父亲在那里买了很多黄金，很多象牙。在'智慧之铁'的帮助下，维塔也会去那里。维塔除了怕穷，其他无所畏惧。

"'我父亲告诉过我，'维塔说，'从那片陆地出发，需要三天时间驶出大沙洲，沙洲的南面有一片海上森林。在森林的南面和东面，那里的人把金子藏在头发里，我父亲曾到过那里。但他说，那个地方到处都是树魔，它们会把人大卸八块。你们怎么想？'

"'不管有没有金子，'休抚摸着他的剑说，'这都是一次愉快

172

的冒险。去对付你的这些魔鬼吧，维塔！'

"'冒险？'维塔没好气地说，'我只是一个穷海贼。我在海上玩命儿，可不是为了享乐、冒险。一旦我回到斯塔万格，我妻子把我的脖子一搂，我就再也不出海喽。养船可比养妻子和牛羊费心思多了。'

"维塔跳到桨手中间，责备他们大腹便便，手无缚鸡之力。然而，维塔在战斗中如狼般勇猛，用计时像狐狸一样狡猾。

"一场风暴把我们吹向了南方。维塔在船尾划桨，拖着长船在海上颠簸了三天三夜。海浪太高时，维塔就向海面泼一罐鲸鱼油，然后海面就奇迹般恢复平静。他在此时调转船头，迎风将船桨系在绳子上，抛入海底。他说，船身剧烈颠簸时，这就是锚。这是他父亲古瑟伦教给他的办法。他还知道中世纪的《伯德医书》，伯德是一个非常睿智的医生。他还知道《哈拉夫航海书》，那可是劫掠埃及的女人。关于海船的一切，她了如指掌。

"暴风雨过后，我们看到一座山，山顶白雪皑皑，高耸入云。山下的草煮熟吃了以后，对治疗牙龈酸痛和脚踝肿胀有奇效。我们在那里休整了八天，直到身着兽皮的人向我们扔石头。天气越来越热，维塔在船桨曲干上方多铺了一块布，因为在岛上的山脉和东面的非洲海岸之间，没有风浪。那岸边尽是沙，我们要沿岸航行三箭之遥。在这里，我们看见了形如盾牌一样的鲸鱼，比我们的船还要长。有些鲸鱼在睡觉，有些鲸鱼张开嘴看着我们，有些鲸鱼在热浪中嬉戏。海水热得都烫手。灰白、炎热的云雾笼罩着天空，雾中的细尘一早上就把我们的胡须和头发染白了。这里还有飞鱼，和鸟一样在天空飞翔，还会落在桨手的膝头上。我们一上岸，就把它们烤熟当作盘中餐。"

骑士停了下来，看看孩子们是否怀疑他的话。孩子们只是点点头，说："接着讲呀！"

"在我的左边是一片黄色的陆地，右边是一片灰色的海洋。尽管我是一名骑士，也还是要在桨手中间划桨。我打捞了一些海草，把它们晒干，塞进陶罐里，以防珠子破裂。骑士身份在陆地上管用，但是在海上，人就是没有了马刺的骑手，骑着一匹没有马勒的马。我学会了用绳子打水手结，就是把两根绳子首尾相连，即使是维塔也很难看出来这个结是在哪里相连。但休更精通海上技能，胜我十倍。维塔让他指挥左舷的桨手。断了鼻子的索基尔德，来自博尔库姆岛，他头戴诺曼钢帽，负责指挥右舷的桨手。两边的桨手一边划船，一边歌唱，毫不懈怠。的确，正如休所说，管理一艘船比管理一个庄园要难，不然维塔就会嘲笑他。

"怎么说呢？是这样。我们从岸上取来饮用水，摘野果和野草，装回沙子擦洗甲板和长凳，让它们保持干净。我们还把船拖到下游的岛屿上，将所有的装备清空，包括铁楔在内。然后，我们点燃树枝，用烟熏甲板的底部，再用盐水清除船上长出的杂草。哈拉夫女士的航海书里就是这么写的。我们清理完船只，就将它翻转过来。那只鸟儿叫道：'拔剑！'，好像看见了个敌人似的。维塔发誓他要拧断这鸟儿的脖子。"

"可怜的波莉！维塔真的这么做了吗？"乌娜问道。

"不，波莉可是我们在船上的好伙伴，能叫出所有桨手的名字。对于一个单身汉来说，这种日子确实美好。我们跟着维塔这伙异教徒，越过世界尽头……过了几个星期，我们来到了维塔父亲口中的大沙洲外海。我们最开始绕开了大沙洲，停在外海。眼前的景象、流沙碎浪的声音把我们搞得头晕目眩。我们再次到达陆地时，发现赤身裸体的黑人住在树林里，他们用水果、禾草和鸟蛋跟我们换了一块铁楔。维塔用手挠了挠头，这手势表示他要买黄金。这帮人没有金子，但他们明白这种手势（所有黄金贩子都把金子藏在他们浓密的头发里）。他们手指海岸，还握拳捶胸。只是当时我们还不知道，这可是个凶兆。"

"那是什么意思？"丹问。

"别着急，你们慢慢听呀。我们沿着海岸向东航行了十六天（我们用舵轮栏杆上划下的剑痕来计算时间），最后到达海上森林。那里的树木长在泥浆中，树身上方呈拱形，老树根又瘦又高，树下有许多泥泞的水道，通向黑暗之处。在这里，我们见不到太阳，只能在树林里，沿着蜿蜒的沟渠前进。这个地方也不能划船，我们只能利用老树根拖着船向前走。那水臭气熏天，一大群闪闪发光的苍蝇折磨着我们。从早到晚，一层蓝色薄雾笼罩着泥浆，这雾气能引发热病。有四个桨手病倒了，我们只能把他们绑在板凳上，以防他们翻腾滚出船外，成为泥浆里魔鬼的口中食。黄种人生病了，躺在'智慧之铁'旁边，难受得摇头摆脑，说着他的家乡话，痛苦地呻吟着。只有那只鸟儿毛发无损，坐在维塔的肩膀上，在嘈杂、寂静的黑暗中叽叽喳喳。我想最让我们害怕就是那片寂静。"

他停下脚步，倾听着令人舒适的淙淙流水声，就好像家乡小溪的流水声一样。

"我们在那些黑暗的沟壑和泥浆中前进，早已不知时辰。这时，远处传来鼓声。顺着鼓声，我们来到了一条宽阔的棕色河畔，看见河有一间小屋坐落在南瓜地里。感谢上帝，我们终于重见天日了。村民们非常热情好客，维塔向他们挠了挠头（表示想要金子），并给村民们看我们的铁和珠子。他们跑到岸边——当时我们还在船上——用手指着我们的宝剑和弓箭，我们靠岸时习惯带着武器。不久，他们从小屋里取出了很多沾满灰尘的金子，还有几条巨型的黑色象牙。他们把这些东西放在河岸上，好像是在引诱我们，还做着挑衅的手势，并指着树梢和后面的树林。他们的首领还是大巫师，捶打胸口，咬牙切齿。

"博尔库姆的索基尔德说：'他们是不是要为这些东西跟我们打一仗？'他的剑已经拔出了一半。

"'不，'休说，'我想他们的意思是想跟我们结盟，去打其他敌人。'

"'我可不想这么干，'维塔突然说道，'退回到河中间去。'

"于是，我们退到河中间，一动不动地坐着，望着那些黑人和岸上的金子。这时，森林里再次传来鼓声，人们逃回小屋，没人管那些金子。

"这时，休拉弓上弦，一言不发。我们看见一个巨魔从森林里出来。他用手遮着额头，粉红的舌头舔舐着嘴唇——就像这样。"

"巨魔！"丹带着万分惊恐的表情说道。

"是的。巨魔比人高，满头红发。他仔细观察我们的船，用拳头猛捶胸口，那声音就像阵阵鼓声。然后，他走到岸边，长长的胳膊在身体两侧摇摆，对着我们咬牙切齿。休放箭，刺穿了他的喉咙。他咆哮着倒地。这时，另外三个巨魔从森林里跑出来，把他拖到一棵大树上，然后就销声匿迹了。不久，他们扔下了染血的箭，在树丛里哀号。

维塔看着岸上的黄金，他不愿意眼睁睁地错过那些金子。'先生们，'他说（此前还没人说过话），'这就是我们费尽心血要找的东西，现在它就摆在我们面前。我们要趁这些魔鬼哭天喊地的时候，奋力划桨，能拿走多少算多少。'

"维塔如狼般凶狠，似狐狸般狡猾！他在前甲板上安排了四名弓箭手，如果魔鬼从岸边的树林里出来，就立刻放箭。他在一侧安排了十个桨手，让他们根据自己的手势向前或者向后划船，哄着船员靠近河岸。尽管金子就在十步之内，但无人愿意上岸。没有人急着送死！他们如同丧家之犬，呜咽着，划着桨。维塔气得咬起手指来。

"休突然说：'听！'最初我们以为是那些大苍蝇的嗡嗡声，但那声音越来越响亮，越来越凶猛，所有人都听得清清楚楚。"

"那是什么？"丹和乌娜问道。

"是宝剑的声音。"理查德爵士拍拍光滑的剑柄，"它像即将出征的丹麦人一样，激情澎湃地唱着。'我去吧！'休说。他从船头跳了下去，落在了黄金堆里。我吓得魂不附体，但我绝不能丢人，随后也跟了上去。索基尔德也跟着我跳下去了。其他人没有跟过来。'别怪我，'维塔在我们身后喊道，'我必须守在船上。'我们三个人没有时间去责备，也没时间赞美。我们俯下身捡起金子，扛在肩头上，另一只手握住剑，时刻留意着上面树林的动静。

"我不知道魔鬼是怎么跳下来的，也不知道战斗是怎么开始的。我听见休大喊：'出来！出来！'他仿佛又回到了桑特拉彻战役。我看见索基尔德的钢盔被魔鬼毛茸茸的大手重重一击。我感到船上射出一支箭从我耳边呼啸而过。他们说，维塔要不是把剑架在桨手的脖子

177

上，强逼着他们，船根本不会靠岸。那四个弓箭手每个人后来都说，是他自己一个人打败了同我混战的魔鬼，这我也说不清楚了。我身上的盔甲还救了我一命。我拿着长剑和腰间的匕首与一个魔鬼搏斗，他的双脚跟手一样灵活，我像一根枯枝一样被他甩来甩去。那魔鬼从侧面抓住了我的腰和手。这时，船上一只飞箭直中他的肩膀，他松开了我。我连刺两剑，将他刺穿。他用手臂支撑着身体，一边咳嗽一边呻吟。然后，我记得博尔库姆的索基尔德光着脑袋，面带微笑，上蹿下跳，与魔鬼周旋。他的举动让魔鬼暴跳如雷，恨得咬牙切齿。这时休冲过去，他把剑换到左手。我觉得好奇怪，才知道休是居然个左撇子。之后的事我就记不得了。后来我感到有浪花溅在脸上，那时我们已经在阳光普照的海面上了，那都是二十天后的事了。"

"发生了什么事？休死了吗？"孩子们问道。

"基督徒还从来没有打过这样的仗，"理查德爵士说，"船上的一支箭把我从恶魔手中救了回来。博尔库姆的索基尔德从魔鬼的面前往岸边撤退，这样，船上的弓箭手在岸边乱箭射死了那个魔鬼。但是跟休作战的魔鬼很狡猾，一直躲在箭射不到的树后，而面对面的决斗完全靠休的宝剑和手力。那魔鬼临死时还死死咬住宝剑。给你们看看它的大牙印！"

理查德爵士又一次把宝剑翻过来，孩子们能看到剑身两侧两个巨大的牙印。

"休的右手和整个身体右侧被魔鬼的獠牙咬伤了，"理查德爵士接着说，"至于我嘛，摔断了一只脚，染上了热病。索尔基德的耳朵被伤了，但休的胳膊和整个身体右侧开始萎缩。我看到他躺在那儿，左手拿着一个水果，吸着汁水。他的肉从骨头上脱落，头发上一片片斑驳的白灰，手像女人的一样布满青筋。他用左臂搂住我的脖子，低声说：'拿着我的剑。黑斯廷斯战役结束时，这把宝剑已经属于你了。哎，我的好兄弟，我再也握不住这剑柄了。'我们躺在甲板上，谈论着桑特拉彻战役之后的种种。我当时十分虚弱，而他更加虚弱，跟一个影子差不多。

"'不，不，'维塔站在舵栏杆边说，'黄金是所有人的得力臂膀！看看那些金子！'他吩咐索尔基德把金子和象牙给我们看，好像我们是好奇的小孩子一样。他把岸上所有的金子都拿走了，而且他斩杀魔鬼有功，为表感谢，村民还给了他两倍的金子。他们把我们当神来崇拜，索基尔德告诉我：当地的一位老妇人治好了休的胳膊。"

"你得到了多少金子？"丹问道。

"怎么跟你形容呢？我们出航的时候，桨手脚下踩的是铁楔子，返航的时候，木板下面藏的是金楔子。我们睡在金沙袋上，身旁也都是金沙袋，长凳下面纵横交错地摆着黑色的象牙。

"'我宁可要我的右手。'休看着这些黄金说道。

"'哎，都是我的错！'维塔说，'十个月前，你们刚上船的时候，我就应该把赎金一收，把你们在法国就扔下。'

"'现在说这话太晚了。'休笑道。

"维塔拨了拨他的披肩长发，说道：'但是想想看，如果我当时放了你们，你们现在可能早就死于勃艮第公爵和摩尔人的战争中，或者被陆地上的盗贼杀死，又或者因为瘟疫死在小旅馆里。当然，我不会让你们走的，我爱你们胜过爱自己的兄弟。休，你想想，也别太责

怪我。看！这金子我只要一半。'

"'维塔，我一点儿也不怪你，'休说，'这是一次愉快的冒险。我们三十五人所建立的丰功伟绩，无人可及。如果我能活着回到英国，我就会用我的那份钱，好好管理达灵顿庄园，把自己养得膀大腰圆。'

"'我要买牛羊和琥珀，给我妻子买暖和的红衣服，'维塔说，'我要买下斯塔万格峡湾的所有土地。现在，许多人都愿意为我卖命了。但是我们首先要向北走，船上有这些财宝，希望我们不要碰上海盗船。'

"我们没有笑，必须谨小慎微。这可是我们与魔鬼决战的战利品，到手的鸭子可别飞了。

"'那个巫师去哪儿了？'我问道，维塔正看着盒子里的'智慧之铁'，但我没看到黄种人。

"'他回自己的家乡去了。'维塔说，'在我们冲出泥浆森林的那晚，他说在树林的后面能看到他的家乡。他跳到了泥浆里，但无论我们怎么喊，他也不应，后来我们就不喊了。他留下了"智慧之铁"，这才是我关心的事。瞧，"智慧之铁"仍然指向南方。'

"我们担心黄种人一走，'智慧之铁'就不再管用，但我们的担心是多余的。'智慧之铁'依旧好用。不过我们很害怕遇见强风、浅滩还有乱跳的飞鱼。靠岸的时候，我们也害怕岸上的居民。"

"为什么呢？"丹问道。

"因为金子啊，因为我们有金子啊。黄金让我们所有人都变了，但是博尔库姆的索尔基德却还是一如既往，没有改变。他嘲笑维塔忧心忡忡，还嘲笑我们畏首畏尾。因为船一颠簸，我们就劝维塔收帆。

"'还不如在海上淹死算了呢，'博尔库姆的索基尔德说，'那也比被一船的黄金绑架了强。'索基尔德没有土地，曾经是东方某个国王的奴隶。他会把黄金锻打成长条形，镶在桨柄和船头上。

"维塔虽然为黄金操透了心，却像女人一样精心照顾着休。船一颠簸，维塔就让休靠在自己肩膀上。他还在两侧船板之间拉上绳索，方便让休把扶。他说，要是没有休和他的伙伴们，他们永远拿不到金子。我记得维塔为那只鸟儿做了一个小金窝。三个月来，我们划桨，出航，上岸买水果或清洁船。当我们看到荒野骑兵在沙丘中策马扬鞭、挥舞长矛，我们知道已经到了摩尔人的海岸、西班牙以北了。在那儿，西南风大作，十天的时间就将我们吹到红岩高耸的海岸边。在那里，我们听到金雀花丛中传来打猎的号角声，我们知道我们到英格兰了。

"'现在送你们去佩文西平原吧，'维塔说，'但我可不喜欢那片挤满船只的狭窄海域。'

"维塔把休杀死的那个魔鬼的头腌制、风干，高悬在我们的船头上，所有的船都避开我们。然而，因为船上装着金子，其实我们比他们更害怕。我们夜间沿着海岸慢慢航行，一直走到白垩悬崖边，东边就是佩文西了。休跟维塔说达灵顿庄园有喝不完的美酒，但是维塔就是不下船。他急着回家看妻子，天一黑就出发了。他随着潮水一道走了，留下了属于我们的那一份金子。维塔没有许诺，没有发过誓，也没有感谢。休没有了胳膊，我还是个老瘸子，维塔本可以把我们扔进海里喂鱼的。他递过来一块又一块的金楔子，装了一袋又一袋的金子和金沙，直到我们拿不动了，他才停下来。他倚栏俯身，和我们道别，摘下了所有的镯子，套在休的左手上，亲了休的脸颊。我想，当索基尔德吩咐桨手开船时，我们几乎都快哭了。维塔是个异教徒，还是个海盗，

181

他把我们扣在船上好几个月。但是我好喜欢这个罗圈腿、蓝眼睛的人，因为他大胆狡猾、足智多谋，更因为他天真质朴。"

"他平安回家了吗？"丹问道。

"这我就不知道了。我们看见他在月光下扬帆起航，我祈祷他平安和妻儿团聚。"

"你们后来做什么了呢？"

"我们在沼泽地待到天亮。休回去佩文西，我留下来看守金子，金子全都用旧帆布包着呢。德·阿奎拉给我们派来了马匹。"

理查德爵士双手交叉，握在剑柄上，望着树荫底下的溪流，那树荫让人感觉闷热，浑身软绵绵的。

"整船的黄金！"乌娜说，看了看他们小小的"金鹿号"，"但是还好，我们可没碰见魔鬼。"

"我不相信他们是魔鬼。"丹轻声回答说。

"嗯？"理查德爵士说，"维塔的父亲可提醒过，他们绝对是魔鬼，不容置疑。人必须相信父辈的话，孩子的话听听就行了。那你们觉得我们遇到的不是魔鬼是什么呢？"

丹满脸通红。"我……我只是觉得，"他结结巴巴地说，"先生，我有一本书叫《大猩猩猎人》，那是《珊瑚岛》①的续篇。书里说大猩猩（你知道，就是很大的猴子）总是爱吃铁一类的东西。"

---

① 罗伯特·迈克尔·巴兰坦所著小说，描写了三个少年在南太平洋珊瑚岛上的经历。三个少年从残暴的食人者手中解救出受害者，最后成功踏上了归乡之途。

"也不总是吧。"乌娜说，"只有两次。"他们一直在果园里读《大猩猩猎人》。

"嗯，总之，它们在进攻人们之前，总会捶打胸部，就像理查德爵士说的那样。而且它们确实在树上搭房子。"

"哈！"理查德爵士目瞪口呆，"那魔鬼建造的房子就像扁平的巢穴，他们的小鬼躺在里面，看着我们。但我没有看见他们，因为战斗以后我大病一场，这是维塔告诉我的。瞧，这你们也知道？真厉害！这些魔鬼只是筑巢的猿猴吗？世界上就没有魔法了吗？"

"我不知道，"丹惴惴不安地回答，"我见过有人从帽子里变出兔子来。他告诉我们，如果我们用心观察，就能看出其中的奥妙。我们确实好好观察了。"

"但是我们还没看出来。"乌娜叹道，"嘿！是普克来了！"

这个棕色皮肤的小家伙从两棵白蜡树之间钻出来，面带微笑，点了点头，然后顺着河岸滑下来，落到了他们身旁的树荫里。

"理查德爵士，没有魔法吗？"他大笑着说，摘下一朵盛开的蒲公英，一口气吹散。

"他们告诉我，维塔的'智慧之铁'就是个小玩具。这孩子还随身带了一个呢。他们还告诉我，我们遇见的魔鬼都是大猴子，就是大猩猩！"理查德愤慨地说。

"这就是读书的魔力啊。"普克说，"我跟你说过，这些孩子绝顶聪明。多读书，人就会变聪明。"

"可是，书上说的都是真的吗？"理查德爵士皱起了眉头，"我可不喜欢看书或是写东西。"

"当然,"普克说着,把那只光秃秃的蒲公英举得高高的,"可是,如果我们要把所有胡编乱写的人都绞死,为什么德·阿奎拉不先拿书记官吉尔伯特开刀呢? 他虚伪至极。"

　　"可怜的吉尔伯特总是瞎写。但这就是他的风格,他胆大包天。"理查德爵士说。

　　"他干什么了?"丹说。

　　"他胡写一气。"理查德爵士说,"你觉得这事儿跟孩子们讲合适吗?"他看向普克。这时,丹和乌娜一起叫道:"告诉我们吧! 快告诉我们吧!"

索基尔德之歌

海面上风平浪静，

划桨，向斯塔万格！

前进，向斯塔万格！

风平浪静，我们势必日夜兼程，

生死与共，向斯塔万格！

全速前进，向斯塔万格！

哦，你听，船椅嘎吱作响！

（全速前进，向斯塔万格！）

船儿向着北国雨露的指引！

（全速前进，向斯塔万格！）

船儿向着北国雨露的指引！

她亦欣喜，与我们一同前去。

船儿向着北国雨露的指引！

想念冬日黑夜温柔的气息。

船儿上，枚枚螺栓都切盼靠岸，

而我们——我们更是翘首以盼！

神佑英武之士，

刮起风来，让我们收帆疾进！

刮起风来，让我们满帆归乡！

可——海面始终风平浪静。

全速前进，向斯塔万格！

风平浪静，我们势必日夜兼程，

全速前进，向斯塔万格！

佩文西的老伙计们

佩文西的老伙计们

佩文西的老伙计们

"这与那些猿猴或魔鬼无关，"理查德爵士继续低声说道，"这与德·阿奎拉有关，他是最勇敢、最机智、最强壮的骑士。而且，别忘了，他当时已经非常非常老了。"

"当时是什么时候？"丹问。

"就是我们跟维塔告别，从海上回来的时候。"

"你们用那些黄金干吗了？"丹问。

"别着急。这个故事就像护身铠甲层层相套，环环相扣，我会一点一点地全都告诉你们。我们把金子放在马背上，装了整整三驮，运回了佩文西平原。我们把金子放在佩文西庄园大厅的北屋里。冬天，德·阿奎拉就住在那儿。他坐在床上的样子，像极了一只白色的小猎鹰。在休和我跟他讲述我们的历险故事时，他的小脑袋转个不停，时而转过来望着我，时而转过去看着休。性情乖戾的老兵吉安，外号'螃蟹'，手持武器，在楼梯口守着，但是德·阿奎拉吩咐他在楼梯下面候命，然后，把门口的两幅皮窗帘全部拉上。吉安就是当初德·阿奎拉派来帮我们运黄金的人，他带着马来接我们，只有他运过黄金。我们的故事讲完之后，德·阿奎拉给我们讲了英格兰发生的事，毕竟我们都离开一年了。红胡子威廉国王就在你们起航的那一天遭人暗杀，你们还有印象吧。他的弟弟亨利自立为英格兰国王，排挤掉了他的哥哥，也就是诺曼底的罗伯特公爵。伟大的威廉国王去世时，红胡子威廉也是这样夺走了罗伯特公爵的王位。德·阿奎拉说罗伯特公爵两次错过登上国王宝座的机会，愤愤不平。所以他派出一支军队去攻打英格兰，却在朴次茅斯被打得落荒而逃。之前，维塔的船就曾与罗伯特公爵的舰队擦肩而过。

"'现在，'德·阿奎拉说，'从索尔兹伯里到什鲁斯伯里，在北部和西部，有一半的贵族反对国王，而另一半人则在观望，关注着局势的发展。他们说亨利简直太讨英格兰人喜欢了。他的妻子就是英格兰人，她连哄带骗地让亨利恢复了撒克逊人的古老法律。这就是知己知彼，百战百胜啊！但这不过一块遮羞布罢了。'他用手指敲打着桌子，桌上的酒都洒出来。他接着说道：

"'在桑特拉彻战役后，威廉给诺曼的贵族分配了大量土地。当然，我也沾了光，'他说道，拍了拍休的肩膀，'但那时我就提醒过他——早在奥托造反之前，我就提醒过他——如果诺曼贵族想成为英国贵族，那么，他们应当放弃诺曼底的领地和爵位。现在，他们在英格兰和诺曼底都是君侯，简直是二臣贼子，两边的便宜都想占！诺曼底的罗伯特公爵告诉他们，如果他们不肯在英格兰起兵响应他，他就会将他们在诺曼底的土地洗劫一空。因此克莱尔、菲茨·奥斯本和蒙哥马利先后起兵响应。蒙哥马利可是威廉一世册封的英国伯爵。达西也揭竿而起，我记得他父亲就是卡昂附近的一个小骑士，无名之辈罢了。如果亨利赢了，男爵们还能逃到诺曼底，罗伯特会欢迎他们的。如果亨利输了，罗伯特给他们分更多的英国土地。噢，简直是蛀虫——诺曼底的蛀虫，这帮人会让英格兰终年不得安生！'

"'阿门！'休说，'你觉得战火会烧到咱们这里来，是吗？'

"'他们不会从北边过来，'德·阿奎拉说，'但是海上可没有壁垒。如果贵族们占了上风，罗伯特会再派一支军队，乘胜追击，这是肯定的。我想这次他会在咱们这里登陆，因为他的父亲，征服者威廉就是在这里登陆的。你们真的是把财宝带到了一个好地方啊！半个英格兰都战火绵延，咱们这儿还有这么多的黄金，'他踢了踢桌腿，说道，'多得足以让基督教世界的武士们争抢厮杀。'

"'我们该怎么办？'休问道，'达灵顿庄园没有放金子的地方。如果我们把金子埋起来，谁能替我们保管好呢？'

"'我啊，'德·阿奎拉说，'佩文西的城墙固若金汤。除了吉安，谁也不知道城墙之内的秘密，吉安可是忠仆。'他拉开窗帘，给我们看看高墙内的水井。

"'当初我打这口井是为了有饮用水，'他说，'但是，我们却发现井水是咸的，而且，井水还会随着潮水起落。听！'我们听到井底水声呼啸咆哮。'那地方用来藏金子，怎么样？'他问道。

"'只能这样，'休说，'我们的命都是你的呢。'于是我们把大部分金子埋藏起来，只留下一小箱，放在德·阿奎拉床边。这箱金子的重量和色泽能够让他开心，同时也能随时满足我们大家的需要。

"第二天早晨，在我们骑马回庄园。他说：'我不跟你们道别，因为你们还会回来，跟我一起守在这里。这不是重不重感情、伤不伤感的事儿，而是为了那些金子。你们还是对我多加提防为好，'他大笑着说，'免得我用这笔钱财当上罗马教皇。千万不要相信我，你们一定要回来！'"

理查德爵士停了下来，笑容有些悲伤。

"那我们七天后就从庄园回去了，就是那个属于我们的庄园。"

"孩子们还好吗？"乌娜说。

"我的儿子们风华正茂，就该让他们治理土地和庄园。"理查德爵士自言自语地说道，"如果我们拿回庄园的管理权，肯定会伤了孩子们的心。他们非常欢迎我们，但我和休清楚地知道，属于我们的年代过去了。我是个瘸子，他只有一只胳膊。我们绝不能这么做！"他摇了摇头，接着他拉高嗓门说道，"于是，我们骑马回到了佩文西。"理查德爵士满面悲伤。

"不好意思，让您想起了伤心事。"乌娜说。

"小姑娘，这都是以前的事了。他们如朝阳，我们似夕阳。我们应该让他们接管庄园。我们下马时，德·阿奎拉在楼上窗户旁大声喊道：'呦！老狐狸们，终于回来了。'我们爬上楼梯，走进他的房间，他一把抱住我们两个，说道：'老鬼们，欢迎你们回来！欢迎欢迎，一帮可怜的老鬼！'我们突然意识到，虽然我们富得流油，却无比孤独。是的，非常孤独！"

"你们怎么办？"丹问。

"我们关注着诺曼底的罗伯特公爵。"骑士说，"德·阿奎拉跟维塔一个德行，受不了无所事事。晴天的时候，我们在贝克斯利和库克米尔之间策马奔腾。有时会带着猎鹰，有时带着猎犬（沼泽和丘陵地有肥硕的野兔）。我们也总是留意着海上的情况，害怕诺曼底舰队来袭。天气不好的时候，德·阿奎拉会走上塔楼，对着雨皱起眉头——看看这儿，指指那儿。他一想到维塔的船在他的海岸来去自如，连声招呼都不打，就很是恼火。当风停了，往来的船只也靠岸了，他就会走到码头边，倚着剑，在飘着鱼腥味的空气中，向水手们打听关于法国的消息。同时他也留意着陆地上的情况，关注着亨利和贵族的战争消息。

"很多人都给他报信，比如吟游诗人、竖琴师、小贩、随军小贩、牧师，等等。虽然他十分注重保密，在小细节上都十分隐蔽，但是如果这些人的消息不尽如人意，他可不管什么场合，会当着所有人的面，骂亨利国王是个傻子或是未经世事的孩子。我曾听到他在渔船旁大喊：'我要是英格兰国王，我就会这样这样。'当我骑马出去查看海上的警示标志有没有立好，或者有没有被海水冲倒时，他经常从窗口向我喊道：'注意点，理查德！别和我们国王一样瞎，要亲眼去看，亲手检查。'我觉得他无所畏惧。我们就这样一直在佩文西城堡大厅楼上的小屋里住着。

"一个天气恶劣的晚上，有消息传来，说国王使者在海岸下游等候。我们在大雾中前往贝克斯利，这是最适合船只登陆的地方，一路上我们都冻得瑟瑟发抖。德·阿奎拉派人告诉那个使者，他可以跟我们一起进餐，也可以等我们吃完再见面。不久，吉安在楼梯口大声告诉我们那人叫了匹马，然后就离开了。'让他滚吧！'德·阿奎拉说，

'没有必要为了一个国王派来的使者在这儿挨冻，我可没那么闲。他留下什么话了吗？'

"'没有，'吉安说，'但他说了一嘴，要是老狗不会新把戏，它的狗窝可就保不住了。'吉安曾经在桑特拉彻跟德·阿奎拉并肩作战。

"'呦呵，他这话是跟谁说的？'德·阿奎拉擦了擦鼻子。

"'大部分的话是他看着他的胡子说的，后边的一些话是他上马的时候对着马说的。我一直跟在他身后，送他出去的。'螃蟹'吉安说。

"'他的盾徽是什么样的？'

"'黑色的底面，上面刻着金色的马蹄铁。'吉安说。

"'那是福尔克的人。'德·阿奎拉说。"

普克轻声打断他。"福尔克的盾徽不是在黑底上刻的金色马蹄铁，福尔克的军队是——"

骑士摆摆手，严肃地回答道：

"你是最清楚那个坏蛋的真名的，"他回答说，"但我选择叫他福尔克，我答应过他，不能说出他的恶行，不让任何人猜到。我把我故事里的名字都改了。他的子孙后代也许还活着。"

"好吧——好吧，"普克轻声笑了笑，说道，"这就是骑士，跨越千年，仍信守承诺。"

理查德爵士轻轻鞠了一躬，继续往下说。

"'黑色的底面上刻着金色的马蹄铁？'德·阿奎拉说，'我听说福尔克加入了贵族。如果这是真的，国王一定占了上风。没关系，福尔克的兵都不是忠诚之辈。即使这样，我也不该让他的人饿着肚子离开。'

"'他吃过了，'吉安说，'书记官吉尔伯特从厨房给他拿了肉和酒，他在吉尔伯特的桌子上吃的。'

"'这个吉尔伯特是巴特尔修道院的书记官，是佩文西庄园的记录官。他身材高大，肤色苍白，手里常拿着祈祷用的新式念珠。念珠由棕色坚果或种子制成，和钢笔还有笔墨一起挂在腰上。一走起路来，这些东西就会发出叮叮当当的响声。他的房间有一个大壁炉，还有一个记录专用的桌子。他整夜在那儿躺着。若是看到大厅里的猎犬来找骨头或是趴在热灰里睡觉，他就会像个女人一样，用珠链抽打它们。当德·阿奎拉坐在大厅里审理案子、收纳罚款、分配土地时，吉尔伯特就会在庄园的卷宗上做记录。但他不负责给客人们提供食物，也没有权利让其他人在主人不知情的情况下离开。'

"吉安下楼后，德·阿奎拉说：'休，你有没有告诉过吉尔伯特你认识手写的拉丁文？'"

"'没有，'休说，'他既不是我的朋友，也不是我的猎狗奥托的朋友。'

"'没关系，'德·阿奎拉说，'可千万别让他知道你识字。'说到这里，他用剑鞘戳了戳我们的肋骨。'你们俩都盯着他点。我听说非洲有魔鬼，但我以圣徒的名义起誓，佩文西的魔鬼更恐怖！'他当时就说了这么多。

"过了一段时间，一个诺曼底的重甲兵想娶庄园里的一个撒克逊姑娘，但是，吉尔伯特（自从德·阿奎拉提醒我们，我们一直留意他）不清楚她的家人是自由民还是奴隶。因为如果那姑娘是自由民，德·阿奎拉会赐给他们一块好地，所以这事就得去议事厅，由德·阿奎拉做裁决。姑娘的父亲先开口，接着是她的母亲，然后所有人一起叽叽喳喳，直到大厅的钟声响起，猎狗狂吠。德·阿奎拉抬起双手对坐在壁炉边的吉尔伯特喊道：'把她写成自由民吧，看在上帝的分上，在我被他们叽叽喳喳地震聋之前，赶紧给她写成自由民！好了，好了。'他对跪在他面前的姑娘说，'只要你闭嘴，你就是赛尔迪克的妹妹，麦西亚夫人的亲表妹，'他说，'用不了五十年，再也不会分什么诺曼人和撒克逊人，大家都是英格兰人，而这些人就会完成这个使命！'他拍了拍重甲兵，吻了吻姑娘。那重甲兵是吉安的侄子。德·阿奎拉用脚蹭了蹭脚下的草丛，表示裁决结束（议事厅里总是冷得刺骨）。我站在他身旁，休在壁炉那里，站在吉尔伯特身后，正跟他聪明又野性的奥托在玩。他向德·阿奎拉做了一个手势，示意德·阿奎拉让吉尔伯特为这对新人量一块土地。然后，吉尔伯特跟着这对新人跑了出去，腰上的念珠噼里啪啦地响。大厅里空空荡荡的，只剩下我们几个坐在火炉旁。

"休靠着炉石说：'我看到这块石头滚到吉尔伯特脚下时，奥托在嗅它。看！'德·阿奎拉用宝剑扒拉了一下炉灰，石头一打斜，下面露出一张折叠的羊皮纸，上面写着'佩文西公爵对国王的忤逆之言——第二部分。'

"那上面记录着（休轻声地全给我们念出来了）德·阿奎拉每一次对国王的嘲讽，他每一次在窗口对我说的话，还有每一次说假如我是国王，我就会如此如此的内容。是啊，他每天不过脑子说出的话，都让吉尔伯特记录下来了，而且，意思都被误解了。他记录的方式竟是如此巧妙，即使是熟人也无法否认德·阿奎拉曾说过类似的话。你们明白吗？"

丹和乌娜点点头。

"是的，"乌娜严肃地说，"你说了多少并不重要，你那些话表达的意思才是关键。就像我们开玩笑说丹是畜生一样，但大人们总是不能理解。"

骑士继续讲述："'他就天天在我们的眼皮子底下干这些事情？'德·阿奎拉问道。

"'不，是每个小时都在干，'休说，'就在刚才，德·阿奎拉在大厅里讲撒克逊人和诺曼人的时候，我看到吉尔伯特就在羊皮纸上写着记着，那羊皮纸就放在庄园的卷宗旁边。上面写着德·阿奎拉说过，如果他的重甲兵顺利完成任务，英格兰很快就没有诺曼人了。'

"'以圣骨起誓！'德·阿奎拉说，'在笔杆子面前，荣誉和宝剑还有什么用？吉尔伯特把那些纸条藏哪儿了？他应该是把它们全吞下去了吧。'

"'他出去时放在胸口了，'休说，'所以我找到了他保存定稿的地方。当奥托抓这块石头时，我看到他脸都绿了。所以我敢打保票。'

"'他胆子真大，'德·阿奎拉说，'说句公道话，从他的角度来看，他可真勇敢。'

"'简直是胆大包天哪，'休说，'听听这段，'他念道，'在圣阿加莎日那天，佩文西公爵躺在楼上，反穿着他的第二件兔子皮衣……'

"'快让他滚吧！他又不是我的侍女！'德·阿奎拉说。休和我都哈哈大笑。他反穿着兔皮衣，观察着沼泽上的雾，提醒着他的酒鬼

朋友——理查德·达尔恩格里奇爵士（这时他们一起嘲笑我），说道：'老狐狸，留点意，上帝是站在诺曼底公爵一边的。'

"'我也得当心。在黑雾中，罗伯特爵士可以神不知鬼不觉地率领一万大军登陆。不就是他说我们整天在沼泽地里骑马，差点死在流沙里，然后像病羊一样，连咳十天的吗？'德·阿奎拉大声说道。

"'不是，'休说，'下面我给你们念念吉尔伯特本人给他主人福尔克的祷告吧。'

"'啊，'德·阿奎拉说，'行，我就知道是福尔克。我的血值几个钱？'

"'吉尔伯特祈祷，他天天心惊胆战地搜集证据，最终能让佩文西的主人丧失领地……'

"'心惊胆战倒是不假，'德·阿奎拉嘬紧腮帮子，说道：'不过笔杆子真是好武器呀！我必须好好学学。'

"'他祈祷，福尔克会信守承诺，给他在教会里升升官。为了防止福尔克忘记，他在下面写着"巴特尔修道院圣器保管人"。'

"听到这话，德·阿奎拉吹了个口哨，然后说：'他谋害我，也能谋害另一个领主，狗改不了吃屎。我的土地要是没了，福尔克会用鞭子抽打吉尔伯特愚蠢的脑袋。尽管如此，巴特尔仍然需要一个新的圣器保管人。他们告诉我，院长亨利在那儿不守规矩，胡作非为。'

"'先别管修道院长了，'休说，'我们的性命和土地都危在旦夕了。这张羊皮纸还只是第二部分，第一部分已经交给福尔克了。想必国王早就知道了，他会认为我们是叛徒的。'

"'那肯定的，'德·阿奎拉说，'那天晚上，吉尔伯特给福尔克的人送饭的时候，已经把第一半消息给他了。我们的国王被他哥哥和贵族们折磨得疑神疑鬼的，谁也不相信了（这也怪不得谁）。福尔克有眼线，还挑拨离间。国王马上就会把我们俩的土地没收，分配给他。一切都过去了。'他向后一仰，打了个呵欠。

"'你打算就这样逆来顺受，乖乖交出佩文西吗？'休问道，'到那时，我们撒克逊人肯定是要跟你们国王打一仗的。我得去达灵顿给我的侄子报信儿。给我一匹马！'

"'还是给你个玩具拨浪鼓玩玩吧，'德·阿奎拉说，'把羊皮纸放回原处，我们好好复盘一下。佩文西是英格兰的门户，如果落入福尔克手中，他会怎么做？他内心深处觉得自己是诺曼人，站在诺曼底这边。在那里，他可以随心所欲地残杀农民。他会向迷迷糊糊的罗伯特敞开通往英格兰的门户，就像奥托和莫尔坦曾经做过的那样。那么就会有第二次登陆，第二次桑特拉彻战役。因此，我不能放弃佩文西。'

"'精辟。'我们两人说道。

"'啊，但等等！如果国王看到吉尔伯特的证词，他就会不信任我。他会派人来这对付我。我们一打起来，英格兰的门户无人把守。那么，谁会首先乘虚而入呢？甚至可能会是诺曼底的罗伯特公爵。因此，我们不能与国王开战。'他抚摸着他的宝剑——就这样。

"'你这说辞岂不是跟诺曼人一样反复无常。'休说，'那我们的庄园怎么办？'

"'我不是在为自己着想，'德·阿奎拉说，'也不是在为国王着想，也不是在为你们的土地着想，而是为英格兰着想。现在，不管是国王

还是贵族，没有一个人为英格兰着想。我不像理查德爵士是诺曼人，也不像休爵士是撒克逊人。我是英格兰人。'

"'不管是撒克逊人、诺曼人还是英格兰人，'休说，'我们都是一根绳上的蚂蚱，说说到底怎么办吧。我们什么时候把吉尔伯特绞死？'

"'永远不会，'德·阿奎拉说，'谁能说得准，说不定他还能成为巴特尔修道院的圣器保管人呢！说句公道话，他的文笔确实不错。但是，只有死人才能闭嘴。等等吧。'

"'但是国王可能会把佩文西交给福尔克，'我说，'我们要不要告诉我们的孩子们？'

"'不用，国王还没解决北方的烂摊子，怎么可能捅南方的马蜂窝呢？他也许会把我们当作叛徒，但至少我还没有揭竿起义。他和贵族们打仗的时候，我按兵不动，对他可是好处多多。如果他够聪明的话，就会等到战争结束后再树敌。但我想福尔克会教唆国王派人来找我，如果我抗命不去，在国王眼里，这就是我叛国的证据。所以，现在空口无凭，光有吉尔伯特的小报告无济于事。我们贵族信奉的是教会，像安瑟伦[①]一样，想说什么就说什么。我们天天该干什么干什么，什么都别让吉尔伯特知道。'

"'那么我们就坐以待毙？'休说。

"'我们先按兵不动，'德·阿奎拉说，'我活了这么大岁数，这还是我遇到过的最棘手的事情。'

[①] 罗马天主教经院哲学家、神学家。

"于是，我们就照做了，最终证明德·阿奎拉说得没错。

"那一年晚些时候，一队全副武装的士兵骑着马翻过小山，在国王旗帜后面是那金色的马蹄铁标志。德·阿奎拉在我们房间的窗户边上说：'我跟你们说过吧？福尔克亲自来查看他的新领地了，毕竟国王答应过他，只要他能拿出我叛国的证据，我的领地就是他的了。'

"'你怎么知道？'休问道。

"'因为如果我是福尔克，我也会这么做，但我会带更多人马。我的那匹杂色马就交给你们照料了，'他说，'福尔克给我带来了国王的旨意，要我离开佩文西去参战。'他嗫紧腮帮子，在井边上使劲捶了捶，井里面传来空荡荡的水声。

"'我们去吗？'我说。

"'走？现在这个时候？简直疯了！'他说，'把我从佩文西支走，踏荆棘，穿森林？不到三天，罗伯特公爵的一万铁骑就会踏平佩文西！谁能阻止他？难不成是福尔克？'

"外面传来号角声，福尔克在门口高声传旨，命德·阿奎拉率领全部人马前往国王在索尔兹伯里的营帐。

"'我刚跟你们说什么来着？'德·阿奎拉说。'从咱们这里到索尔兹伯里，至少有二十个贵族臣服效忠国王。可是国王居然听信了福尔克的话，派他来南方召唤我，难以置信！还没等敌人发起进攻，他自己就把英格兰大门打开了。把福尔克的人马安顿在南边的大谷仓里，'他说，'给他们备酒。福尔克吃完饭的时候，我们去我卧室喝酒。大厅太冷了，咱们这把老骨头受不了。'

"福尔克下马，跟吉尔伯特去了教堂，感谢上帝保佑他们平安抵达。他满身肥膘，看到我们的苏塞克斯的烤鸟肉，两眼放光。他吃完饭，我们带他去了楼上的小房间，吉尔伯特去处理庄园的卷宗去了。我记得，当时福尔克听到井里潮水的呼啸声时，吓得直往后跳。他那外翻着的长马镫鞋被草缠住了，接着，他踉跄了一下。吉安在他身后，毫不费力地揪着他的头往墙上撞。"

"你事先知道会发生这样的事情吗？"丹说。

"当然了，"理查德爵士笑了笑说。"我踩着他的宝剑，拔掉他的匕首，他一时之间分不清白天还是黑夜。他翻着白眼，嘴里冒泡，就躺在那里。吉安像捆小牛一样把他捆住。他全身穿着新潮的蜥蜴甲，不像我的护身铠甲一样有扣环，理查德爵士拍了拍他的胸膛。蜥蜴甲是用结实的皮革打底，上面铺有一层钢铁保护层，匕首根本无法穿透。我们剥掉了他的盔甲（没必要把盔甲弄湿了，这可是一块好盔甲）。德·阿奎拉在盔甲颈部的钢片里找到了一张羊皮纸，就是我们之前放回炉石下的那张。

"这时，吉尔伯特还想逃跑。我双手按在他的肩头，这就够他喝一壶的了。他趴在地上，浑身颤抖，抚摸念珠祈祷。

"'吉尔伯特，'德·阿奎拉说，'佩文西的主人还有更重要的言行需要你记录呢。你去把笔墨拿来吧，可不是人人都能成为巴特尔修道院的圣器保管人的。'

"福尔克躺在地上说：'你绑架国王的使者，佩文西会因此被烧成灰烬。'

"'也许吧。我已经见识过一次了，'德·阿奎拉说，'振作起来，福尔克。我保证，如果你非要抢走我的佩文西庄园，那么，围攻结束，

我会把你放在火焰上绞死。想当年，奥托和莫尔坦被我们饿得饥肠辘辘的时候，奥托对莫尔坦残忍的所作所为都没这么残忍。'

"福尔克坐起来，狡猾地打量着德·阿奎拉，看了许久。

"他说道：'凭圣徒的名义起誓，你最开始为什么不说自己是罗伯特公爵一边的人呢？'

"'我是他的人吗？'德·阿奎拉说。

"福尔克笑着说：'亨利国王的人怎会如此粗鲁地对待他的使者。你是什么时候投靠公爵的？让我起来，把这些事情理顺。'他微笑着，点了点头，接着眨了眨眼睛。

"'是的，我们会把事情都理顺的。'德·阿奎拉说着，向我点了点头，吉安和我把福尔克拉起来，他可真够重的。我们用一根绳子把他吊到井里，大概略高过他的肩膀一点点，可不能让他踩到我们的金子。时值退潮，水只没过他的膝盖。他一言不发，只是颤颤发抖。

"然后，吉安突然用匕首鞘猛击吉尔伯特的手腕。'住手！'他说，'他想把他那串珠子吞下去。'

"'应该是毒药吧。'德·阿奎拉说，'知道太多秘密的人可需要这东西。三十多年来，我都随身带着这玩意儿。给我！'

"吉尔伯特立刻号啕大哭。德·阿奎拉捻动着念珠，我以前说过这些珠子是用大坚果做的，他用别针一扣，最后一个珠子一分为二，里面有一张折叠的小羊皮纸。上面写着：'老狗要去索尔兹伯里挨揍了，它的狗窝是我的了。速来。'

"'这比毒药还可怕。'德·阿奎拉嘬紧腮帮子，轻声说道。吉尔伯特趴在在草丛中，告诉我们他所知道的一切。和我们猜的一样，那封信是福尔克写给公爵的（他不是第一次为他们传信了）。在教堂里，福尔克把信交给吉尔伯特。吉尔伯特打算早上去码头，把信交给一艘往来于佩文西和法国海岸之间的渔船。虽然吉尔伯特虚伪不可信，吓得瑟瑟发抖的他发誓说船主对此毫不知情。

"'他叫我秃子，'吉尔伯特说，'他还朝我扔黑鳕鱼的内脏，但他不是叛徒。'

"'我不会让我的书记官挨打受骂，'德·阿奎拉说，'我要将那个水手绑在桅杆上抽打。先为我写封信，明天你送到船上去，顺带捎上我要鞭打他的命令。'

"听到这里，吉尔伯特差些亲吻德·阿奎拉的手，他从没想过自己还能活到明天早上。当他缓了缓，身体颤抖得不那么厉害了，他以福尔克的名义给公爵写了一封信：狗窝（佩文西）已经关闭，老狗（德·阿奎拉）坐在外面看守。另外，一切都已败露。

"'告诉所有人，一切都败露了，'德·阿奎拉说，'就算是教皇，也会睡不踏实。是吧，吉安？要是别人告诉你一切都败露了，你会怎么办？'

"'我肯定要逃呀。'吉安说，'万一是真的呢？'

"'说得好，'德·阿奎拉说，'吉尔伯特，你写信说伟大的蒙哥马利伯爵已和国王讲和，烦人的小达西已经被绞死了。我们要让罗伯特吃不了兜着走。还要再写上福尔克浑身浮肿，奄奄一息。'

"'别写！'福尔克在井里大喊，'你们不要拿我开涮，直接淹死我算了！'

"'我？拿你开涮？'德·阿奎拉说，'我这是用笔杆子打仗，

用笔杆子捍卫我的生命和土地。这可是跟你学的，福尔克。'

"接着，福尔克痛苦地呻吟起来，因为他太冷了。'我都招，都招。'他说。

"'好，这才是我的好邻居嘛，'德·阿奎拉在井边上俯身对他说道，'你已经了解了我的言行，或者说你至少了解一部分。所以你得用你自己的言行来报答我。拿笔墨来，吉尔伯特。这可是你最爱干的活儿。'

"'放了我的人，别伤害他们，我就会坦白我的造反阴谋。'福尔克说。

"'他怎么突然开始体恤下属了呢？'休对我说，因为福尔克可没有宽待下属的习惯，他也就分分战利品，体恤下属是从来没有过的事儿。

"'差不多得了，'德·阿奎拉说，'吉尔伯特早就把你们都供出来了，足以让蒙哥马利上绞刑架的了。'

"'不要，把我的手下放了吧。'福尔克说。潮水正在上涨，我们听到他像池塘里的鱼一样不断地扑腾。

"'放心，该放的时候我会放的，'德·阿奎拉说，'长夜漫漫，醇酒飘香，现在就差一个好故事下酒了。讲讲你的故事，就从你在图尔的少年时期开始吧。快点吧！'

"'你真是伤透了我的灵魂。'福尔克说。

"'那么我可就做到了国王和公爵都做不到的事。'德·阿奎拉说，'开始吧，啥也别漏下。'

"'让你的人一边去。'福尔克说。

"'我能做的就这么多，'德·阿奎拉说，'但是，记住，我和

丹麦人的国王一样，潮水上涨我可管不了。'

"'潮水要涨多久？'福尔克问，又开始扑腾起来。

"'三个小时。'德·阿奎拉说，'足够交代你干的好事了。开始吧！吉尔伯特，我听说你有时会有点粗心，可别歪曲他的原意啊。'

"黑暗中，死亡的恐惧笼罩着福尔克，他开始坦白。吉尔伯特不知道自己的命运会如何，就一字不落地全部记录下来。我听过很多故事，但跟福尔克罪孽深重的人生相比，简直不值一提。福尔克吊在井里，就这样讲着，声音在井里回荡。"

"他很坏吗？"丹惊叹道。

"简直超乎想象，"理查德爵士回答道，"尽管如此，有些故事把吉尔伯特也逗得哈哈大笑。我们三个笑到肚子疼。曾经一度，他的牙齿冻得打战，我们都听不清楚了。我们给他递了一杯酒暖暖身子，他好接着讲。福尔克坦白了他的背叛、恶毒、奸诈和胆大妄为（简直是胆大包天）；他的退缩、拖延和装模作样（难以置信，他还是一个懦夫）；还有他缺乏魄力和荣誉感，一旦迷茫就绝望无比；还有他还专于算计。是的，他在我们面前挥舞着他肮脏人生的破布，就好像在骄傲地挥舞一面旌旗似的。当他最终说完的时候，我们借着火把，看见潮水已经漫到他嘴角了，他用鼻子拼命地呼吸。

"我们把他拉了出来，给他擦了擦身子，裹上斗篷，又给了他些酒喝。我们弯着腰，看他喝酒。他浑身发抖，却不以为耻。

"突然，我们听见楼梯上的吉安醒了过来。一个男孩从他身边挤过，站在我们面前。他头发上沾满了议事厅里的草，睡眼惺忪。'爸爸！爸爸！我梦见有人背叛我们。'他大声叫道，结结巴巴地说个不停。

"'没有人背叛我们，'福尔克说，'走吧！'孩子转身离去，半梦半醒。吉安拉着他向议事厅走去。

　　"'那是你的独生子！'德·阿奎拉说，'你怎么把孩子带到这儿来了？'

　　"'他是我的继承人，我不敢把他托付给我的兄弟。'福尔克说，现在他感到很羞愧。德·阿奎拉只是坐在那里，一言不发，双手捧着酒杯。不一会儿，福尔克跪在他面前。

　　"'让这孩子逃到诺曼底去吧，'福尔克说，'我任你处置。明天就可以绞死我，把给罗伯特的信系在我脖子上，但是，放了那孩子吧。'

　　"'闭嘴。'德·阿奎拉说，'我得为英格兰着想。'

　　"于是，我们一起等着德·阿奎拉的对策。福尔克的额头冒出了汗珠。

　　"终于，德·阿奎拉开口说道：'我岁数大了，不愿意评判或信任任何人。我和你不一样，我并不贪恋你的土地。你在安茹王朝的黑贼中是善是恶，只有你的国王心知肚明。因此，福尔克，回到你的国王身边去吧。'

　　"'你不把今天的事告诉他吗？'福尔克说。

　　"'我为什么要告诉他？我会把你儿子留在我身边。国王再叫我离开佩文西，理由只能是抵御英格兰的敌人。如果国王再派人来说我是叛徒，或者说国王躺在床上恶意揣测我和这两位骑士，你的儿子就会在这扇窗户外面被绞死，福尔克。'"

　　乌娜吓了一跳，叫道："可这跟他儿子一点儿关系也没有呀。"

"你想想我们能绞死福尔克吗？"理查德先生问道，"我们需要通过他和国王议和。他会为了自己的儿子，出卖半个英格兰。抓住他的小辫子，我们就有救了。"

"我不明白，"乌娜说，"在我看来，那么做简直太可怕了。"

"福尔克可没这么想。他可高兴了。"

"什么？因为他儿子要没命了？"

"不是，因为德·阿奎拉表示这样可以让他的儿子、土地和名誉都安然无事。'我听你的，'他说，'我发誓我一定办到。我要告诉国王你们不是叛徒，而是最优秀、最英勇、最完美的骑士。真的，我会救你们的。'

"德·阿奎拉还在盯着杯底，来回晃动酒杯。'是啊，'他说，'如果我有个儿子，我肯定也会救他的。但你千万别告诉我你会怎么做。'

"'不，不，'福尔克说着，机智地点了点他的秃头，'这是我的秘密。放心吧，德·阿奎拉，你的头颅和你的土地都会完好无损。'他面带微笑，好像在做一件大善事一般。

"'那么，我建议，'德·阿奎拉说，'你最好不要一人事二主。'

"'什么？'福尔克问道，'现在这天下大乱的时候，我就不能两边好好尝尝甜头吗？'

"'罗伯特公爵或者国王，英格兰或者诺曼底，'德·阿奎拉说，'我不管你选择哪一边，只要你现在就做出选择就行了。'

"'那就选择国王吧。'福尔克说，'能看出来，效忠国王比侍奉罗伯特公爵强。需要我发誓吗？'

"'没有必要。'德·阿奎拉说，他把手放在吉尔伯特做记录的羊皮纸上。'吉尔伯特赎罪工作的一部分就是抄写你精彩的人生传记，抄它个十本、二十本，甚至一百本。你想想，图尔主教，你弟弟还有布洛瓦修道士，他们愿意出多少头牛买你的故事？吟游诗人会把你的故事编成民谣，你的撒克逊农奴会在犁地的时候吟唱，重甲兵会唱着歌谣穿过诺曼底的城镇。福尔克，从这里到罗马，人人都会用这个故事找乐子。福尔克像一只溺水的狗，被吊在井里讲故事。如果我再发现你当面一套，背后一套，这就是对你的惩罚。在此期间，羊皮纸和你的儿子都会留在这里。等你和国王讲和回来，我会把儿子还给你，但羊皮纸可不会给你。'

"福尔克捂住脸，呻吟起来。

"'凭圣骨起誓！'德·阿奎拉笑道，'笔杆子真厉害啊，我用我的宝剑都没法让你这样。'

"'只要我不惹怒你，你就不会公开我的秘密了吧？'福尔克说。

"'没错，这样你舒服多了吧，福尔克？'德·阿奎拉说。

"'我还有别的路可走吗？'他说着，突然把头埋在膝上，像个孩子一样绝望地哭泣。

"可怜的福尔克！"乌娜说。

"我也很同情他。"理查德爵士说。

"'不打不相识。'德·阿奎拉说罢，从我们床头的小箱子里拿出三块黄金，递给福尔克。

"'我要是早知道这一点，'福尔克气喘吁吁地说，'我根本不会动手反对佩文西。就是因为缺黄金，我才干那勾当。'

"这时天刚亮，议事厅里，人们有些骚动。我们派人把福尔克的护身铠甲送去清洗。中午，他骑上战马。高举王旗，摆好庄严华丽的排场。他捋了捋长胡子，把儿子叫到马镫旁，跟他亲吻道别。德·阿奎拉骑马送他，朝着内陆的方向一直走到纽米尔。我们觉得那一夜就像一场梦。"

"但是，他和国王解释清楚了吗？"丹问道，"我是说，说清楚你们不是叛徒了吧。"

理查德爵士笑道："国王没有再向佩文西发出诏令，也没问德·阿奎拉为什么第一次抗旨不从。福尔克干得不错。我不知道他怎么做到的，但是这事他做得利索漂亮。"

"那你们没有把他儿子怎么样吧？"乌娜问道。

"那小孩儿？他真是个小鬼头！他在的时候，门房的门总是大敞着。他唱着贵族兵营里学来的下流歌曲，简直是个小傻孩。他逗得猎狗在庄园里打架，还点燃了灯芯草，用他自己的话说，是为了把跳蚤赶出去。吉安把他扔下楼梯，他就拿着匕首跟吉安对峙。他还骑着马在庄稼地里和羊群里捣乱。但是当我们教训了他一顿，给他展示了我们猎到的羊和鹿之后，他就像一只热情似火的小猎狗，跟在我们这群老头儿的屁股后头叫着'叔叔'。夏天快结束的时候，他的父亲来接他，孩子不想走，因为他想留下来捕水獭。所以他一直待到猎狐狸的季节。我给了他一只麻鸦爪，打猎时可以给他带来好运。可真是个淘气的小鬼！"

"吉尔伯特后来怎么样了呢？"丹问。

"一下鞭子都没挨到。德·阿奎拉宁愿要一个会管理庄园卷宗的骗子书记官，也不愿要一个一窍不通、需要重新培训的新手傻瓜。而且，那晚之后，我想吉尔伯特对德·阿奎拉应当十分敬畏。最起码，他不愿意离开我们。即使国王的书记官维维安提拔他做巴特尔修道院的圣器管理人，他都不愿意去了。他确实很虚伪，但从他的角度来看，他算勇敢的。"

"罗伯特公爵到底有没有在佩文西登陆呢？"丹继续问。

"亨利与贵族作战时，我们严守海岸。三四年后，英格兰重现和平。亨利跨海攻打诺曼底，在坦什布赖大破罗伯特。亨利的许多人马从佩文西出海作战。我记得，福尔克来了，我们四个人又一次躺在小房间里，一起喝酒。德·阿奎拉是对的，不要评判别人。福尔克欣喜若狂。是的，他总是欢天喜地的，乐得上气不接下气。"

"你们后来做什么事了呢？"乌娜问。

"我们一起回忆过去。男人上了年纪就这样，小姑娘。"

草地对面隐隐传来喝茶的铃声。丹登上"金鹿号"船头，乌娜坐在船尾。她把诗集放在膝盖上，读着《奴隶的梦》①里的诗句：

> 他在梦乡的迷雾和阴影中，
>
> 看到了自己的故乡。

"我都不知道你从什么时候开始读的。"丹睡意蒙眬地说。

在小船中间的坐板上，放着乌娜的太阳帽，帽子的旁边放着一片橡树叶、一片白蜡树叶和一片荆棘叶。这些叶子应该是从树上掉下来的。小溪叮咚地流淌着，仿佛刚刚看到了什么好玩的事，在咯咯地笑。

---

① 美国诗人亨利·沃兹沃斯·朗费罗创作的诗歌。

维兰德之剑的秘密

首战里
铁匠让我
背信弃义。

派我到
穷天极地
找寻黄金。

从深水里
寻来的黄金
来到英格兰。

看着它下沉，
落入深水中，
一如亮闪闪的鱼。

不作财产，
不作装备，

只为一朝成败兴废。

寻来的黄金
国王觊觎
别有用心。

寻来的黄金
将从深水里
被人打捞起。

又看着它下沉，
落入深水之中，
一如亮闪闪的鱼。

不作财产，
不作装备，
只为一朝成败兴废。

第三十军团的百夫长

城池、王座和权力

在时间眼里，

城池、王座与权力

一如鲜花

朝生暮死。

但花朵萌芽，

人为之欣喜，

这枯竭的大地，

城池再次崛起。

当季的水仙花，

从未听说过

是何变化、变故与寒意，

让去年的花朵消失殆尽。

懵懵懂懂，

浑然无知，

水仙以为七天的生命

即是永恒的幸运。

时间是如此仁慈，

公平无私，

让我们一如水仙，

懵懵懂懂，浑然无知。

在死亡降临的时候，

在葬礼来临的时候，

我们影影绰绰，深信不疑地说：

"看吧！嘉言善行必将经久不衰！"

第三十军团的百夫长

丹老是学不好拉丁语，只得被关在家里，所以，乌娜就一个人到远方森林玩。丹的大弹弓和铅弹头是霍布登给他做的，丹将它们藏在树林西边低矮的山毛榉树洞里。他们用《古罗马之歌》中的诗句来命名这个地方：

> 高贵的沃尔泰拉，
>
> 怒容闻名遐迩，
>
> 巨人之手堆起，
>
> 致敬如神国王。

他们是"诸神一般的国王"，老霍布登在"沃尔泰拉"的两个木头膝盖之间堆了一些舒适的枯木枝，他们就把霍布登叫作"巨人之手"。

乌娜从篱笆上的秘密洞口里溜了进去，静静地坐了一会儿，按照诗歌里写得那样，尽可能做出高贵愤怒的面容。"沃尔泰拉"是一个重要的瞭望塔，它从远方森林里凸了出来，就像山坡上凸起的山林一样。在上面，可以俯瞰整条小溪，它的每一个湾口都看得清清楚楚。小溪蜿蜒流过维林福德森林，穿过种着啤酒花的园子，朝着铁匠铺附近的霍布登小屋流去。西南风（"沃尔泰拉"总有风）吹过光秃秃的山脊，切莉·克莱克磨坊就坐落在山脊上。"沃尔泰拉"的下面就是普克山。

林间风声呼啸而过，好像要发生什么激动人心的事情。这就是为什么人们会在大风天登上"沃尔泰拉"，大声朗诵《古罗马之歌》，这歌声与风声正好相呼应。

乌娜从秘密山洞里拿出丹的弹弓，准备迎战拉尔斯·波希纳的军队。他们正悄悄渡过小溪，穿过微风阵阵的白杨树林。一阵狂风吹过山谷，乌娜悲伤地吟诵：

> 从韦伯纳到奥斯蒂亚，
>
> 整个平原完全糟蹋。
>
> 阿斯图尔攻占贾尼科洛山，
>
> 强壮卫兵全被杀戮。

但是大风并非直冲着树林而来，而是拐了一个弯，把格里森牧场上的一棵橡树吹得摇摇晃晃。在狂风面前，那棵橡树如小草般蜷缩在草丛中，树梢摇来晃去，就像猫咪嬉戏时摇晃它的尾巴一样。

"现在欢迎——欢迎塞克斯图斯。"乌娜吟诵道，她拉开弹弓——

> 现在欢迎你回家，
>
> 你为何稍作停留，便转身离去？
>
> 通往罗马的道路就藏在此处。

她朝着宁静的山谷开了一弹弓，唤醒了胆怯的风，突然听到牧场的荆棘丛后面传来一阵咕噜声。

"哦，我的温吉！"她学着丹的样子大声说道，"我肯定是吓到了格里森牧场上的奶牛。"

"你这个面涂油彩的野蛮人！"一个声音喊道，"我来好好教训教训你！"

她小心翼翼地往下看，看见一个身披青铜盔甲的年轻人，那盔甲在金雀花丛中闪闪发光。乌娜最欣赏的是他那顶青铜大头盔，头盔上用马毛做成的红缨在风中飘动。她能听见马毛拂过闪亮肩板时沙沙作响的声音。

"农牧神①说的是什么意思？"他自言自语地说着，"他跟我说面涂油彩的野蛮人已经变了。"他看着乌娜满头金发的脑袋，大喊道，"你见过一个面涂油彩的铅石投手吗？"。

"没……没有，"乌娜说，"或许你看见的是弹头呢。"

"看见？"那人叫道，"那玩意儿从我耳边直接飞过去了，就在毫厘之间呀。"

"呃，刚才那是我干的，非常抱歉。"

"农牧神没有跟你说我要来吗？"他微微一笑。

"你说普克吗？他没跟我说呀。我还以为你是格里森牧场的奶牛呢。我……我不知道你是……呃，你是谁？"

那人放声大笑，露出一排白亮的牙齿。他双目乌黑，面色黝黑，

---

① 本书中指山精灵普克。

眉毛在他的大鼻子上方汇成一条浓密的黑线。

"他们叫我帕拉塞乌斯。我以前是第三十步兵团（乌尔皮乌斯军团）第七步兵大队的军官。是你向我扔的弹头？"

"是我。我用的是丹的弹弓。"乌娜说道。

"弹弓！"那人说道，"我应该知道这个东西。给我看看！"

他拿着长矛、盾牌和盔甲，跳过了简陋的篱笆，像影子一样，一下子爬上了"沃尔泰拉"。

"树枝叉投石器。我知道了！"他一面说，一面拉了拉橡皮筋，"可是，这个有伸缩性的皮革能打到大野兽吗？"

"这是皮筋。你把弹头放到那个环上，然后用力向后拉。"

他拉紧皮筋，皮筋却直接弹到了他自己的大拇指甲。

"还是自己用自己的武器吧，"他严肃地说，把弹弓递还给乌娜，"小姑娘，我还是适合大点的武器。你这就是一个漂亮的玩具，狼都不会把它放在眼里的。你怕不怕狼？"

"这里也没有狼呀。"乌娜说。

"这你可别信！狼就像翼帽军一样，说不定什么时候出现。他们都不在这里猎狼了吗？"

"我们不打猎，"乌娜说，但她又突然想起大人说的话，"我们保留了野鸡这个品种，你知道它们吗？"

"我当然知道。"年轻人笑着说，他模仿着野鸡的叫声，惟妙惟肖，竟引得树林的鸟儿纷纷附和。

"这些五颜六色的野鸡就是只会咯咯叫的大傻瓜！"他说，"就像一些罗马人一样！"

"你自己就是罗马人吧，是不是？"乌娜说。

"是也不是。和很多人一样，我也只在画中见过罗马。我们世世代代都住在维西蒂斯岛。这岛就在西边，天儿好的时候，就算是隔了这么老远，你也能看到。"

"你是说怀特岛吗？下雨前，怀特岛就会浮现出来，你从唐斯丘陵那边就能看见。"

"很有可能。我们的房子就在岛边的白垩断崖，大部分都有三百多年的历史了，比我们祖先住过的牛棚还要早一百年。是的，确实如此。当时阿格里克拉在聚居地把土地赐给我的始祖，地方还是不小的。春天，紫罗兰一路盛开，直到海滨。我还给自己采过海草，还和我家的老保姆一起为我妈妈采过好几次紫罗兰。"

"你们的保姆是罗马人吗？"

"不，她是努米底亚人。愿诸神保佑她！她很可爱，胖胖乎乎的，有着棕色皮肤，声音像牛铃一样洪亮。她是个自由民。顺便问一下，你是自由民吗，姑娘？"

"那当然了，"乌娜说，"至少在下午茶时间之前肯定是自由的。夏天，我们要是迟到的话，家庭教师也不会说什么的。"

这个年轻人又大笑了起来。他理解了乌娜的话，会心一笑。

"我明白了，"他说，"所以你就跑到这森林里来了。以前我们都是跑到海边的悬崖上去玩。"

"你们那时候也有家庭教师吗？"

"怎么没有呢？她是一个希腊人。她来金雀花丛中找我们的时候，总爱抓自己的衣服，那个样子总是逗得我们哈哈大笑。她总说要是抓到我们，肯定用鞭子好好抽我们一顿。但她从来没有抽过我们，愿上帝保佑她！阿格莱亚学识渊博，还是一个运动健将。"

"那……你小的时候，都学过什么课呀？"

"古代史、经典文学、算术，等等，"他回答说，"我和妹妹都是笨蛋，但我哥哥和弟弟（我是老二）喜欢这些东西。当然，我的母亲足够聪明，应付我们六个人绰绰有余。妈妈和我差不多高，看上去就像西方大道上那尊崭新的手提篮子的女神德墨忒尔雕像一样。妈妈还非常幽默！我的天哪！妈妈常常让我们哈哈大笑！"

"都有什么好笑的呀？"

"每个家庭都有的小笑话和小典故。难道你不知道吗？"

"我知道我们家有，但我不知道别人家也有，"乌娜说，"给我讲讲你家的吧。"

"幸福的家庭都差不太多。每天晚上，妈妈坐着纺纱，阿格莱亚在角落里看看书，爸爸算算账，我们四个孩子在走廊里嬉闹。当我们的玩闹声太大时，爸爸就会说：'别闹了！别吵了！你们不知道一个父亲可以想怎么管孩子就怎么管吗？他可以把他的那群小崽子都打死，而且诸神都会赞同他的这种做法！'然后，妈妈边纺纱，边温柔地说：'嗯！我看你也没有个罗马父亲的样子！'这时，爸爸就会把账簿卷起来，然后说：'我做给你看看！'然后，接着，他就把我们暴揍一气！"

"父亲只要想，他们就可以。"乌娜转动着眼睛说。

"我说得对吧？幸福的家庭都大同小异。"

"你在夏日里都做些什么呀？"乌娜说，"跟我们一样，到处玩耍吗？"

"是的，我们走亲访友。维西蒂斯岛上没有狼，但我们有很多朋友，很多小马，足够我们取乐。"

"那一定很可爱。"乌娜说，"永远过那样的日子该有多好。"

"然而并没有，小姑娘。当我大约十六七岁的时候，父亲患上了痛风，我们搬去了水城。"

"什么水城？"

"就是水城苏利丝啊。人人都去那儿。你哪天可以让你爸爸带你过去。"

"那是在哪里？我不知道。"乌娜说。

年轻人惊讶了片刻。"水城苏利丝，"他又说了一遍，"那里有不列颠最好的温泉，可以跟罗马的温泉媲美。所有那些拿钱不干事儿的老东西都躺在温泉里，谈论着各种丑闻和政治。将军们穿过街道，卫兵跟随其后；地方官们坐在椅子上，身后跟着他们那些呆板的随从；你还会遇到算命先生、金匠、商人、哲学家、羽毛贩子、比罗马人还罗马的英国人、比英国人还英国的罗马人、假装文明的温顺部落人、犹太演说家，还有——哦，总之人人都很有趣。当然，我们年轻人对政治不感兴趣，我们也没有痛风病。那里有很多跟我一样的同龄人，我们不觉得日子很难。

"不过就在我们无忧无虑，肆无忌惮地玩乐时，我妹妹碰见了西部法官的儿子。一年后，他们两个结婚了。我弟弟一直对植物和根茎感兴趣，遇到了罗马军团的首席医师。他决心当一名军医。我认为一个出身高贵的人不适合做这种职业。但我不是我的兄弟，我管不了他。

他到罗马去学医，现在他是驻守埃及的罗马军团里的首席医生。我记得，他好像是在安提诺，但我们已经有很长时间没有联系了。

"我哥哥邂逅了一位希腊哲学家，他告诉父亲他想定居下来，专心务农，潜心哲学。你知道吗？"那个年轻人的眼里闪过了一丝光，"他遇到的那位哲学家是一位长发披肩的女人！"

"我以为哲学家都是秃头。"乌娜说。

"也不都是。她非常漂亮。我不怪我哥哥。他的做法正合我的心意，因为我一心只想参军。我一直担心哥哥先参军，让我待在家里照看庄园。"

他敲了敲闪闪发光的盾牌，那盾牌似乎永远也挡不住他前进的步伐。

"所以我们几个年轻人都称心如意了。我们沿着森林大路，骑着马安静地返回克劳森托姆。但我们到家时，我们的家庭女教师阿格莱亚一眼就看出来我们经历了什么。我记得她站在门口，举着火把，看着我们走下船，爬上悬崖小径。'诶！诶！'她说，'走的时候还是孩子呢，回来都变成大姑娘、小伙子了！'然后，她亲吻了妈妈，妈妈流下了眼泪。可以说，水城之旅决定了我们每一个人的命运，小姑娘。"

草丛突然传来一阵响动，他站起身来，倚靠着盾牌听着。

"我想那是丹——我哥哥。"乌娜说。

"是的，农牧神跟他在一起呢。"他回答道。这时，丹和普克正跌跌撞撞地在矮树丛里穿行。

"我们应该早点来的，"普克叫道，"帕拉塞乌斯，还是你能言善辩，都把我们这位年轻的公民迷住了。"

帕拉塞乌斯一脸困惑，乌娜给他解释也无济于事。

"丹说，拉丁文'上帝'的复数形式就是'多米诺骨牌'，布莱克小姐说不对，他回答说那应该是'双陆棋'那个词，所以他不得不抄写了两遍。"

丹爬进了"沃尔泰拉"，热得气喘吁吁。

"我几乎是一路跑着来的，"他气喘吁吁地说，"然后普克碰见了我。你好呀，先生。"

"我身体还不错，"帕拉塞乌斯回答，"看！我还尝试过拉开尤利西斯的弓呢，但是呃……"他竖起大拇指。

"实在不好意思，你一定是拉得太猛了。"丹说，"普克说，你在给乌娜讲故事。"

"帕拉塞乌斯，噢，你接着讲吧。"普克坐在我们头顶上的一根枯枝上说，"我来附和你。乌娜，他是不是都把你搞糊涂了？"

"没有，我能听懂，只是我不知道那个水——水什么在哪儿？"她回答。

"水城苏利丝，就是巴斯啊，专门生产小圆面包的地方。让这位英雄自己来讲他的故事吧。"

帕拉塞乌斯佯装用矛刺普克的腿，但是普克一弯腰就抓住了他头盔上的马毛长缨，一把扯下了他的大头盔。

"谢谢你，小淘气，"帕拉塞乌斯说，甩了甩他的黑色卷发，"真是凉快不少。现在帮我把它挂起来吧。"

"我正在给这个小姑娘讲我参军的故事。"他跟丹说。

"那时候，参军需要考试吗？"丹迫切地问。

"没有。我跑去跟我父亲说，我想加入达契亚骑兵（我在水城苏利丝见过一些骑兵）。但他说我最好先加入一个正规的罗马军团。那时，和许多年轻人一样，我不太喜欢任何跟罗马有关的东西。那些罗马出生的官员和地方官瞧不起我们不列颠人，把我们当成野蛮人。我跟我父亲说过这事。

"'他们就那个样儿，'他说，'但可得牢记，我们可是老牌贵族，要效忠帝国。'

"'效忠哪个帝国？'我问，'我们还没出生的时候，就跟鹰旗没什么瓜葛了。'

"'说的什么鬼话？'我爸爸说。他很讨厌俚语。

"'好吧，先生，'我说，'罗马只有一个皇帝，而那些偏远省份，时不时冒出一个皇帝。我该听从哪一个皇帝呢？'

"'格拉提安皇帝。'他说，'至少他还有个强健的体魄。'

"'那确实，'我说，'简直像个吃生牛肉的塞西亚人！'

"'你从哪儿听说的？'爸爸问。

"'在水城苏利丝，'我说，'这是毋庸置疑。高贵的格拉提安皇帝有一队身披皮毛斗篷的塞西亚侍卫。国王对他们痴迷，穿衣打扮都和他们一样，还在罗马所有地方招摇过市！这就像我的父亲把自己涂成蓝色一样糟糕！'

"'这跟衣服有什么关系，'父亲说，'这都是一些细枝末节的问题。真正的麻烦早在你我所处的时代之前就出现了。罗马背弃了诸神，必须受到惩罚。诸神神庙摧毁的那一年，与面涂油彩的民族爆发了战争。

重建寺庙的那一年，我们把他们打得落花流水，仓皇逃走。还可以再往前追溯呢。'他追溯到了戴克里先时代，听他讲这些，你会觉得永恒的罗马帝国早已危在旦夕，因为心怀坦荡的人寥寥无几。

"我对此一无所知。阿格莱亚从来没教过我们本国的历史。她对古希腊情有独钟。

"'罗马毫无希望了，'父亲说道，'罗马背弃了诸神，但如果诸神可以原谅我们，我们或许能力挽狂澜，挽救不列颠。要想守卫不列颠，我们必须击败面涂油彩的民族。所以作为你的爸爸，我必须告诉你，你若立志从军，就要站在长城上守卫不列颠，而不是和妇女们一样待在城里。'"

"什么长城？"丹和乌娜一起问道。

"父亲指的就是哈德良长城，稍后，我会跟你们讲的。这长城横跨不列颠北部，修建已久，用来抵御面涂油彩的民族——皮克特人。伟大的皮克特战争持续二十多年，爸爸也是战争中的一员，所以他知道战争意味着什么。在我出生之前，我们的名将狄奥多西斯就已经把这些小畜生赶到了遥远的北方。当然，在维西蒂斯岛，我们从不为这些事操心。但当我爸爸说完这番话，我吻了吻他的手，等待他的吩咐。我们在不列颠出生的罗马人知道儿女对父母应尽的孝道。"

"要是我亲吻我爸爸的手，他会哈哈大笑的。"丹说。

"习俗变了。但是，如果你不听父亲的话，诸神会记住你的。这件事毋庸置疑。

"那次聊完天，爸爸看出我是认真的，就送我去克劳森托姆那里的外邦辅助部队营房学习军事技术。这群小混混都是一群来自各个地方的野蛮人，他们不刮脸，不洗漱，也不擦洗铠甲。你只有用棍子打他们的肚子，用盾牌怼他们的脸，他们才能服服帖帖地站好队形。在我学习的那段时间，教官让我带一个小队的高卢人和伊比利亚人，教他们收拾卫生，因为他们将被派到内地的军营。他们确实够我受的，我真的竭尽所能了。一天晚上，一幢城郊的房子着火了，我带领我的小队率先出发，赶在所有其他部队之前去救火。我注意到草坪上有一个面相柔和的人，倚着一根棍子。他看着我们排成一队，用水桶从池塘那里取水，然后把水桶依次传下去。他问我：'你是谁？'

"'一个随时待命的见习士兵，'我回答道，'我不知道这个丢卡利翁变出的人①是谁！'

"'在不列颠本地出生的吗？'他问。

"'对，就像你是西班牙本地人一样，'我说，'因为他说话的声音像伊比利亚的骡子一样嘶哑。'

"'你在老家的时候怎么称呼自己？'他笑着说。

"'那得看情况，'我回答，'有时候叫这个名，有时候叫那个名。抱歉，现在我很忙。'

"他没再接着说，直到我们把那些家神（他们都是受人尊敬的户主）都救了出来。然后，他在月桂树树丛边咕哝着说：'听着，那个"有时候叫这个名，有时候叫那个名"的年轻人，你以后可以称自己为第

---

① 丢卡利翁是古希腊神话中的人物，传说为普罗米修斯和普罗诺亚之子，妻子是皮拉。据传，丢卡利翁扔出的石头变成了男人，皮拉扔出的变成了女人。

三十军团乌尔皮乌斯军团第七步兵大队的队长。这样能帮我记住你，你爸爸和其他人都叫我马克西穆斯。'

"他把倚在身下的那根锃亮的手杖扔给我，然后就走了。你差点把我撞倒！"

"他是谁？"丹说。

"那就是我们伟大的将军——马克西穆斯！一位不列颠的将军，皮克特战争中奥多西乌斯的得力助手！他不仅直接授予了我百夫长的头衔，同时还让我一个骁勇善战的军团里连升三级。新兵一般都是先进入第十步兵团，然后慢慢晋升。"

"你高兴吗？"乌娜说。

"高兴坏了。我原以为马克西穆斯选中我是因为我相貌英俊，用兵有道。等当我回家时，爸爸告诉我，在皮克特战争中，他就在马克西穆斯手下服役，是我爸爸让他的老上司'照顾'我的。"

"你可真是天真无邪！"普克在上面说。

"我当时确实是，"帕拉塞乌斯说，"别嫉妒我，农牧神。后来，诸神都知道我不再相信这些把戏！"普克点点头，棕色的小手托着棕色的小脸，大眼睛一动不动。

"我离开家的前一天晚上，我们向祖先献祭，就是平常的小型家庭祭祀，但我从来没有如此真诚地向诸神祈祷。随后，我和父亲乘船去了雷格纳姆，跨越白垩海岸向东，到达安德里达。"

"雷格纳姆？安德里达？"孩子们看向普克。

"雷格纳姆就是现在的奇切斯特，"普克说，他手指着切莉·克莱克磨坊的方向，接着，他一甩胳膊，把手指向身后的南方，"安德里达就是佩文西。"

"又是佩文西!"丹说,"就是维兰德登陆的地方?"

"就是维兰德和其他人登陆的地方。"普克说,"即便跟我比,佩文西也算是老地方了!"

"夏天,第三十军团的总部设在安德里达,但我的第七大队却在北方的长城上。那时,马克西穆斯正在安德里达考察辅助部队,我记得是阿布莱西队。我们和他住在一起,因为他和我父亲都是老朋友了。我在那儿只待了十天,就接到了率领三十人去第七大队的命令。他愉快地说道:'第一次行军的经历会让人终生难忘。'我当时比当上皇帝还高兴,我率领一小队人马,穿过营地北门。我们向守营的卫兵敬礼,在胜利祭坛那里,我们也不忘行礼。"

"怎么行礼的?怎么行礼的?"丹和乌娜问。

帕拉塞乌斯微微一笑,站了起来,快速挥舞了一下盔甲。

"这样!"他说,他慢慢地行了一个漂亮的罗马军礼。礼毕,他的盾牌碰到了双肩之间的盔甲,传来空洞的铿锵声。

"啊!"普克叫道,"还真是不错!"

"我们全副武装地上路了,"帕拉塞乌斯坐下说,"当我们一进入大森林,我的士兵就请求把甲胄放在马背上。'不可以!'我说,'在安德里达,你可以穿得像个女人,在我这儿,你必须穿着盔甲,手拿武器。'

"'可是这天儿太热了,'有人说,'这儿连个医生都没有,如果我们中暑,发烧怎么办?'

"'那就等死吧,'我说,'罗马不需要你这样的兵!穿起盾牌,

拿起长矛，系紧鞋带！'

"'你以为你当上不列颠的皇帝了吗。'一个人喊道。我用矛柄把他打倒在地，并告诉这些土生土长的罗马人，再有人搞幺蛾子，那我们的行军队伍里将减少一个人。凭太阳起誓，我言出必行！克劳塞塔姆那儿的高卢新兵可没这么多事儿。

"接着，马克西穆斯像一片云一样，静悄悄地从蕨类植物中骑马出现，我父亲紧随其后。他身披紫袍，穿着金边白鹿皮裤，仿佛已经身居帝位。

"我的人马像松鸡一样纷纷跪下。

"他沉默许久，皱着眉头看着他们。然后他一弯食指，我的人就走——应该说是爬——到一边。

"'孩子们，在阳光下列队。'他说，他们在坚硬的道路上站成一排。

"'如果我不在这儿，'他对我说，'你打算怎么办？'

"'我可能会杀了他。'我回答说。

"他说：'现在就杀，他一下都不敢动。'

"'不，'我说，'你已经从我手里收走了指挥权。如果我现在杀了他，只不过是你杀人的工具而已。你们听懂我的意思了吗？"帕拉塞乌斯对丹说。

"听懂了，"丹说，"不管怎么说，这是不公平的。"

"我当时也是这么想的，"帕拉塞乌斯说，"但是马克西穆斯皱起眉头。'你永远不会成为皇帝，'他说，'你连将军都做不了。'

"我当时沉默不语，但我爸爸看着却很开心。

"'我来这儿见你最后一面。'父亲说。

"'好啦,你已经见到了,'马克西穆斯说,'我以后再也指不上你儿子了。是生是死,他都只是军团的一名军官而已。他也可能会成为我某个辖区的地方官。现在和我们一起吃点喝点吧!'他说,'你的人马会等着你,吃完为止。'

"我带的那三十个人在烈日下可怜巴巴地站着,晒得像酒皮囊一样,黝黑发亮。马克西穆斯带我们去他的就餐点,他亲自调酒。

"'一年后的今天,'他说,'你会想起来你曾经和不列颠皇帝,当然也是高卢的皇帝,一起吃过饭。'

"'是啊,'父亲说,'你可以驾驭两头骡子,一头是不列颠,一头是高卢。'

"'五年以后,你会想起你曾经和罗马皇帝一起喝过酒。'他把杯子递给我,里面还漂浮着几片蓝琉璃草叶子!

"我的父亲说:'那可不行,三头骡子你可驾驭不了,他们会把你撕成碎片的。'

"'你在石楠丛中的长城上,一定会潸然泪下,因为你不在意皇帝的恩宠,却更在意公正和正义。'

"我依然一声不吭。你无法反驳一位身居高位的将军。

"'我不会跟你动气的,'他接着说,'我对你父亲亏欠太多了。'

"'除了不采纳我的意见之外,你什么都不亏欠我。'爸爸说。

"'我不会对不起你家里任何一个人。实际上,我觉得你会成为一名优秀的保民官。但我得告诉你,你必须和长城生死与共。'马克西穆斯说。

"'很好，'我父亲说，'但不久之后，皮克特人和他们的盟友就会突围过来。你不能为了登上帝位，让所有军队都撤出不列颠，让北部的战火自己平息。'

　　"'生死有命，富贵在天。'马克西穆斯说。

　　"'那你听天命吧，'我父亲说，他将一颗蕨类植物连根拔起，'然后，跟狄奥多西斯一样死于非命。'

　　"'啊！'马克西穆斯说，'我的老上司因为功高震主而丢掉性命，我也许也会送命，但绝不是这个原因。'他邪魅一笑，我后背一阵发凉。

　　"'那我也听天由命吧，'我说，'带领我的人马向长城前进。'

　　"他打量了我许久，像个西班牙人一样歪着头。'听天命吧，孩子。'我们当时就聊到这儿了。虽然还有很多话想跟家人说，但我很开心能够出征。我发现我的人马还站在原地，纹丝未动，他们的脚都没敢在尘土中挪动一下。我向前行进，仍然觉得他那可怕的微笑像呼啸的东风一样吹得我后背发凉。直到太阳落山，我们才停止行进。"帕拉塞乌斯转过身来，望着下面的普克山，"我们停止行军的地方就在那里。"他指着老霍布登小屋后面那座山的山肩，山上遍布蕨类植物，还有一家铁匠铺。

　　"是那儿吗？啊，那儿不过是家古老的铁匠铺，人们曾经在那儿炼铁。"丹说。

　　"铁可是好东西。"帕拉塞乌斯平静地说，"我们曾在这儿补了三条肩带，钉了一根矛头。铁匠铺是一个迦太基的独眼老铁匠跟政府租的。我记得我们叫他'独眼巨人'。我在他那儿买过一张海狸皮，后来给我妹妹，铺在她的房间里做地毯了。"

"可是，过去我们这儿也没有啊。"丹说。

"它过去在这里！从安德里达的胜利祭坛到森林里的第一家铁匠铺，大概是二英里七百步的距离。《旅行指南》中都有记载。谁都不会忘记自己第一次行军的经历的。我能说出每一次扎营的位置，从这儿到——！"他向前倾，眼睛一下子被夕阳吸引住了。

太阳已经落到了切莉·克莱克山顶。阳光从树枝间倾泻而下，你可以看到远方森林深处呈现出红、金、黑三种颜色。身披盔甲的帕拉塞乌斯在阳光下闪闪发亮，光芒似火焰般灿烂。

"等等！"他举起一只手，手上的玻璃手镯反射着太阳的光芒，"等等！我要向米特拉祈祷！"

他站起来，朝着西方伸开双臂，用深沉、动听的声音祈祷着。然后，普克也唱起歌来，那声音如同钟声般响亮浑厚。他一边唱，一边从"沃尔泰拉"滑到地上，示意孩子们跟着他。孩子们跟在他后面，仿佛被他的歌声推着走似的。他们穿过山毛榉树林，在树叶间隙洒下的金褐色阳光里穿行。普克在他们中间唱着，就像这样：

　　世人为何为着荣耀而战，

　　为何繁荣总是如此短暂？

　　追求功绩百转千回，

　　是非成败可有结果？

他们走到了树林边已经锁好的小门前。

恺撒紫袍加身，

大家欢声笑语，

图利乌斯在哪儿？

普克一边唱着歌，一边握住丹的手，让他转过去，看着刚从小门里出来的乌娜。只见，小门在她身后轻轻合上。就在这时，普克把那些会消除记忆的橡树、白蜡树叶和荆棘叶扔到了他们的头上。

"哎呀，你都迟到了。"乌娜说，"你就不能早点走吗？"

"我确实早走了呀，"丹说，"我很早就跑出来了，可是——可是我不知道天已经这么晚了。你去哪儿了？"

"我一直在'沃尔泰拉'等你呢。"

"对不起，"丹说道，"都怪那该死的拉丁文。"

不列颠 – 罗马之歌

（公元 206 年）

我的祖先不知晓那里，

而我恐怕也到不了那里，

望一望那般神圣的地方——

罗马——

时间、艺术与力量交相辉映，

诸神、凡人视同一律，

那古老的高地之下——

城中各民族根生土长！

不久，又是一脉诞生，

我们祈祷，愿它坚不可摧，

它能历经千锤百炼——

如罗马一般的坚韧。

铜心铁胆，盔甲重重，

血液流淌，心脏搏动，

世世代代，帝国永远——
在我的子孙手中。

我的子孙，远于七丘，
切需关爱与守护，
请你快来保卫家乡，
帝国之火永驻辉煌！

长城上

长城上

为拉拉姬我离开了罗马，
沿军团大道去向里米尼；
她发誓会对我死心塌地，
提起盾牌要跟我一起去。

（只要鹰旗飘扬在里米尼！）
我走遍了高卢跟不列颠，
还有飞雪的庞蒂克海滩，
雪花白如拉拉姬的脖颈，
雪花冰如拉拉姬的心灵。

我失去了高卢和不列颠，
（我的声音却像是欢呼，）
"我失去了罗马和万世，
还失去了我的拉拉姬！"

听见这支歌的时候，孩子们正在远处森林的入口处。他们一言不发，急忙跑到他们的秘密入口，扭动着身体钻过树篱，找到了普克。树篱上站着一只鸡，正从普克手里啄食。

"轻点儿！"普克说，"你们找什么呢？"

"当然是帕拉塞乌斯啊。"丹说，"我们才想起昨天的事。这不公平啊。"

普克站起身来，轻声笑了笑。"抱歉啦。孩子们跟我和罗马百夫长待了一个下午，现在我得施点儿魔法让他们安静下来，才能让他们回去跟他们的家庭教师喝下午茶。哦呵，帕拉塞乌斯！"他叫道。

"我来了，农牧神！"声音从"沃尔泰拉"方向传来。透过山毛榉树树杈，他们看到青铜盔甲闪闪发亮，高擎的巨盾闪过一丝柔和的光芒。

"我把不列颠人都赶跑了。"帕拉塞乌斯笑得像个孩子，"我攻下了他们最坚固的堡垒。但罗马人很仁慈！你们可以上来了。"话音刚落，他们仨立刻爬了上去。

"你刚才唱的是什么歌？"乌娜刚缓过来劲儿，就问道。

"刚才那首歌？噢，那叫《里米尼》。整个帝国里总能传唱出一些这样的小曲来，这是其中的一首。也就一年半载的时间，这些小曲就像瘟疫一样传遍全军。之后，士兵们又会喜欢上别的小曲，彼此传唱起来。"

"帕拉塞乌斯，给他们讲讲行军吧。现在可没什么人能徒步穿行这个国家了。"普克说。

"征途越远，他们越受罪。我知道的并不比你们多，只晓得长途行军后，双脚会磨起茧子。行军一般都是日出而作，日落而息。"

"那路上吃些什么呀？"话音未落，丹就立马发问。

"肥腻腻的培根哪、豆子哪、面包哪，还有营地里的酒哪。不过，我们的士兵生来就好抱怨，行军第一天就嚷着不列颠的水磨谷物不如罗马磨坊制作的干粮管饱。罗马磨坊里都是牛拉磨，谷物质地比较粗糙一些。但不管怎么样，他们还是得取粮草，吃东西啊。"

"取粮草？到哪儿取？"乌娜问道。

"就在铁匠铺下面那儿，有个新翻修的水磨坊。"

"铁匠铺那儿的磨坊——不就是我们的磨坊吗！"乌娜看着普克。

"是啊，就是你们的磨坊，"普克接过话茬，"你们知道那磨坊有多少年了吗？"

"不知道。理查德·戴利格瑞治爵士有提到过这个吗？"

"他提到过呀。那磨坊在他的那个时代就已经很古老了，"普克答道，"得有几百年了吧。"

"在我的那个年代，它刚新建落成。"帕拉塞乌斯说，"士兵们看着自己头盔里的面粉就像看着一窝毒蛇一样。他们就是想考验我的耐心。不过，我最后还是把他们都搞定了，我们还成了朋友。说真的，还是他们教会了我罗马军步。你们知道的，我之前只在辅助军团服过役，他们总是急行军。战斗军团的军步完全不同。他们的步子频率慢却迈得远，而且保持得非常平稳。从日出到日落，基本保持一致。就像谚语里说的那样，'罗马步，罗马步，八个小时二十四英里路，一里不多一里不少。昂首挺胸，高举长矛，身背盾牌，系上胸甲，手持鹰旗穿越不列颠。'"

"那你有过什么奇遇吗？"丹问。

"长城以南，没什么奇遇，"帕拉塞乌斯说，"倒是有件挺糟糕的事，抵达北境前，有个流浪的哲人公然诋毁我们的鹰旗，我们就把他告了地方官。我能证明这个老头儿存心挡我们的道。我认为，地方执法官肯定会依法依规地告诫他，无论他信仰什么神灵，都必须尊重恺撒大帝。"

"那你们做什么去了？"丹问。

"继续行军啊。我得尽快赶到我的营地呀，都已经在路上二十天了，我可不能为这些事情分神。

"当然了，越往北走，道路越空旷。走到头就没什么树林了，山也是光秃秃的，狼在城池的废墟上长嚎。没有漂亮姑娘，也没有快活的地方执法官，那个曾与你父辈熟识的旧交，来请你去他家做客。在庙里，驿站内，频频传来野兽们不幸的消息，在那里，你会看到猎人和马戏团的捕兽人用链子拴着熊，给狼套嘴罩，还不停地在它们身上戳戳点点。你的小马看到这些吓坏了，士兵们却哈哈大笑。

"一座座花园别墅变成了封闭的堡垒要塞，那灰色石头砌成的瞭望塔，那石墙高筑的羊圈，全由来自北海岸的不列颠人武装把守。光秃秃的小山，光秃秃的房子，云朵投下的影子仿佛战斗的骑兵，矿上泛起滚滚黑烟。坚硬的道路伸向远方，没有尽头，风儿吹过盔羽，吹过被军团与将军们遗忘的祭坛，吹过破碎的神像和数不清的坟墓，坟地里还有山狐和野兔时刻窥视着你。那个空旷的穷乡僻壤，夏日酷热难当，冬日冰冷严寒，长满了紫色的石楠，到处都是碎石子。

"当你以为自己已身处世界尽头时，目光所及的最远处，却有一股烟雾自东向西飘散。烟雾之下，你能看到的基本就是一栋栋房屋、一座座寺庙、一家家商店、一个个剧院、一处处兵营和一座座粮仓。在这些东西的后面——绝对是后面———座座塔楼彼此相连，蜿蜒伸展，连绵不断，起起伏伏，若隐若现。那里便是长城！"

"啊！"孩子们惊叹地说道。

"你们确实应该惊叹，"帕拉塞乌斯说，"从小就跟随鹰旗征战的老一辈都说在不列颠帝国长城确实是'一眼见你，万物不及。'"

"长城那就是一座墙吗？就像菜园子的围墙一样？"丹问。

"不，当然不是！那可是长城。上面建有塔楼，塔楼两边有哨所，塔楼之间还有许多小型的塔楼。即便是长城上最窄的地方，也足够三位士兵并排走，从一个哨卡走到下一个哨卡。厚墙顶上还有一层幕墙，不到人的脖子那么高。远远望去，常常能看到哨兵的头盔来回移动，就像圆珠子一样。长城高三十英尺，北边，面对着皮克特人的那侧有道壕沟，里面堆满了废弃的刀剑、木头块上扎着的矛尖和缠着铁链的轮子。小个子的蛮族人经常到这里来偷铁料回去铸箭头。

"但长城还是不如它身后的小镇美妙。很久以前，长城南面是巨大的堡垒和壕沟，那儿是不许建房子的。现在，从长城的这头到那头，有一些壁垒被推倒重建，便成就了这座窄长的小镇，大概有八十英里长。你们想想看！从西边的伊图纳到东海岸寒冷的赛格杜纳，只有这一座小镇，斗鸡的、捕狼的、赛马的、闹嚷嚷的，人声鼎沸，热闹非凡。一边是皮克特人的藏匿之所，石楠丛生，树木林立，废墟一片；另一边却是占地广阔的城镇——像蛇一样长，像蛇一样凶险。是的，小镇就像一条在暖墙下晒着太阳的蛇。

"我得到的消息是我的大队在霍诺，那儿可以看见北部大道，穿过长城，直抵瓦伦蒂亚省，"帕拉塞乌斯轻蔑地笑了笑，"瓦伦蒂亚省！我们沿着那条道一直走，就到了霍诺镇，刚到那儿就大吃一惊。

那镇子是个集市，帝国里的子民们从四面八方赶到这儿来做生意，有人赛马，有人坐酒馆里喝酒，有人围观熊狗斗，有人在壕沟前看斗鸡。有个小伙子跟我年龄相仿，看得出是个军官。他在我面前勒住马，问我要干什么。

"我说：'我在找我的军营。'然后给他看了看我的盾牌。"帕拉塞乌斯举起了手中又大又长的盾牌，上面刻着三个 X，活像啤酒桶上的字母标志。

"'好兆头啊！'他说，'你大队的塔楼和我大队的挨着，但你们的士兵们都在斗鸡呢。这儿可是个找乐儿的好地方。来，我们先喝一杯，为你接风洗尘。'他想请我喝酒。

"我说：'我安顿好部下就来。'我这时又羞又气。

"他说：'噢！你很快就会发现这都是无用功的，但我也不想打破你的美好幻想。接着往前走吧，前面有罗马女神像，那是你的必经之处，就在去瓦伦蒂亚的大路上！'他大笑着，骑着马走了。我看了看，那雕像离我只几百米远，就过去了。沿着北部大道，走不了多久就能到瓦伦蒂亚。但是大道的尽头被皮克特人封住了。一块石膏板上潦草地写着'到此为止'！那种感觉就像是在山洞里行走，最后无路可走了。我们可怜的三十个人，不断用长矛击打地面，拱门下回声荡荡，却无人来应。一侧有扇门，上面写着我们军队的番号。我们悄悄潜入，见那儿有个厨子正睡着，就把他叫起来给我们做点吃的。我爬上城墙顶，俯瞰皮克特人的国度，想起了那道砖砌的拱门上写着'到此为止'的石膏板，那一刻真是惊着我了，我当时也就是个小孩儿。"

"真是挺丢人的！"乌娜说，"但你后来应该高兴起来了吧？

就是在你——"丹用胳膊肘轻轻地碰了碰乌娜，示意她别打断帕拉塞乌斯。

"高兴？我队里的士兵斗鸡回来，头盔也摘了，胳膊下面夹着鸟，还问我是谁。我真高兴不起来。当然，我也会让他们高兴不起来的。我给妈妈的信中说自己很开心，可是，哎，我的朋友们——"他伸出双臂，抱着自己裸露的膝盖，"就算是我的死对头，我也不愿他经历我刚到长城时的日子。你记住，这些军官几乎全是，当然，不算我（我觉得自己已经失去了我的上司马克西穆斯将军的支持），犯过错或者做过蠢事的，全是一些杀人的、贪污的、侮辱法官或者诋毁神明之徒，所以他们才被发配到长城来，把他们的耻辱和恐惧就此隐藏起来。而且那些军官也都是这样的人。长城上有着帝国各个民族和血统的士兵，塔楼里的士兵全都说着不同的语言，或信奉不同的神明。我们所有人就一件事相同，不管来长城前我们用什么兵器，来这儿以后，都是弓箭手，跟塞西亚人一样。不管用跑的还是爬的，皮克特人都逃不出我们的箭雨。皮克特人也是弓箭手，他们心里很清楚！"

"我猜，你们一直在跟皮克特人打仗。"丹说。

"皮克特人几乎不打仗。半年里，我没见他们打过一次。一位归顺的皮克特人告诉我们他的族人全都往北去了。"

"什么是归顺的皮克特人？"丹问。

"归顺的皮克特人就是——现在有许多归顺的皮克特人了——会说些我们的语言，也会偷偷翻过城墙，贩卖一些小马驹或者小狼犬之类的东西。人要是没有马，没有狗，没有朋友，那他很快就完蛋了。但上帝却让我拥有了这三样东西，友情是最珍贵的。你记得——"帕拉塞乌斯转过身，看着丹，"等你再长大些，命运会让你遇到你的第一个真心朋友。"

普克咧着嘴，笑着说："他的意思是，如果你一直是个好小孩，长大便会交到正派的朋友。如果你从小就调皮捣蛋，那以后也是和混混们一起玩。听听虔诚的帕拉塞乌斯讲讲友谊吧！"

"不是我虔诚，"帕拉塞乌斯回答说，"只是我知道善良有多重要。虽然我那朋友总觉得生活没有希望，但他可比我强千倍。别笑了，农牧神！"

普克在树枝上晃来晃去，大声说道："哦！永葆青春、长生不老、万物信仰的神啊，给他们讲讲你的佩蒂纳克斯吧！"

"佩蒂纳克斯就是那个神明赐予我的好友——我刚到长城时，他就同我交谈。他比我年长些，是奥古斯塔·维多利亚大队的指挥官，我，他，还有努米比亚人，我们的塔楼都挨着。他其实比我优秀得多。"

"那为什么他去了长城？"乌娜立刻问道，"你刚刚说的，都是做了坏事的人才去。"

"他父亲早先去世了，他和母亲一直跟着叔父生活，叔父是高卢的富豪，可待他妈妈并不好。佩蒂纳克斯长大后也发现了这一点，于是叔父便使出各种手段，威逼利诱，将他打发到了长城。一次宰牛祭祀庆典上，我们在漆黑的神庙中相识了。"

"原来如此，"普克转过身，对着孩子们说道，"你们可能有点不理解，帕拉塞乌斯的意思就是，他跟佩蒂纳克斯是在教堂里遇到的。"

"是的，我们先是在山洞那见过，后来我们又一同提拔到狮鹫军衔，"帕拉塞乌斯说着，抬起手，在脖子上放了一会儿，"他那时已经在长城上戍守了两年，非常了解皮克特人。他教我的第一件事就是如何采石楠。"

"采石楠是怎么回事？"丹问。

"就是带上一个归顺的皮克特人，到皮克特的领地狩猎。只要你是皮克特人的客人，在身上显眼的位置别一根石楠枝，你就非常安全。你若孤身一人前往，要么是淹没在沼泽里，要么就是让人杀了。只有皮克特人自己知道怎么走能避开那些幽暗、看不见的沼泽。皮克特人老阿罗，是个瘦小干枯的独眼龙，我们跟他买小马驹，交情不浅。早先我们只想逃离这糟糕的镇子，一起聊聊故乡，后来他就教我们怎么猎狼，怎么猎红鹿。红鹿十分雄壮，头上的角就像犹太人的烛台一样有很多分叉。土生土长的罗马军官也因此瞧不起我们，但比起他们的那些娱乐消遣，我们更愿意去采石楠。相信我，"帕拉塞乌斯又转过身去，看着丹，"小男孩骑马、追红鹿，都不会有什么危险。记得吗，农牧神——"他又转向普克，"小溪那边的松树林里，我为我们的森林神——潘——准备了小祭坛。"

"什么祭坛？用带有色诺芬①风格的石头堆的那个吗？"说起这个，普克的声音都变了。

"不是！我哪知道什么色诺芬！是佩蒂纳克斯！那天他第一次射中了山兔——他完全是蒙中的！我就用浑圆的鹅卵石搭了那个祭坛，纪念我第一次射中了熊。我高兴得干劲十足，搭了整整一天。"帕拉

---

① 雅典人，历史学家，苏格拉底的弟子。他以记录当时的希腊历史、苏格拉底语录而著称。

塞乌斯马上转过身，看着孩子们。

"我们在长城上两年的生活就一直是这样——时而跟皮克特人有点冲突，大部分时间都和老阿罗在皮克特的领地狩猎。有时他唤我们孩子，我们也很喜欢他和他的野蛮族人。即使这样，我们从不允许他们按皮克特的风格为我们身上画上油彩，因为一旦画上到你死去的那天都别想擦掉。"

"那是怎么画上去的？"丹问，"像文身那样吗？"

"他们先把皮肤刺破，等鲜血流出来，再把彩色的汁液混进去搓揉。老阿罗从额头到脚踝都涂满了蓝色、绿色和红色，他说这是信仰的一部分。他给我们讲他的宗教（佩蒂纳克斯总对这方面的事感兴趣），我们跟他也更熟了，他还告诉我们长城那边的不列颠的新闻。那些日子里，长城那边发生了好多事。我在阳光下起誓，"帕拉塞乌斯相当认真地说，"没有什么是这些小个子蛮族不知道的事！马克西穆斯自立为了不列颠国王，之后去了高卢，他什么时候去的，去的时候带着哪些士兵和移民，老阿罗统统告诉了我们。我们回到长城后，又过了十五天，才得到这些消息。老阿罗说马克西穆斯每个月都从不列颠调兵攻打高卢，而且，我发现他连数都没说错过，真是太神了！还有，我再给你们讲个怪事！"

他双手交叉，抱着膝盖，把头靠在身后的盾牌上。

"夏末，第一抹寒霜降临，皮克特人也开始灭杀蜜蜂。我们仨带上新猎犬，骑上马，出去打狼。我们的长官路提利亚乌斯将军给了我们十天假。我们这次跑到更远、更高的山间，一直走出了瓦伦蒂亚省外的第二道城墙，那里连一点儿古罗马的废墟都没有。没到晌午，我

们就猎到了一头母狼。老阿罗剥狼皮的时候，他抬起头对我说：'孩子，等你做了长城上的戍卫长，你就再也不能干这种事了。'

"我笑着跟他开玩笑说：'我还有可能在高卢那地方当个地方官呢。你等着吧，等我当上戍卫长。'

"老阿罗说：'不，可不要等到那一天哪。听我的话，你们俩都回家吧。'

"佩蒂纳克斯说：'我们哪有家啊，你我心知肚明，我俩这辈子就这样了，翻不了身。也就只有我们这样对生活了然无望的人，才会冒着摔断脖子的风险买你的小马驹。'

"老阿罗笑了起来，是一种皮克特人典型的短促笑声，听起来像是起霜的夜里狐狸的叫声。他说：'我喜欢你们两个孩子，我又教过你们些打猎的门道，听我的话，回家吧。'

"'我们回不去了。'我说，'一来，是我在将军那里失了宠；二来，佩蒂纳克斯有他那个叔父。'

"阿罗说：'我不知道他叔父的事，但帕拉塞乌斯，你的困扰不该有。你的将军一直非常看重你。'

佩蒂纳克斯坐了起来，说："我的天呐，你这老马贩子还知道马克西穆斯将军怎么想的？"

"就在那一刻，一头凶猛的雄狼从我们身后一跃而出（你能想象，那些畜生闻到人吃东西的香味能悄悄潜得离我们有多近吗？），正在一边休息的猎犬全都撵了上去，我们也对它紧追不舍，像离弦的箭似的，朝着落日的方向一路追赶，追到了一个完全陌生的国度。最后，我们到了一片狭长的海角，周围水路蜿蜒，下面是一片灰色的沙滩，那里停着一些船。我们数了数，有四十七艘。这船不是罗马人的大划桨船，而是罗马统治疆域以外的北方人使用的乌鸦翼船。船上，士兵们进进出出，太阳照在他们的头盔上熠熠生辉。这头盔也不是罗马式的头盔，而是罗马统治疆域以外的北方红发人的翼盔。皮克特人管翼盔叫翼帽。我们看着，数着，十分惊讶，虽然我们早就听过关于翼帽的传闻，却从未亲眼见过。

"'快走！快走！'阿罗说，'我的石楠枝在这儿可保护不了你们。咱们会一块儿让人杀了的！'他腿抖得要命，声音也在颤抖。我们原路返回，穿过石楠丛，从月色走到拂晓，可怜的狗儿们在路上还撞上了几处废墟。

"我们醒来的时候，身体都冻僵了。阿罗正把食物和水搅在一块儿。在皮克特，他们只在村子附近生火。这些小个子的蛮族人用烟雾当信号，有一种独特的烟能把他们引出来，就像蜜蜂一样嗡嗡嗡地跑出来。不光这样，就像蜜蜂能蜇人一样，他们也能让人受伤！

"阿罗说：'我们昨晚看到的是一个贸易站，就是一个纯粹的贸易站。'

"'我可不喜欢饿着肚子睡觉，'佩蒂纳克斯说，'我猜（他的眼睛像老鹰一般锐利）——我猜那也是个贸易站吧？'他指着远处山顶升起的烟，皮克特人管这种烟叫做'皮克特的召唤'：一下——两下，两下——一下！皮克特人就这样在燃烧的火堆上，上下来回地抖搂浸湿的兽皮，升起烟雾。

"'不，'阿罗把盘子丢进口袋里，说，'这烟就是为你我放的，你的命运已经注定，来吧。'

"我们跟着他走。我们采石楠时，必须服从那个带着我们的皮克特人——可那缥缈的烟雾远在二十英里外的地方，比东海岸还要再往东。那天的天气闷热难当。

"'不管发生什么事情，'老阿罗说着，小马在他身边嘶鸣，'希望你们能记住我。'佩蒂纳克斯说：'我肯定忘不了你，你还欠我一顿早饭呢。'

"'罗马人，来一把碎燕麦片，怎么样？'阿罗说，似笑非笑地，声音很奇怪。

"'如果你是这把燕麦，被撒进了石磨中间，你怎么办？'

"佩蒂纳克斯说：'我是佩蒂纳克斯，我不喜欢猜谜。'

"'你们真是傻瓜蛋，'老阿罗说，'一群不知名的神正威胁着你我的神明，可你们就只会笑。'

"我说：'活在威胁里的人活得更长久。'

"'上帝保佑，希望你说的能成真，'阿罗说，'但是，说真的，你们可别忘了我。'

"烈日炎炎，我们攀上了最后一座山，望向三四英里外的东海。海上泊着一艘小帆船，船的样式像是北部高卢的，登陆板放了下来，船帆半张着。一人独坐在下面的山谷里，怀抱着小马，不是别人，正是不列颠的国王，马克西穆斯！他打扮得像个猎人，倚着手杖。但是，他的背影我太熟悉了，就算是距离这么远，我也知道，那就是马克西穆斯。我告诉了佩蒂纳克斯。

"'你疯得比阿罗还严重！'他说，'你们是叫太阳给晒的吧！'

"我们站到马克西穆斯面前，他才站起身。接着，他上上下下地

打量我，问道：'你又饿了？好像我到哪儿都得请你吃饭呢。这有吃的，阿罗去做吧。'

"'不，'阿罗说，'强龙不压地头蛇，我给两个孩子做饭，用不着你批准。'说着，他开始生火。

"'我错了，'佩蒂纳克斯说，'我们都疯了，来，大声说，疯子礼拜皇帝！'

"马克西穆斯双唇紧闭，挤出他那瘆人的笑。但已经在长城上服役了两年的我，可不会被一个表情吓着。我不怕。

"马克西穆斯说：'帕拉塞乌斯，我让你去做百夫长，与长城共存亡，可你呢，看看这些，'他在胸前摸了摸，'你可真能画啊。'他拿出了一打信，都是我写给我的族人的，上面全是一些画，画着皮克特人，熊，还有我在长城服役时遇见的人。妈妈和妹妹总是特别喜欢我的画。

"他递给了我一张，我为那画取名为'马克西穆斯的士兵'。上面画了一排肥胖的酒徒，我们霍诺医院的老大夫们用鼻子都能分得清他们。每次马克西穆斯从不列颠抽调军队攻打高卢，就会给戍守军队发酒——我估计是想让他们闭嘴，别乱说话。在长城上，大家就管这些装酒的皮囊叫'马克西穆斯'。对了，我还在画里给他们戴上了国王的头盔。

"'前不久，'马克西穆斯继续说，'就有人因为开玩笑，已经在君王那里有记录了。他们的玩笑还没你的这个过分呢。'

"'来真的呀，君王，'佩蒂纳克斯说，'但你忘了，那时的我，就是你朋友的朋友，还没成为投矛高手呢。'

"他没有实打实地把打猎的长矛对准马克西穆斯，而是把它平稳地放在手中把玩——像这样！

　　"'我讲的都是从前的事，'马克西穆斯说，眼睛都没眨一下，'现在，能为自己、为朋友考虑的孩子太少了。'他对佩蒂纳克斯点了点头。'帕拉塞乌斯，这些信是你父亲借我的，我不会加害于你的。'

　　"'一点儿也不担心。'佩蒂纳克斯边说，边用袖子擦他的矛头。

　　"'攻打高卢需要兵力，我只能不断地从不列颠调兵。这次我是来长城调兵的。'马克西穆斯说。

　　"'祝您此行愉快，'佩蒂纳克斯说，'我们是帝国最后的一撮垃圾——前途无望的两个人。至于我呢，我宁可相信受罚的犯人，也不信你。'

　　"'你原来是这样想的？'马克西穆斯有些严肃地说，'等我打下高卢，一切就会不一样了。人总得押上点什么，要么是性命，要么是灵魂，要么是和平。'

　　"阿罗从火堆旁把烤好的鹿肉递了过来，还在滋滋作响呢。他先给了我们俩。

　　"'啊！'马克西穆斯正等着他那份烤肉，'我现在感觉到这是在你的地盘了。就按你的想法来吧。帕拉塞乌斯，他们说你天天跟皮克特人鬼混在一起。'

　　"'我跟他们一起打猎，'我说，'也可以说，我在皮克特还是有几个朋友的。'

　　"'你的武装军队里，帕拉塞乌斯是唯一一个懂我们的人。'老阿罗说，他开始滔滔不绝地谈起了我们的优点，讲我们头一年是如何从恶狼嘴里救下他孙子的。"

"你真救了他孙子吗?"乌娜问。

"是的,但这不重要。这个涂满绿彩的小个子讲起话来活像西塞罗①,把我们夸得像伟人一样。马克西穆斯目不转睛地盯着我们。

"'够了,'马克西穆斯说,'我已经听够了阿罗讲你们的事情了,我想听听你讲皮克特人的事。'

"我把我所知道的和盘托出,佩蒂纳克斯也帮我补充。如果你尽心去了解皮克特人的想法,他们就不会伤害你。我们放火烧石楠丛引起了皮克特人的不满。戍守长城的士兵们一年里出动两次,就只是为了烧尽长城以北十英里的石楠。路提利亚乌斯将军称这一行动为'清城'。夏季的行动摧毁了蜜蜂采蜜的花朵,春季的行动烧光了羊群的食物,皮克特人当然只能四处逃窜。

"'确实,真是这样,'老阿罗说,'你们烧尽了蜜蜂的花场,我们还拿什么做神圣的石楠酒?'

"我们谈了许久,马克西穆斯的问题都是一针见血。他知识渊博,同时想更进一步了解皮克特人。过了一会儿,他对我说,'如果我让你来管理这悠久的瓦伦蒂亚省,在我攻下高卢之前,你能让皮克特人对我们满意起来吗?站过来,别看阿罗的脸色,就说你自己的想法。'

"'不,'我说,'你改变不了这个省,皮克特人已经自由了太久了。'

"'让他们自治,自己武装他们的士兵,'马克西穆斯说,'我保证你会实现无为而治的。'

———————

① 古罗马著名政治家、哲学家、演说家和法学家。

"'即使那样也不行，'我说，'至少现在不行，他们已经被我们压迫了太久了，很长一段时间里都不会信任任何和罗马有关的人和事。'

"我听见老阿罗在我身后小声说：'好样的，孩子！'

"'那么你觉得在我攻下高卢之前，怎么能够让北部一直保持稳定呢？'马克西穆斯问。

"我说：'别再插手皮克特的事，也别再烧石楠。皮克特人吃得多，没什么存货，我们可以时不时地给他们几船谷物。'

"'让他们自己发谷物，别用那些希腊会计，全是骗子。'佩蒂纳克斯说。

"'对，还要允许皮克特人生病了能去咱们的医院看病。'我说。

"'他们肯定宁可死都不来。'马克西穆斯说。

"'如果帕拉塞乌斯带他们去，他们就会去的，'老阿罗说，'方圆二十英里就有二十个让狼咬了、让熊抓了的皮克特人。我可以带你看，但帕拉塞乌斯必须在医院陪着他们，不然他们得吓疯了。'

"'我明白了，'马克西穆斯说，'就跟世界上所有其他的事一样，需要一个对的人才能解决问题。而你，就是这个人。'

"'是佩蒂纳克斯和我，我们一起才是那个人，不能分开。'我说。

"'只要你上任，怎么都行。阿罗，现在你明白了吗，我对你的族人毫无恶意。我们谈谈吧。'马克西穆斯说。

"'没这个必要！'老阿罗说，'我就是石磨里的谷子，受夹板气。我必须搞清楚下面那块磨石的想法。这两个孩子早已知无不言言无不尽。作为这里的地主，我就把他们不知道的——给你说说吧。我们跟北边的部族有些矛盾。'他蹲在那儿，从他的肩膀看下去，活像一只石楠丛里的兔子。

"'我跟他们也有矛盾,'马克西穆斯说,'不然的话,我也不会在这儿。'

"'听着,'阿罗说,'很久之前,那些戴翼帽的——他指的是北边的部族——来到我们的海岸,说罗马要覆灭了,让我们推翻他!所以,我们与你们开战了,你们派兵增援,我们败了。我们谴责那些戴翼帽的是撒谎的小人!我们信任他们,他们却让我们的族人白白送死。他们羞愧地走了,现在又厚颜无耻地回来,重复着讲着罗马要垮台的老话——而我们居然又开始信了!'

"'给我三年时间,你们在长城那边不要寻衅滋事,'马克西穆斯叫道,'我会拆穿这些乌鸦所有的弥天大谎。'

"'啊!我也想给你时间啊!我也想缓和我们和你们的关系啊!可是,我们皮克特人只是想去壕沟里借一点点铁,你们就朝我们放箭;我们的庄稼,我们的石楠,也都让你们烧光了;你们用大投石器打我们;你们还躲在长城后面,用希腊的火烧我们。如此一来,我们的年轻人又怎能不信从那些北部人的蛊惑?我怎么干预得了?尤其是冬天里,尤其是我们闹饥荒的时候,年轻的族人会说:罗马现在要倒台了,国家统治不下去了,仗也打不赢了,人都从不列颠撤出去了。翼帽军会帮我们推到长城。'

"他啐了一口,像蝰蛇那样。'我已经焦头烂额了,但还是会对族人保密。两个孩子说得没错,放过皮克特人吧,让我们生活得好一点儿,保护和珍惜我们,给我们些食物——默默地帮帮我们。帕拉塞乌斯理解我们,让他来做长城上的长官,我也会让我的族人保持和平。'

他的手指划拉着，'一年是没问题的，两年就有点困难了，三年，我尽力吧！你看，现在，我给你三年时间。到时候你要是证明不了罗马的实力，我告诉你，这些戴翼帽的就会从大洋的两岸发动进攻，形成夹击，最后在中部会合，扫平你的长城。那时候你也就完了。我也不会为你难过。我也心知肚明，要是无利可图，一个部落是容不下另一个部落的。到时候，我们皮克特也完了。那些戴翼帽的会把我们都碾成这么碎。'他说着，往天上扬了一把土。

"'噢，天啊！'马克西穆斯几乎是喊出来的，'所有这些都是一个人要做的事，一直都是一个人去做，哪里都是这个理啊！'

"'甚至可能搭上性命，'老阿罗说，'你是国王，但不是神。你会死的。'

"'你说的这点我已经想过了，'马克西穆斯说，'非常好。如果风向不变，明早我就能到长城东头。明天，我视察的时候会再见到你们俩，到时候我封你们做长城统帅，来完成这件大事。'

"'等等，君王，'佩蒂纳克斯说，'他们都得好处了，我的呢？'

"'你现在就来和我讨价还价？'马克西穆斯说，'想要什么？'

"'我想讨回我的公道，我叔父，高卢迪威尔的地方官伊塞努斯，陷害了我。'佩蒂纳克斯说。

"'就一条人命吗？我还以为你想要点钱或者谋个一官半职呢。没问题，这个人交给你办了。把他名字写在这几块石板上，写在红色的这边，另一边是用来记那些能活命的姓名的。'马克西穆斯说着，拿出了他的板子。

"'我要他的命没用，'佩蒂纳克斯说，'我妈是个寡妇，我又

离得这么远，我无法确定他能把我母亲的嫁妆全还给她。'

"'不用担心，这我也能管到。我会找一个合适的机会，查看你叔父的账目来往。好了，明天见吧，我的统帅们！'

"他朝着帆船走去，我们看着他的身影在石楠丛中越来越小。两边有许多皮克特人藏在石头后面，但他一点儿都没有左顾右盼。傍晚清风徐来，他满帆南行。我们目送着他出海，全都沉默不语。我们明白，世界上像他这样的人真的是凤毛麟角。

"过了一会儿，老阿罗牵来了小马驹，让我们上马——他以前从没这么做过。

"'等等！'佩蒂纳克斯说着，切下一些草皮，做了个小祭坛，又在上面撒上了石楠花瓣。接着，他把一封高卢女孩的信摆在了上面。

"我问他：'啊，我的朋友，你这是在做什么？'

"'祭奠我逝去的青春。'他答道。接着，火焰燃尽了那封信，他踩灭了火。我们骑上马，回到长城。我们即将成为这里的长官了。"

帕拉塞乌斯的故事讲完了，孩子们还在那静静地坐着，什么都没问。普克挥挥手，指了指走出森林的那条路，小声地说道："抱歉，但你们现在得回去了。"

"我们没有惹他生气吧？"乌娜问，"他看起来心不在焉，若有所思。"

"放心，肯定没生气。等明天吧，明天很快就到啦。记住，你们今天一直都在排演《古罗马之歌》哦。"

接着，孩子们急匆匆地从长着橡树、白蜡树和荆棘的秘密入口爬了出来。除此之外，他们什么都不记得了。

米特拉之歌

米特拉，晨明之神，我们的号角响彻长城！
"罗马是万国之上，但您却更加造极登峰！"
所有士兵都已报到，人员聚齐我们东征西讨，
米特拉，你也是军人，请赐予我们力量吧！

米特拉，正午之神，石楠也在滔滔热浪里浮沉，
头盔灼伤了前额，军鞋烫坏了脚跟，
卸甲时分，我们欲睡昏昏，
米特拉，你也是军人，既知我们誓言，请助我们实现！

米特拉，黄昏之神，赤乌西沉，
日复一日，你让不朽的太阳东升！
执勤终于结束，美酒也已满斟。
米特拉，你也是军人，保佑我们真心不改到天明！

米特拉，午夜之神，斗牛已然殒身，
黑暗里请保护你的子民。噢，接受我们的献祭！
万千大路你建造，条条大路通光明！
米特拉，你也是军人，请教导我们英勇殒阵。

翼帽

翼帽

第二天大家都忙得不可开交，孩子们都说这下午过得人仰马翻的。爸爸妈妈走亲访友；布莱克小姐骑车兜风，一直到晚上八点之前，都只有孩子们自己在家。

孩子们彬彬有礼地目送亲爱的爸爸妈妈和家庭老师从家离开，之后他们从园丁那里弄到不少树莓，用圆白菜叶包着，满满一包。艾伦又给了他们些野茶树叶子泡的茶。孩子们怕把树莓压坏了，还想把圆白菜叶分给剧院那儿的三头奶牛，就紧着吃这些果子。路上，他们看到一只死去的刺猬，两人二话不说，把刺猬埋好。圆白菜叶可是有用的东西，绝对不能浪费。

孩子们继续往铁匠铺走着，看见绿篱修剪工霍布登和他儿子在家。他儿子是个养蜂少年，虽然脑袋有些不灵光，但徒手抓蜜蜂真有一手。他教了孩子们两句有关无脚蜥蜴的童谣：

我若是看得见，

凡人奈何我不得。

大家一同坐在蜂房喝茶，霍布登说艾伦给了他些长面包，这面包就同他妻子从前做的一样好，他又教孩子们怎么在右边那块高地设陷阱，打野兔。其实他们早就知道怎么打野兔了。

孩子们又爬上长沟，准备去远方的森林。这儿比沃尔泰拉的尽头还要凄凉，幽深，陈年泥潭里积满黑水，柳树与赤杨上长满了潮湿的、长长的苔藓。鸟儿在枯枝上栖息，霍布登说这柳树苦味的汁液能给动物们治病。

山毛榉灌木丛中有一片树荫，孩子们坐在一棵砍倒的橡树上面，手里正绕着霍布登给的电线玩，帕拉塞乌斯就来了。

"你怎么悄咪咪地就过来了！"乌娜边说边给他挪了挪地方，"普克呢？"

"我和农牧神起了争论，不知道是该把我的故事原原本本地讲给你们，还是做些保留。"他答道。

"我的意思是，他要是原原本本地讲，你们可能会听不懂。"普克说着，从枯木后面蹦了出来，活像只松鼠。

"我是听不太懂，"乌娜说，"但我爱听小个子蛮族皮克特人的故事。"

"我不明白为什么马克西穆斯都远航去了高卢，还能那么了解皮克特人的事。"丹说。

"好国王必知天下事，"帕拉塞乌斯说，"竞技赛之后，我们就从马克西穆斯那儿得知了这些。"

"竞技赛？什么竞技赛？"丹问。

帕拉塞乌斯直直伸出他的胳膊，拇指指着地面，说道："角斗士啊！竞技赛就是角斗士们的比赛！马克西穆斯也没料到自己会在长城东头的赛格杜纳登陆。而那儿的人为了向他致敬，连办了两天的竞技赛。之前我们不是偶遇他了吗？竞技赛就在那之后。我倒觉得最危险的不是沙地上决斗的那些可怜虫，而是马克西穆斯。从前，军团在国王面前总一声不吭，但我们可不是！当他的御驾沿着长城向西行进，我们的咆哮热闹喧天。卫戍部队围在国王身边，闹闹哄哄的，插科打诨，索要军饷，申请更换驻地，叫嚷嚷地跟国王索要他们脑袋发热想出来的各种东西。国王的御驾就像惊涛骇浪里的小船，颠来簸去。但你闭闭眼睛再睁开，却又能看见它重新起航。"帕拉塞乌斯打了个冷战。

"他们是对国王不满意吗？"丹问。

"非常不满意，就像关进笼子里的狼对驯兽师的态度一样。只要国王稍有疏忽，或是镇不住这些人了，长城上马上就会有一位新国王。你说是不是这样，农牧神？"

"是这样，事情一直都是这样。"普克说。

"稍晚些，马克西穆斯的信使来找我们，把我们带到了胜利神庙。马克西穆斯和长城的首领路提利亚乌斯将军都住在那儿。我之前没怎么见过将军，但每当我想去皮克特的时候他都会准假。他是个美食家，身边有五个亚洲厨子。他出生于一个信奉神谕的家庭。我们一进门就闻到晚餐的香气，可桌上已空空如也。只见将军躺在长榻上，鼻息声清晰可闻。马克西穆斯坐在一边，旁边全是长长的卷宗。之后，门关上了。

"'他们是你的兵。'马克西穆斯对将军说。将军用得了痛风的手指支起眼角，瞧瞧我们，就像一条鱼在盯着什么看似的。

"'君王，重新介绍一下他们吧。'路提利亚乌斯说。

"'好，你听着。'马克西穆斯说，'从现在开始，没有他们俩的指令，你不要动长城上的一兵一卒。除了吃饭喝水，你什么也不用做。他们现在是我的手足心腹，智囊兼指挥，而你就像是肚子，吃饱喝足就行。'

"'遵旨。'老头儿嘟哝道，'只要不减我的待遇和俸禄，你的话就是圣谕。罗马人向来如此！罗马人向来如此！'说罢，他翻过身去，继续睡觉。

"'他搞定了。咱们的目标达成了。'马克西穆斯说。

"他打开卷宗，上面记满了长城里全体士兵的信息与装备补给情况——甚至详细到某天霍诺医院来了哪些病人。他开始一队队地划分人马，我不禁抱怨，这些都是最没用的人——两伙塞西亚人戍卫队，两支北不列颠辅助军，两支努米底亚步兵团，所有的达契亚人，还有一半比利时人。这要是打起仗来，他们就像老鹰啄食的尸肉一样，溃不成军。

"'你们现在有多少投石器？'他翻到了一页新的统计表单，但佩蒂纳克斯伸手一把把那儿挡住了。

"'别这样，国王。'他说，'你不能这样激怒众神。人马和机器只能调走一样。要是都撤走了，我们也干不下去了。"

"机器？"乌娜问。

"就是长城上的投石器——这巨物有四十英尺高——用它发射成袋的石头和铸铁弩箭。什么都抵挡不住它的威力。最后，马克西穆斯把投石器留给了我们，毫不留情地带走了一半人。等他合上卷宗，我们这儿就剩个空壳了。

"'喂，国王！多亏你，我们命不久矣啦！'佩蒂纳克斯笑着说，'现在敌人来了都不用打我们，他们只倚着长城靠一靠，我们就倒了！'

"'给我三年时间，就像咱们跟阿罗说好的。'他说道，'事成之后，我给你们两万兵马，任你们差遣。不过现在，赌局刚开始，这赌局是与天为敌，我把不列颠、高卢甚至罗马全都押上作为赌注。你们会在我这边下注的，对吗？'

"我说：'我们会的，国王。'因为我从未见过他这样的人。

"'好。'他说，'明天我就向将士们宣布，你们现在是长城的新首领。'

"然后，我们在月光下一起散步。竞技赛后，他们把场地打扫干净了。罗马女神矗立在长城之上，她的盔上结了霜，矛尖指着北极星。远方，守卫塔上的火光明明暗暗，远处那排黑漆漆的投石器渐变渐远、越来越小。我们对这里的一切熟得不能再熟了。可在那一夜，这一切在我们看来是那么陌生，因为天亮之后，我们就是长城的主人了。

"士兵们都接受了调遣；但马克西穆斯带走了一半的兵力，所以我们得重新分兵，驻守空出的塔楼。镇上的人都抱怨人少了，生意没了。秋风萧萧——我俩的日子也不好过。佩蒂纳克斯是我的左膀右臂，他生于高卢世家，知道怎么跟各种人打交道——无论是在罗马出生的百夫长还是第三军团的狗腿子利比亚人。他与那些人交谈时，都把对方当成同他一样高尚的人。我现在心里想的全是非做不可的事，根本忘了知人善用能事半功倍。这是不对的。

"我不担心皮克特那边，至少头一年不会有什么问题，但是阿罗曾警告过我，翼帽军会从海上过来，从长城两头夹击，以此来证明罗马人不堪一击。所以我立刻排兵布阵，以逸待劳，派强兵驻守长城两端，在海岸边部满投石器。翼帽军会在狂风暴雪来临前发动进攻，一次十几、二十条船，看风向吧，他们要么从赛格杜纳登陆，要么从伊图纳登陆。

"船靠岸前得先收帆。当观望到对方士兵已集结在帆下，就可以开始投石了（只有弩箭才能把帆布射穿）。接着，船就会翻，大海利索地解决掉一切，没几个人能登陆。在飞沙走石与狂风暴雪里驻守海滩着实辛苦，但其他时候也没什么苦差事。那年冬天我们就是这么对抗那些翼帽军的。

"初春时，东风吹来就像刀子在脸上割。翼帽军又一次集结在赛格杜纳，来了不少船。老阿罗说这些人不夺下座哨塔，绝不肯善罢甘休。我们火拼起来，打了整整一天。打到最后，一个士兵从残破的船上跳入水中，朝岸边游过来。我在岸边瞧着，一阵波浪把他卷到我脚边。

"我弯下腰，看见他和我的一样徽章。"帕拉塞乌斯说着把手放到了脖子上，"所以等他能说话了，我就跟他对了个暗号，他对上了——只有狮鹫级别的士兵用神明米特拉的话语才对得上。我用盾牌遮着他，等着他能站起来。你们看，我也不矮，可他比我还要高一个头。他说：'现在，你想怎么样？'我说：'是去是留都随你，兄弟。'

"他望向大海，在投石器的射程外，还有一艘船，毫发无损。我下令停止投石，他挥手示意船驶过来。那船立刻驶了过来，就像猎犬迫不及待地想回到主人身边一样。船离岸边大约还有一百步远的时候，那个士兵甩甩头发，游了过去。上面的人把他拉上船，走了。我知道信奉米特拉的人特别多，每个民族都有，所以也没多想这事。

"啊，农牧神，一个月后，我在潘神庙碰上了老阿罗和他的马。他给了我一条漂亮的金项链，上面镶着珊瑚。

"开始我以为是镇里的商人想贿赂路提利亚乌斯将军。可阿罗说：'不，这是艾马尔给你的礼物，艾马尔就是那个你在岸边救下的翼帽军。他说你是个英雄。'

"'他也是英雄。告诉他，我会把他的礼物戴在身上的。'我答道。

"'噢，艾马尔虽然是个年轻的傻瓜，但还算是明白事儿的。你们的国王在高卢大捷，那些戴翼帽的迫切地想跟他做朋友，甚至是跟他的仆人做朋友。他们觉得你和佩蒂纳克斯能带领他们赢取胜利。'老阿罗像只独眼乌鸦似的机敏地打量着我。

"'阿罗。'我说，'你是石磨里的谷子。只有上下两块磨石势均力敌，你才能过舒服点。千万别把手伸进磨里，从中搅和。'

"'我？'老阿罗说，'我对你们罗马人和那戴翼帽的都深恶痛绝；但如果让那些戴翼帽的以为，你和佩蒂纳克斯哪天能跟他们联合起来对抗马克西穆斯，他们肯定能太平一段时间。你们好好考虑。你、我、马克西穆斯，现在对我们来说最重要的就是时间。先让我给他们带回去点好消息，让他们能讨论一段时间。我们这些野蛮人都一样，罗马人说什么我们都能研究到半夜。怎么样？'

"'我们人手不够，只能先靠些外交辞令作战。'佩蒂纳克斯说，

'把这事交给我和阿罗吧。'

"就这样，阿罗带话给了翼帽族，称只要对方不进攻，我方也就不进攻。翼帽族（我估计他们在海战时也伤亡不小）也算同意了休战。阿罗，这个好扯谎的老马贩子，肯定也跟他们说我和佩蒂纳克斯会起兵反叛马克西穆斯，就像马克西穆斯曾经起兵反叛罗马一样。

"真的，那以后我们北上给皮克特人送粮食，他们再没拦过我们的船。所以那年冬天，皮克特也没闹饥荒。我很高兴能帮上他们。长城上现在只有两千士兵，我给马克西穆斯去了不少信，请他——求他——给我派回一支北不列颠旧部的步兵团。但没办法，要进一步在高卢取胜，他还是需要兵马。

"随后，就有消息传来，马克西穆斯大胜，杀了皇帝格拉提安。我想，他现在的处境应该十分安全了，就再次写信要求增兵。他回信道：'想必你已经听说了，我好好地跟格拉提安这小子算了账。他其实也不必死，只是一时糊涂，没想明白，丢了脑袋。一个皇帝竟落得如此下场，实在可悲。转告你父亲，马克西穆斯驾着这两头骡子就很满足了。如果我的老长官的儿子放弃执念，不再想着打败我的话，那我将是高卢和不列颠的统治者。等到那时，你们两个孩子想要多少兵马都行。不过，现在一兵一卒都不行。'"

"他的老长官的儿子是什么意思？"丹问。

"他说的是罗马的狄奥多西斯皇帝，是狄奥多西斯将军的儿子。马克西穆斯曾是狄奥多西斯将军的旧部，打皮克特时他们曾并肩作战。他们两人向来看不上对方，格拉提安当时让小狄奥多西斯做了东部的皇帝（至少我听到的是这样），马克西穆斯跟狄奥多西斯的矛盾延续到了下一代身上。这是他的宿命，也是他的不幸。不过据我所知，狄奥多西斯皇帝是个好人。"帕拉塞乌斯沉默了片刻，又继续讲道——

"我给马克西穆斯回信说，虽然长城一切太平，但添些兵将和投石器会更稳妥。他答道：'你务必借我胜利的威名再维持些时日，让我摸清小狄奥多西斯的企图，看看他是愿意与我同享江山，还是想磨刀擦枪，伺机而动。无论如何，我现在都不能分兵。'"

"他怎么一直都这样说呢。"乌娜叫道。

"事实确实如此，他不是在找借口。但是，如他所说，他胜利的威名的确让长城太平了很长、很长一段时间。皮克特人的生活好多了，他们的羊也壮了，我的部队也训练有素、技艺精湛。是，长城看起来坚不可摧，但我深知我们有多么不堪一击。一旦有马克西穆斯战败的消息传到翼帽族那里，他们就会虎视眈眈地卷土重来，到时候长城也完了。我不担心皮克特人，倒是这些翼帽族，这些年里我一直留意着他们。他们的兵力每天都在增长，可我却还是只有这些兵。马克西穆斯只给不列颠留下了一具空壳。我感觉自己就像那手握朽烂的棍子，站在支离破碎的篱笆前，只身对抗公牛袭击的人。

"朋友们，就这样，我们一直等待着——等待着——等待着马克西穆斯迟迟不来的支援。

"没过多久，他就来信了。他在信中写道——当时我们在军营里，佩蒂纳克斯站在我身后，把信的内容读了出来：'我正整顿兵马，即将迎战狄奥多西斯。告诉你父亲，是命运安排我，要么驾着三头骡子勇往直前，要么被他们打得身败名裂、粉身碎骨。我希望能在一年内除掉小狄奥多西斯，永绝后患。待到功成事立，我便把不列颠交到你手中。还有佩蒂纳克斯，他要是愿意的话，高卢给他管。此时此刻，我是多么希望你们能在我身边，好好训练训练辅助部队。还请你们不要相信任何关于我得了病的传言。我这把老骨头是有点毛病，但是一回罗马立刻就能好。'

"佩蒂纳克斯说：'马克西穆斯不行了。他这话像是末路之言。我本就是个穷途末路之人，能感同身受。信纸最下面写的什么？——请转告佩蒂纳克斯，我已经见过他叔父迪威尔执政官了。他一五一十地跟我把财产分割问题解释清除了，佩蒂纳克斯的母亲得到了她应得的钱。我选派了一支护卫队护送她去温暖的尼塞亚，不为别的，就为她是英雄的母亲。'

"'这就是证据，'佩蒂纳克斯说，'尼塞亚靠海，又离罗马很近。要是打起来了，一个女人能从那儿坐船逃到罗马。马克西穆斯知道自己时日无多了，现在正一件一件地兑现自己的诺言呢。不过我很高兴，叔父落他手里了。'

"'你觉得咱们没戏了？'我问他。

"'我想是这样的。诸神也厌倦咱们的把戏了。狄奥多西斯会灭了马克西穆斯。完了！'

"'你就准备这么给他回信？'我说。

"'你看我怎么写。'他答道。提起笔，信的基调就像晴朗白日一样明快，语气温柔得像个女人，通篇俏皮又幽默。我站在他身后，读着信的内容，心里倍感轻松愉快，直到——我看到佩蒂纳克斯的那张脸才清醒过来。

"他边说边把信封好，'兄弟，咱俩也快完了。去神庙走走吧。'

一如往常，我们向米特拉祷告了一会儿。自那以后，每一天都传布着各种恶毒的流言，时间慢慢进入冬季。

"一天早上，我们骑马去东海岸，沙滩上有个快冻死的金发男人，被绑在一块破损的船板上。我们把他翻过来，从腰带扣看，他应该是东部军团里的哥特人。他忽然睁开眼睛，大声哭喊：'他死了！信在我身上，翼帽军把船弄沉了！'说完，在我们怀里咽了气。

"不用问我们也知道谁死了。我们知道！我们在大风雪到来之前赶到霍诺，想着老阿罗兴许能在那儿。他果真在马厩，他一看我们的脸色，就知道发生了什么。

"'岸上的营帐传来消息，'阿罗支支吾吾地说，'狄奥多西斯砍了他的头。临死前他还给你们送了封信。他碰上了翼帽族的船，落到了他们手里。这消息瞬间传遍了整个皮克特部族。别怪我！我再也压制不住年轻人了。'

"'我想说我们跟你一样，恐怕也压制不住年轻的将士们，'佩蒂纳克斯笑着说，'诸神在上，他们不会逃走吧。'

"'你们打算怎么办？'阿罗说，'翼帽族让我命令你们——转达你们——要你们加入翼帽军，南下劫掠不列颠。'

"'他们可真是惹恼我了，'佩蒂纳克斯说，'只要我们守在这里，这件事就绝不可能。'

"'我要是把你这答复带回去，他们一准杀了我，'阿罗说，'我可一直跟他们保证的是，一旦马克西穆斯倒台，你们就会起兵反叛。可我——我没想到他真的会倒台。'

"'哎！可怜的蛮族人，'佩蒂纳克斯始终笑着，说道，'你卖

给过我们不少优良的小马驹，不可能放你回去了。就算你是来使，我们现在也得俘虏了你。'

"'好吧，这样最好。'老阿罗边说边自己拿出绳子。他年纪大了，我们只轻轻地绑了他。

"'翼帽族会四处找你，这能给我们再争取点时间。看吧，这就是老拖延时间的后果！'佩蒂纳克斯边说边用绳子把阿罗绑好。

"'不，'我说，'拖延时间还是有用的。如果马克西穆斯是被俘时写的信，狄奥多西斯应该会派出船只来送信。而既然他会派出船只，他也会带兵打过来。'

"'那于我们有什么好处？'佩蒂纳克斯说，'我们是马克西穆斯的人，不是狄奥多西斯的。就算有神明保佑，狄奥多西斯从南方派军队是来守长城，而不是来攻打长城，我们的下场也不会比马克西穆斯好到哪儿去。'

"'不管国王是死是活，谁死谁活，我们都要守住长城。'我说。

"'兄弟，你真不愧是哲学家，'佩蒂纳克斯说，'我，就是个无望之人，不会说严肃的蠢话！让咱们的士兵们武装起来吧！'

"我们对长城进行了彻头彻尾的部署。我们告诉士兵，类似'马克西穆斯死了，翼帽军将大举侵犯'的消息都是谣言。即便这谣言是真的，我们有把握狄奥多西斯看在不列颠的分上也会增援我们。所以，我们一定要坚守阵地……我的朋友们哪，人们对待坏消息的态度还真是新奇，恐怕没有比它更新奇的了。平日里最强的突然一瞬间软弱不堪，而最弱的仿佛从诸神那儿得了力量，变得无比强大。我们就是如此。这几年，佩蒂纳克斯使出浑身解数，呕心沥血地训练队伍里少得可怜的这些人。这过程比我想象的还要艰辛得多，现在就连第三军团的利比亚人都能整齐划一，鸦雀无声。

"三天后，翼帽族派来了七位酋长和几位长老，艾马尔也在其中，他就是我们在岸边救起的那个高个子。见我戴着项链，他笑了。既然是敌人的使节，我们也欢迎了他们，带他们去看了绑着的老阿罗，让他们知道阿罗还活着。他们以为阿罗已经死了。不过，看得出，就算我们杀了阿罗，也不会触怒他们。阿罗也看出来了，着实相当恼火。随后，我们开始在霍诺的营帐里谈判。

"他们说罗马倒台了，让我们加入他们的队伍。事成之后把整个不列颠南部都给我统治，他们只要贡品。

"我答道：'耐心点，长城之上不容胡言乱语。有什么证据能证明我们的将军死了？'

"'没有证据。'一位长老说，'那你向我们证明他还活着吧。'

"另外一位长老也狡猾地说：'要不我们把他的临终遗言跟你说说，看看你能给我们些什么？'

"'我们不是商人，别在这讨价还价，'艾马尔喊道，'我欠他一条命。我们该把证据还给他。'说着，他扔给我一封马克西穆斯的信（盖着我熟悉的印章）。

"'我们弄沉了船，得了这封信。'他大声说道，'虽然我不认识上面写了什么，但至少，那个印记，让我相信他死了。'他指着信卷外面的一处黑斑。我知道，这是勇士马克西穆斯的血迹。我悲痛至极。

"'读吧！'艾马尔说，'读出来，让我们知道你到底是哪一伙的！'

"佩蒂纳克斯快速过了一遍信的内容，轻声地说：'我现在就把

268

它完完整整地读出来。听着吧，野蛮人！'他读着，我的心也悬着。"

帕拉塞乌斯从脖子后取出一张折皱了的、污迹斑斑的羊皮纸，开始低声念道：

"最恪尽职守的长城首领，帕拉塞乌斯和佩蒂纳克斯，我是马克西穆斯，曾是高卢和不列颠的统治者，现如今却是狄奥多西斯的阶下囚，在海边静静等着我的末日——向你们致意！也向你们告别！

"'够了。'年轻气盛的艾马尔说，'这就是证据！你们现在必须加入我们！'

"佩蒂纳克斯默不作声，盯着他看了许久，看得这个皮肤白皙的男孩脸红得像个姑娘似的。接着，佩蒂纳克斯继续读道：

'意图加害于我的人无一落得好下场，对他们我从不手软。但如果我曾经害过你们，我追悔莫及，请求你们原谅。一如你父亲的预言，三头骡子将把我带上不归路，最终我被撕得粉碎。营帐门前，寒光凛凛的利剑结束了我的生命，就像我结果了格拉提安的性命一样。于此，我，你们的将军，你们的皇帝，准许你们自由光荣地退役。你们忠于职守，不为金钱，不为地位，只因敬爱我，我心中倍感温暖。'

"'我以阳光的名义起誓，'艾马尔打断道，'他真的有两下子！我们很有可能成为他的兵！'

"佩蒂纳克斯继续读着：'你们为我争取到了时间。若我浪费了它，请见谅。这盘与诸神对赌，我们玩得相当漂亮。只是他们加了筹，我愿赌服输。请记住，没有我，罗马依旧，罗马永存。请转告佩蒂纳克斯，他母亲在尼塞亚平安无事，她的财产由昂蒂波利斯的地方行政官保管。代我向你父母致意，与他们的交情使我获益良多。也请代我问候小个子的皮克特人们和翼帽族，告诉他们我从他们身上也学到了很多，希望这群笨头笨脑的人能明白我的意思。若能平安度过今天，我就给你们派三支军团过去。不要忘了我，我们曾一同奋战。永别了！永别了！永别了！'

"这，就是我们皇帝的绝笔。（孩子们听到羊皮纸窸窸窣窣的声音，帕拉纳乌斯把信叠好，放回原处。）

"'我错了。'艾马尔说，'这样一个人，他的手下肯定宁可了结自己的性命也不会出卖他。我很佩服。'他向我伸出了手。

"'马克西穆斯已准许你们退役。'一位长老说，'你们现在非常自由，想为谁效力就为谁效力——或者，想统领谁就统领谁。跟我们合伙吧，可不是我们的跟班哦！'

"'多谢您的青睐。'佩蒂纳克斯说，'但马克西穆斯留了这样的话，让我们代为转达——抱歉，他原话是这样——希望这群笨头笨脑的人能明白他的意思。'他指向门外一座弦已绷紧的投石器。

"'我们懂了。'一位长老说，'攻下长城，代价惨重啊？'

"'不好意思。'佩蒂纳克斯笑着说，'想要拿下长城，势必会付出代价。'接着，他用我们南部的美酒招待他们。

"他们把酒喝了，擦了擦他们的黄胡子，一语不发，起身离去。

"艾马尔伸了个懒腰（因为他们是蛮族），说道：'我们合伙多好。我倒想看看，大雪融化之前，咱们各自的造化如何。'

"'你们还是好好想想吧，狄奥多西斯会增派援军过来的。'我答道。他们笑了起来，但我知道，这还是触动了他们敏感的神经。

"老阿罗在我们身后动了动。

"'你看吧，'老阿罗眨眨眼睛，说道，'我不过就是他们的一条狗。当我告诉他们走出我们部落沼泽的秘径之后，他们就把我当狗一样踢一边去了。'

"'确定罗马不会增援长城之前，我就不应该急着给他们指路。'佩蒂纳克斯说。

"'你真这么想的？我真可悲啊，'老阿罗说，'我只想我的同胞能过些太平日子而已。'他走了出去，在雪地里趔趔趄趄，跟在那些身材高大的翼帽族人后面。

"就这样，时间一天天过去，慢慢地，战争开始了。这对于一支信心不够坚定的队伍来说可不是什么好事。起先，翼帽军一如从前发动海上进攻，我们也以同样方式迎战——用投石器打他们的船。我们百战不殆。不过，很长一段时间，他们都不再信任他们陆地上的伙伴。我想，那些小个子的皮克特人应该没有告诉他们部落的秘密，可能出于恐惧或者羞耻吧。从一个皮克特俘虏那里我也证实了这一点。皮克特人是我们的敌人，也是我们的间谍，因为翼帽族欺压他们，抢走了他们冬天的存粮。哎，愚蠢的小皮克特人！

"后来，翼帽军又从长城两端夹击我们。我派侦查员南下打探不列颠的消息，但是那年冬天，野狼异常凶猛。过去我们军队驻扎的哨卡，现在大多都已废弃，这些地方全部被野狼占领，我派出的侦查员没有一人生还。我们想尽办法在长城沿线寻找马匹，但是困难重重。我搞到了十匹马，佩蒂纳克斯也弄到了十匹。我们巡视长城，从东往西，从西往东，吃睡都在马鞍上，吃的都是累得奄奄一息的小马。镇上的人也不断地找麻烦，我们便把他们都集中到霍诺后面的一块营地。

我们还推了两边的高墙，盖了堡垒，便于用密集队形作战。

"到第二个月底，我们已深陷战争之中，犹如深陷大雪，深陷梦魇。我感觉我们像是在梦里打仗。我只记得自己马不停蹄地奔走于长城，发号施令，喉咙哑了，剑也钝了。

"翼帽军打起仗来跟野狼一样——永远都是一窝蜂地涌上来。他们在哪儿受到了痛击，就在那里火力全开地打回去。我们守得异常艰辛，但也挡住了他们扫荡不列颠的路。

"在那些日子里，塔楼一座接一座地倒塌，我们俩想多少留下些记录，便在瓦伦蒂亚城砖砌拱门的灰泥墙上写下了这些塔楼的名字。

"仗又是怎么打的呢？战火一直烧到罗马女神像那片，也就是路提利亚乌斯家附近，战斗异常激烈。我以阳光的名义发誓，那个老胖子过去我们从没正眼瞧他，谁能想到号角一响，他立刻精神抖擞！我记得他说自己的剑是神谕！他对剑说：'请神谕向我们赐教，'然后将剑柄放在耳边，若有所思地转转头，'今天，路提利亚乌斯会活下来的。'说罢，他便披起斗篷，气宇轩昂地迈向战场，所向披靡。噢！我们在长城上要是觉得饿了，就说点俏皮话，忘了饿的感觉。

"我们坚守了两个月零十七天——弹丸之地受着三面夹击。老阿罗多次捎话，说援军就快到了。我和佩蒂纳克斯是不信的，不过这极大地鼓舞了士气。

"就像做了一场梦，因为这场战争忽然结束了，没听到任何一方雀跃欢呼的声音。那天，翼帽军突然撤退，一天一夜都没再攻上来，我们守得筋疲力尽，睡着了。起先睡得很轻，想着枕戈待敌，后来觉越来越沉，像木头一样睡得很死。希望你们永远都不会睡成那样！等我醒来的时候，身边都是脸孔陌生的武装士兵，站着看我们打鼾。我叫醒了佩蒂纳克斯，我俩都给自己吓了一跳。

"'什么？'一位身披洁净盔甲的年轻士兵说，'是你们反抗狄奥多西斯吗？看看吧！'

"我们向北望去，雪地上血迹斑斑，翼帽军被杀得片甲不留。向南望去，依旧白雪皑皑，两支精锐的鹰旗军团已安营扎寨，东西两向战火纷飞，棘地荆天，但是霍诺周围一片寂静。

"'别再担心了，'这年轻人说，'罗马的手很长的。你们长城的统帅呢？'

"我们说，我们就是这里的统帅。

"'可你们看起来年纪有点大啊，头发也花白了。'他大声说道，'马克西穆斯可是说你们是孩子。'

"'是，许多年前我们确实是孩子，'佩蒂纳克斯说，'养尊处优的小孩儿，你打算怎么处置我们？'

"'我叫安布罗修斯，是皇帝的秘书，'他回答道，'我要看看马克西穆斯在阿奎莱亚营帐里给你们写的那封信，看了之后才能确定你的身份。'

"我从胸前取出那封信，他读过之后，向我们致敬，说：'你们的命运在自己手里。若是效忠狄奥多西斯，他将给你们一个军团的兵。若是想解甲归田，我们为你们准备凯旋仪式。'

"'我肯定是想要过一过有沐浴啊、红酒啊、美食啊、修面啊、香皂啊、精油啊、香水啊这些东西的生活。'佩蒂纳克斯笑着说。

"'哦，我现在明白你确实是个孩子。'安布罗修斯说着，又转向我，

问道，'那你呢？'

"'我们无意反对狄奥多西斯做皇帝，但打仗——'我开始说了。

"'打仗就像恋爱，'佩蒂纳克斯说，'无论她是好是坏，我只会全心全意一次，只有一次。一旦经历过，就无法重来了。'

"'确实如此，'安布罗修斯说，'马克西穆斯死前，我一直跟他在一起。他告诉狄奥多西斯，你们永远不会为狄奥多西斯效力。坦白说，我为皇帝感到遗憾。'

"'他坐拥着罗马的江山，心里多么舒服惬意。'佩蒂纳克斯说，'请你发发善心，让我们回家吧，我想洗洗这一身的臭味。'

"他们还是为我们举行了凯旋仪式！"

"这是你们应得的。"普克说着，往泥坑的那滩水里扔了把叶子。孩子们看着那泛着油光的黑水里散开一圈一圈的水波纹。

"我想知道，噢，我想知道太多事了，"丹说，"老阿罗呢？他后来怎么样了？翼帽军后来又打回来了吗？艾马尔后来又做什么了呢？"

"还有那位家里有五个厨子的老胖将军呢？"乌娜说，"你回家之后，你妈妈说什么啦？"

"她说你们在坑边坐太久啦，现在天色也晚啦，"霍布登的声音从后面传来，他轻声说，"嘘！"

他就站在那儿，一动不动。距离身边二十步远的地方，一头大猎狐犬蹲坐在那儿，瞧着孩子们，就像瞧着他的老朋友一样。

"噢，我的天哪！"霍布登绵言细语地说，"我要是能知道你在想什么就好啦，那多好呀。我的丹先生，乌娜小姐，跟我走吧，我要锁门啦。"

皮克特人之歌

罗马前行不问归路，

迈着沉重铁蹄践踏，

践踏了我们的头颅，

还有我们的心和腹；

罗马从不在意叫骂。

罗马铁骑继续前行，

是无法改变的事情，

我们在她身后聚集，

密谋要去把长城取，

宝剑是我们的密语。

我们只是一群小人物！

爱亦渺小，恨亦渺小，

给我们自由，你会看到，

我们会如何将长城推到！

我们是木头里面的虫！

我们是腐蚀根茎的蛆！

我们是血液里面的菌！

我们是脚掌下面的棘！

小小槲寄生能把橡树杀——

小小老鼠嗑断了粗线茬——

小小飞蛾能咬破大斗篷——

他们乐意做的这些都不差！

是啊——我们这些小人物！

同它们一样忙忙碌碌——

我们的劳作你尚不知晓——

走着瞧，一切你终将看到！

确实我们并不算强大，

但却深知人民的想法。

我们始终为人民带路，

在战争里将你们诛除！

难道我们永远做奴仆？

确实我们一直是奴仆，

但你们——会死于耻辱，

那时，我们到你的坟墓上跳舞！

我们，我们只是一群小人物。

绘画大师哈尔

先知世界闻名，

却在家乡无名，

那里人人相熟，

全然不当回事。

先知也曾年少，

轻狂居功自傲，

也曾怨声连连；

（僭越记录在案，）

噢！先知名垂青史！

尼尼微城一穷二白，

（并未成为鲸鱼的菜，）

代代乡民安家落户，

不以为意过往的富庶。

过去如此，过去那般，

爱恨纠缠，今昔之感。

一天下午，天空下着雨，丹和乌娜不得不挪去小磨坊玩他们的海盗游戏。小磨坊的阁楼，只要你不介意房上乱窜的老鼠和老是钻进鞋里的燕麦，也是个玩耍的好去处。小磨坊装着活板门，房梁上刻着有关洪水和爱情的文字。光透过一英尺见方的"鸭窗"照进来，从这儿望出去能看见小林登农场。杰克·凯德就是在那儿送命的。

　　他们爬上阁楼的楼梯（他们管这叫"主桅"，是从安德鲁·巴顿爵士的民谣里学来的，丹照着民谣里的内容，虔诚地向主桅祈祷），看见鸭窗那儿坐着一个人。他穿着梅子色的紧身上衣和梅子色的紧身马裤，十分投入地在一本红皮书上写写画画。

　　"你们快坐下！坐下呀！"普克在房梁上叫着，"看这风景多美！哈利·达维爵士——抱歉，应该叫哈尔——哈尔说我和滴水兽长得一模一样。"

　　他笑了，摘下黑色的天鹅绒帽，向孩子们致意。花白的头发都竖了起来，额头上的头发乱七八糟的。他岁数不小——至少得四十岁了——但双眼炯炯有神，眼周长了些细小可爱的皱纹。宽腰带上系着一个绣花的皮革小包，看着很好玩。

　　"可以给我们看看吗？"乌娜走上前去。

　　"当然——当然！"他在窗框上坐直了，让孩子们看看腰带和小包。接着，他拿起一根银尖儿的铅笔，继续画画。普克坐在那儿，脸上的笑容好像凝固了似的，永远地定格在他宽大的脸盘上。大家一起看哈尔奋笔抄录着。然后，他又从小包里取出了一支芦苇笔，用象牙小刀削了削。小刀上刻着一条鱼。

"噢，好漂亮呀！"丹大声说道。

"当心手指！这刀尤其锋利。是我自己做的刀，用了低地地区人们用来造十字弩的精钢。这条鱼也是同样的材质，从鱼鳍到鱼尾这里，他完整地包住了刀锋，就像鲸鱼吞了先知约拿那样……对，那是我的墨水瓶。我铸了四个银质的圣徒塑像，放在它的四周。你按一下圣徒巴纳巴斯的头，墨水瓶盖就打开了，然后——"他给刚才削过的那支笔蘸了点墨水，透着隐隐约约的银光，可以看到他开始勾勒普克粗犷面容的轮廓，他十分小心谨慎，却也不乏大胆创新。

他画的普克栩栩如生，孩子们惊讶得要命。

淅淅沥沥的雨滴拍打着瓦片，他边画边聊——时而一字一板，时而低声细语，时而停下来对着画，要么眉头紧锁，要么会心一笑。他告诉孩子们，自己生于小林登农场，从小就沉迷于画画，无心旁事，父亲常常为此教训他。直到有一天，老牧师罗杰看了些富人的书册后豁然开朗，劝他父母送他去做画家的学徒。他便随着罗杰去了牛津，开始了为默顿学院的学者洗调色盘，拿斗篷，提鞋子的生活。

"你不讨厌做这些事吗？"已经问了无数个问题的丹又追问道。

"一点儿也不。当时，半个牛津都在大兴土木，不是建新学院，就是美化学院，这里汇集了基督教世界里所有的能工巧匠，他们在业界的声誉如国王一般，我能结识这些人，给他们打下手，夫复何求啊。这一点毫无疑问——"他突然不语，大笑起来。

"怪不得你成为了一代大师，哈尔。"普克说。

"别人也是这么说的，罗宾①，就连布拉曼特都是这么说的。"

"为什么？你做了什么？"丹问。

哈尔用奇怪的眼神看着他，说道："雕刻石头，流转于英格兰各地，你自然没听说过这些事情。在离我家很近的地方，有一座叫做圣巴纳巴斯的小教堂，我把它重新翻修了。这件事给我这辈子带来的烦扰最多，却也为我上了很好的一课。"

"嗯，"丹说，"我们今天早上也上了课。"

"小伙子，我又不会折腾你。"哈尔说着。这时，普克生气地吼了两声："我们的小教堂得以重建，重修，重新享有盛誉，背后的人竟是一些虔诚的苏塞克斯铁匠，一个布里斯托的年轻水手，还有一个骄傲的家伙——绘图大师哈尔。这想想还真是奇怪。你看他，一直不停地在画。噢，还有——"他拉长了声音慢慢地说道，"还有一位苏格兰海盗。"

"海盗？"丹问道。他的身体扭来扭去的，活像那上钩的鱼。

"就是你刚才爬楼梯的时候，歌里唱到的那位安德鲁·巴顿。"哈尔又蘸了蘸墨水，屏住气息，画出一条长长的弧线，仿佛将世间的一切统统抛诸脑后。

"海盗不知道怎么建教堂吧？他们会吗？"丹问。

"他们可帮了大忙，"哈尔笑着说，"小学者，你早上不是上过课了吗？不知道这个？"

"噢，上课又不讲海盗的事呀。只讲些布鲁斯跟他那只愚蠢的蜘

---

① 在本书中指普克。

蛛的故事。"乌娜说，"安德鲁·巴顿爵士怎么帮了你大忙的？"

"我都怀疑他知不知道自己帮了我，"哈尔说着，眼睛一眨一眨的，"罗宾，我给这些天真无邪的孩子讲这些事，自卖自夸的，是不是罪过？"

"噢，我们什么都懂，"乌娜说着，做出一副骄傲的样子，"但是，你要是吹得太过火，那就是厚脸皮了——肯定会受到惩罚的。"

哈尔沉吟片刻，笔停在了半空。接着，普克又说了半天。

"啊哈！你说得对，"他大声说道，"你刚说到吹得太过火，其实，我还是有些做得不够好的地方。我为林肯小教堂选用了加利利式门廊，我引以为傲；大雕塑家托里贾诺曾经搂着我的肩膀，我引以为傲；我装饰过国王的'君主号'战舰，设计出镀金的旋涡装饰，因此获得爵士头衔，我引以为傲。可是，神父罗杰没有丢下我不管，每天都坐在默顿学院的图书馆里看着我。在我骄傲得失去理智的时候，觉得其他人都不行，只有我才能设计好林肯小教堂的门廊时，他用手指着苏塞克斯的方向，告诉我回到我的家乡，自掏腰包，重建我自己的教堂。我们道斯家族六代人都葬在那个教堂。'去吧！我的艺术之子！'他说，'能为家乡解决难题的才是真正的男子汉，真正的艺术家。'听着这些，我不住地颤抖，后来我就回去了……罗宾，你怎么了？"他在普克眼前挥了挥刚画完的画像。

"我！我之前有些困惑。"普克说着，傻笑着，就像人对着镜子里的自己傻笑那样，"啊！看！雨停了！大晴天的，我真不喜欢大白天待在屋子里。"

"哇！庆祝一下吧！"哈尔喊着，跳了起来，"有人一起去小林登农场吗？咱们可以走着去。"

他们连跑带跳地下了楼，经过磨坊水坝边上的柳树林。坝上阳光明媚，柳树枝还滴着水。

"我的天哪，"哈尔瞪大眼睛，看着花园里含苞待放的啤酒花，说，"这些是什么？葡萄藤吗？葡萄藤不是这么绕的呀。"他的手里随时带着画本，他又开始画了起来。

"这是啤酒花，你那个年代才引进来的，"普克说，"啤酒花是战神的草药，干制的啤酒花能给麦芽酒提味。我们有这么一句话——"

"火鸡、异教、啤酒花跟啤酒，都是同年来到英格兰的朋友。"

"异教我知道，啤酒花现在我也见过了——感恩上帝，这花真是太美了！你说的火鸡又是什么？"

孩子们哈哈大笑。他们可都知道小林登农场的火鸡呀。一踏进小山上的林登果园，一群群火鸡就扑面而来。

哈尔马上又把画本拿起来了。"哎呀——哎呀！"他叫道，"看这紫色的羽毛多神气啊！看这昂首挺胸，盛气凌人的样儿！它叫什么来着？"

"火鸡！火鸡！"孩子们大喊着。这时，哈尔梅子色的长筒袜惹恼了年长的雄火鸡，怒气冲冲地打起了鸣来。

"真是太美妙了！"他说，"我今天又画了两样新东西。"接着，他脱帽向气鼓鼓的火鸡致意。

然后，他们穿过草地，往小林登农场的那个山丘走去。这座老农舍常年饱受风吹雨淋，痕迹斑斑，在夕阳的斜晖下变成了血红宝石的颜色。鸽子们一下下地啄着烟囱里的泥，蜜蜂自打盖房子起就住在屋顶的瓦片下面。八月酷热难耐，蜜蜂嘤嘤嗡嗡，挤奶棚的窗边黄杨树的味道与雨后泥土的味道、烤面包的香气，还有一丝烧柴的气味混在一起。

农场主的妻子来到门口，一只手抱着孩子，另一只手放在眉毛那儿遮挡阳光。她弯腰摘下一枝迷迭香，转身走进了果园。木桶里的西班牙老猎狗吠了几声，宣示这个空房子是他的地盘。普克将园子的门重新扣上。

"我特别喜欢这里，你们惊讶吗？"哈尔低声说，"你们这些城里人怎会懂得土地平旷，屋舍俨然的感觉呢？"

他们在林登花园的老橡木长凳上坐成一排，眺望着小河谷。霍布登小屋后有家铁匠铺，凹凸不平的表面上长满了蕨类植物。老人正在自己园子里的蜂房旁边劈柴。他们懒洋洋地坐着，斧起柴落的声音不绝于耳。

"哎——是啊！"哈尔说，"我记得，那老头儿站着的地方，以前是约翰·科林斯先生的铸造厂，叫做尼塞铸造厂。许多个夜里，他那边大柠锤一砸，'砰——砰——'，我的床就跟着震。约翰·科林斯先生的兄弟，汤姆·科林斯先生，在斯托肯有个铸造厂。每当刮起东风的时候，我就能听见两家厂子的声音相互呼应，'嘣——啪！嘣——啪！'他俩中间还有个约翰·佩勒姆爵士的铸造厂，开在布莱特林，他家的铁锤声就好像有一群熙攘的学者似的。这三家铁匠铺的声音你来我往，'噔——哐——锵''噔——哐——锵'，我听着听着就睡着了。是啊，那时候河谷里到处都是铁匠铺、精炼厂，多得像五月漫山遍野的布谷鸟。现在它们全都尘归尘土归土了，消失不见喽！”

“他们在造什么呢？”丹问。

“铸枪造炮啊，装到军舰上，有的还装到皇室的军舰上呢。大多数都是螺旋炮和加农炮。枪炮造好了，国王的兵就来收，用耕牛把东西拉到海岸去。看！他是我们这儿以前最一流的手艺人。”

他翻开手里的本子，指了指一位年轻人的画像。下面写着：“塞巴斯蒂安·努斯”。

“国王那时要开始新征程，便命他到约翰·科林斯先生那里订二十门螺旋炮（比邪恶的加农炮要小一些）来装备战舰。他坐在火炉边，给村里的老妈妈讲着在世界另一端发现新大陆的事，我就在这时为他画了这张像。他去过好多地方！他真是无所不闻、无所不知！他姓卡博特，一个来自布里斯托的小伙子，算是半个外国人。当时我把重修教堂的土堆在离他不远的地方，他还帮我修建教堂呢。”

“我记得帮你修建教堂是安德鲁·巴顿爵士吧。”丹说。

“嘿，要想房子封顶，得先打地基啊。慢慢听我讲嘛，”哈尔答道，“是塞巴斯蒂安把我引上正途的。我刚来这儿的时候，一心只想炫耀自己精湛的技艺，而不是尽手艺人的本分，没有一心为上帝创作。但这儿的人根本不在乎我，对于我的技艺、我的伟大都不屑一顾。他们说，我简直就是在糟蹋亵渎圣巴纳巴斯，自打黑死病以来，这教堂一直破旧失修，我这么一折腾，看来这教堂得一直这么破败了。当时，我真想把自己吊死算了。不论贵族还是平民，从上等阶级到下层阶级人，海耶家的人，福尔家的人，芬纳家的人，科林斯家的人，统统都对我说三道四的，只有身在布莱特林的约翰·佩勒姆爵士鼓励我振作起来，继续前进。可我怎么前进？我能从科林斯先生那儿拉木材打房梁吗？牛群都赶去了刘易斯城拉石灰，我用什么？谁能给我些铁扒钉和铁扣修屋顶？我手里要么根本没有材料，要么材料破烂不堪，干什么都困难重重。我若是不监工，工人们也不好好干活儿。我觉得这村子一定是让人下了什么咒。"

"可真像是让人下了咒一样，"普克说着，把下巴抵在了膝盖上，"你有没有怀疑过什么？"

"没有，直到那一天，塞巴斯蒂安来取枪，约翰·科林斯又玩起了他那套鬼把戏。他给我做铁器的时候就耍花招。几星期过去，三门螺旋炮里有两门都出现了裂痕，只有熔了重铸才能修好。可约翰·科林斯却摇摇头，发誓说呈给军队的装备都是完美无瑕的。我的神啊！塞巴斯蒂安当时气坏了！当时，我和他就像现在这样，一起在这张长凳上，互相吐苦水，我太了解他的心情了。

"塞巴斯蒂安怒气冲冲地在林登监了六周工，最后也只得了六门螺旋炮。'小天鹅号'船长德克·布雷泽特给我捎信，说他本来从法国运回了石料来建新的洗礼池，可是半路被安德鲁·巴顿追击，一直追到了莱伊港。没办法，他只能把石料投了海来减轻船的重量。"

"啊！那个海盗！"丹说。

"就是他。而且，正当我为此事焦头烂额时，我最得力的泥瓦匠特雷赫斯特·威尔跑来找我，浑身哆哆嗦嗦地发誓说他见到鬼了，长着角，拖着尾巴，戴着锁链，从教堂的塔楼上跑下来，踩着他就过去了。就这样，没人敢在教堂干活儿了。于是，我先带他们离开了工地，去贝尔酒馆喝两杯。约翰·科林斯说：'小伙子，好好想想吧。我

要是你，看见这些不祥的迹象就不会再管这老圣巴纳巴斯教堂了！'
他们一起晃动着脑袋，表示同意约翰·科林斯的话，真是可恶。后来
我才知道，他们害怕的不是魔鬼，而是我。

"我把这些'好'消息带回林登农场时，塞巴斯蒂安正在给老太
太粉刷厨房的横梁，他们一直都亲如母子。

"'振作点，伙计，'他说，'上帝与我们同在。咱俩才是纯粹
的傻瓜，一直都让他们给骗了。哈尔，尤其是我，这简直是奇耻大辱，
我还是名水兵呢，之前居然没想明白！他们千方百计地让你远离教堂
的钟楼，言之凿凿地说里面有魔鬼出没；约翰·科林斯修不好小加农
炮，我什么也没法带回军队去。碰巧这时，安德鲁·巴顿驶离了莱伊港。
为什么偏偏是这时候？因为他要带走一批加农炮，让我们无法支援可
怜的卡博特；这些加农炮现在肯定就藏在圣巴纳巴斯教堂的钟楼里。
这就是真相，一切就像正午时爱尔兰的海岸一般清楚！'

"'他们没胆量这么干吧，'我说，'而且，把加农炮卖给敌人
是严重的叛国罪——是要罚款而且处绞刑的。'

"'肯定是这样，没错的。这么干他们能捞不少钱，有钱能使鬼
推磨。我自己就是个商人，'他说，'为了布里斯托的荣誉，我们必
须战胜他们。'

"之后，他便坐在涂料桶上，制订计划。星期二那天，我们骑上
马假装去伦敦，跟大家一一告别——特意地跟约翰·科林斯道了别。
但是，我们走了一段路之后，就在瓦德赫斯特森林那里掉头回来了，
回到家附近的水甸，把马藏到教会属地里的柳树林里。一入夜，我们
蹑手蹑脚地爬上山，回到了圣巴纳巴斯教堂。那晚，雾色沉沉，幸好

月光透过浓雾照进来。我刚转身锁上塔楼的门，塞巴斯蒂安的身影就彻底消失在了黑暗之中。

"'该死！'他说，'哈尔，脚步抬高点，然后慢慢放下来。我刚刚让枪炮给我绊倒了。'

"我一步一步地在黑暗中摸索着——塔楼里一片漆黑——我找到螺旋炮了，数了数有二十门，就那么明目张胆地摆在豆荚杆堆里！

"'我这边有两门半加农炮，'塞巴斯蒂安拍打着大炮，说道，'原本是要用这些来打安德鲁·巴顿的舰船的。约翰·科林斯——你可真是个老滑头啊！看来这里就是他的仓库了，是他的军火库，他的军械库！为什么你稍一动工就招来了魔鬼，现在真相大白了吧，你挡着约翰的财路好几个月了。'他躺在那儿大笑起来。

"夜半时分，塔楼里冷极了，也没有个火炉。我们就往钟楼上爬，这时，塞巴斯蒂安让什么绊倒了，是一张牛皮，上面还有牛角和尾巴呢。

"'啊哈！你们那个魔鬼的衣服落这儿了！哈尔，你看我现在像不像魔鬼？'他披起牛皮，在月光下又跑又跳——还真像个魔鬼。他坐在楼梯上，用牛尾巴拍打着木板，从背面看他比从正面看还恐怖。这时，飞进来一只猫头鹰，看见他头上的尖角，吓得大声叫唤。

"'关上门，别把真魔鬼放进来，'他小声说道，'哈尔，我听见下面的门开了。'

"'我锁了门的。那些该死的不会还有一把钥匙吧？怎么办？'我说。

"'听脚步声，应该是来了不少会众，'他说着，在黑暗里眯起眼睛，机敏地盯着，'别出声儿！别出声儿！哈尔！咱们听听这帮人在说什么！我敢说，他们又运来螺旋炮了。一——二——三——四，他们搬了四门进来！安德鲁现在有二十四门螺旋炮，他的装备同海军上将不相上下了，真的。'

"仿佛像是回声似的，我们听见约翰·科林斯的声音在塔楼里回荡着，'二十四门螺旋炮，两门半加农炮，给安德鲁·巴顿爵士的，现在都齐了。'

"'不必再跟他客套下去了，'塞巴斯蒂安小声说，'我想这就把匕首插进他的头。'

"'礼拜四，他们往莱伊港运木头，把这些藏在木头下面。还是跟以前一样，德克·布雷泽特会在乌德摩尔接货。'约翰说。

"'上帝啊！这得干了多少次了！轻车熟路啊！'塞巴斯蒂安说，'我打赌，咱俩就是这村里唯一的两个对这门生意一无所知的傻小子了。'

"我们听说话的声音，知道村里人都来了，像是去罗伯茨布瑞治赶集一样。

"约翰·科林斯尖声嚷着，'下个月，法国大帆船要的枪炮必须要做好了，放到这儿。威尔，那傻小子（他说的就是我！）什么时候从伦敦回来？'

"'别担心，'我听见特雷赫斯特·威尔回答道，'科林斯先生，您不必担心他们，现在大家怕魔鬼怕得要命，都不愿意掺和修钟楼的事了。'说完，约翰那个老无赖笑了起来。

"'啊哈！威尔，你现在可会装神弄鬼了。'另外一个家伙拉尔夫·霍布登说道。

"'阿门！'塞巴斯蒂安吼了出来，从楼梯上一跃而下，我都来不及拉住他。他边跑边嚎，活像个魔鬼。他都没想到跑到哪儿停呢，那帮人就全跑了。天哪，他们跑的那样子可真好笑！我们听见他们跌跌撞撞地跑到贝尔酒馆那儿，拼命地敲门。随后，我们也跑了。

"'接下来怎么办？'塞巴斯蒂安说着，解下牛尾跳进了荆棘丛，'我撕碎了老实人约翰的面具。'

"'我们去找约翰·佩勒姆爵士，'我说，'他是唯一一个一直站在我这边的人。'

"我们骑马来到布莱特林，约翰爵士从前的住所，守林人把我们当成偷鹿贼了，差点开枪。我们请约翰爵士来帮我们评评理，我们把整件事情讲完之后，让爵士看了看那张牛皮，塞巴斯蒂安一直把它披在身上。约翰爵士笑得眼泪都出来了。

"'好好好——'他说，'不等天亮我就为你们伸张正义。可你们准备控告什么呢？科林斯先生可是我的老朋友。'

"'他可不是我们的朋友，'我大声说道，'一想到他们在教堂里又捉弄我，又假装对我嘘寒问暖，我就——'想到这，我说不下去了。

"'啊哈，现在你知道了，教堂别有他用。'他轻松地说道。

"'一问螺旋炮的事，他们对我也是又哄又骗，'塞巴斯蒂安也大声说道，'要是大炮造好了，我现在都开进西海老远了。可你的老朋友居然把炮卖给了苏格兰海盗——'

"'证据呢？'约翰爵士捋着胡子说。

"'不到一小时前，我刚吓了他们一通。我听见约翰说了要在哪里交货。'塞巴斯蒂安说。

"'这都是一面之词，口说无凭，'约翰爵士说，'科林斯先生可是非常会撒谎。'

　　"约翰爵士瞬间严肃了起来，当时，我估摸他也是这秘密犯罪团伙的一员。苏塞克斯这些开铸造厂的，就没有一个老实本分的主儿。

　　"'理智一点儿吧！'塞巴斯蒂安说，用他的牛尾巴敲着桌子，'这到底是谁的大炮？'

　　"'当然是你们的，'约翰爵士说，'你是奉国王的命令要科林斯先生铸枪造炮。你知道他为什么要把这些炮从尼塞的铸造厂搬到教堂吗？因为这样离大路更近，将来搬运更省事。小伙子，这是好邻居在帮你呢！'

　　"'看来我是在以怨报德了，'塞巴斯蒂安看着手指关节，说道，'那你怎么解释半加农炮？我看得清清楚楚，国王可没有命令他们造这个。'

　　"'善意呀，那是出于他们的敬爱和善意，'约翰爵士说，'约翰一腔热忱地为国王效力，也想讨好你，就造了这两门加农炮，准备作为礼物呈上去。一切就是这么简单，你们这些傻小伙子们！'

　　"'原来如此，'塞巴斯蒂安说，'噢，约翰爵士，约翰爵士，你为什么从来不出海呢？我看你在岸上都待糊涂了。'他看着约翰爵士，眼神里充满敬意。

　　"'在其位，我定会谋其政。'约翰爵士又摸了摸胡子，用法官言之凿凿的语调说，'倒是你们两个小子！我得说——半夜三更喝酒闹事，会吓着科林斯先生的——'他又想了片刻，'你们把他的好心当成犯罪。我得说，你们会吓坏他的。'

290

"'约翰爵士，你要看见他是怎么屁滚尿流地跑了，就不会这么说了！'塞巴斯蒂安说。

"'你们火急火燎地赶来见我，给我讲什么海盗、马车、牛皮魔鬼衣之类的故事，虽然我确实听得乐到不行，可这些无稽之谈却有悖于我作为地方官的理智。这样吧，我和你一同回塔楼去，再带些我的人，大概三四辆马车吧。我保证约翰·科林斯先生会马上把国王定的枪炮和那两门半加农炮交给你，塞巴斯蒂安先生。'他又用自己平时的语调说，'我早就警告过那个老家伙和他那帮同伙，这黑暗交易迟早惹大麻烦。但不能因为一点儿军火走私就绞死苏塞克斯一半的人啊。这下你们满意了吗，小伙子们？'

"'要是收下那两门半加农炮，我就叛国了。'塞巴斯蒂安说着，搓了搓手。

"'你刚刚发现半加农炮的时候，就已经犯下叛国罪了，'约翰爵士说，'上马，我们去取枪炮。'"

"科林斯先生本意是要把军火都交给安德鲁·巴顿的，对不对？"丹问。

"毋庸置疑，他就是那么想的，"哈尔说，"但这些军火还是归我们了。太阳刚露出一丝火红，我们的人马便长驱直入，进了村子。约翰爵士上身穿着盔甲，端坐马上，旗帜飘扬。在他身后是三十个粗壮的布莱特林骑士，五人一排，再往后是四辆马车，马车后跟着四位号手，欢快地奏着《国王前往诺曼底》。我们把大炮从教堂的钟楼里运出来，那场面像极了女王的弥撒书中修士罗杰画的那幅法国围城图。"

"那我们——我是说，我们村里的其他人在干什么？"丹问。

"噢！忍着呗——还得摆出一副高贵的样子，"哈尔大声说道，"虽然他们之前合起伙来骗我，但我还是挺为他们骄傲的。这帮人从屋里出来，看着我们这支小军队，一言不发！一动不动！在那帮布莱特林人收拾我们之前，他们指定先挨收拾。那个恶棍，特雷赫斯特·威尔，大清早就喝得醉醺醺的，从贝尔酒馆里出来差点撞上约翰爵士的马。

"'当心啊，见鬼！'约翰爵士勒住了马，大声喊道。

"'噢！'威尔说，'今天是赶集的日子吗？布莱特林的牛都赶到这儿来了？'

"我饶了他一命——真是个厚颜无耻的小人！

"但真正的幕后黑手是约翰·科林斯！我们把第一门半加农炮运出教堂时，他正好就在街上（他下巴上缠着的绷带是塞巴斯蒂安的杰作）。

"'这东西有点分量，'科林斯说，'这马车可能禁不住，你们付点钱，我把拉木料的车借你们。'

"我还是头一次看见塞巴斯蒂安瞠目结舌的样子，嘴巴一张一合的，像条鱼似的。

"'我这么说你别见怪，'约翰先生说，'这些装备给你们的价格太便宜了。我帮你搬，你不介意付我一点点运费吧。'啊哈！他可真不是个一般人！后来听人说，那天早上约翰损失了得有两百磅，他就那么眼睁睁地看着那些大炮一门一门地运往刘易斯，眼睛一眨不眨。"

"他后来还干这些勾当吗？"普克问。

"没有了，就这一次。后来，他给圣巴纳巴斯教堂送了一套崭新的编钟。（噢！这件事之后，科林斯家、海耶家、福尔家、芬纳家对修教堂的事真是有求必应。）我们奏响编钟，召唤大家，他和布莱克·尼克·富勒当时在教堂的钟楼上。布莱克就是送给我们教堂里祭坛屏风的那个人。老科林斯一手拉住钟索，一手挠着脖子说：'以后，绳子只会悬住那钟锤，不再勒着我的脖子了。我彻底解脱了！'故事到这儿就结束了！这就是苏塞克斯，永远宁静的苏塞克斯。"

"后来呢？"乌娜问。

"后来，我回到了英格兰，"哈尔慢条斯理地说，"从那以后，我不再骄傲自大。人们说我为圣巴纳巴斯留下了珍宝——他们说我修的教堂是珍宝！我太高兴了！我为我的人民修了教堂——神父罗杰是对的——自那之后，我再没碰到过这么棘手的麻烦，也再没取得过这样痛快的胜利。这就是万事万物的本质吧。这是多么、多么可爱的地方啊。"他轻轻低下了头。

"你们爸爸从铁匠铺那边过来了，他跟霍布登老人说什么呢？"普克说着，张开了手，手心里有三片叶子。

丹望向村庄那边。

"噢！我知道。他们在说横倒在小溪上的那棵老橡树呢。爸爸一直想挪走它。"

山谷里寂静一片，他们听到霍布登老人低沉的声音。

大家听见霍布登老人说："三思而后行啊，这树根牢牢地抓着河岸，你要给它拔出去，河岸塌了，洪水来了，河道也就冲毁了。再想想吧。老树上还长着不少蕨类呢。"

"好！我再考虑考虑。"爸爸说。

乌娜咯咯咯地笑起来。

"就听声音的话，霍布登老人才是钟楼里的魔鬼。"哈尔懒洋洋地笑着说。

"哎，从三埃克到我们玩耍的草地有好多兔子都指着那棵橡树做桥来过河呢，为什么要动那棵树呢？霍布登说就在那儿最好圈兔子了，他都抓了两只了，"乌娜说着，"他永远也不会让人把树挪走的！"

"啊！苏塞克斯！永远宁静的苏塞克斯。"哈尔喃喃私语。就在这时，孩子们爸爸的声音从小林登农场传来，圣巴纳巴斯教堂五点的钟声也响起了。

走私犯之歌

啼声四起，午夜醒来，

莫唤盲人回家，莫到街上徘徊，

不发问并非撒诈捣虚，

亲爱的，转过身去，绅士们经过，我们要对着墙宇。

牧师举杯干邑，

烟草递给书记；

二十五匹小马驹，

踢踏在黑暗里——

蕾丝为少女系起；密信捎给卧底，

亲爱的，转过身去，绅士们经过，我们要对着墙宇。

有幸邂逅，山野绿洲，

扎紧的木桶，封好焦油，盛满美酒；

不要咋咋呼呼，不要拿来捣鼓，

才刚把桶放回原处——隔天就会不知去处！

若你见大敞四开的马厩；

若你见马儿疲累不休；

若你见母亲缝补破烂的衣裳；

请别多问！

这衬里温润又考究。

若是遇上乔治王的士兵，他们身着殷红和靛青，

你一定要学会谨言慎行，一定要学会倾耳细听。

他们喊你"漂亮妹妹"，还用双手掐住你的脖颈，

千万别透露了谁在那里，或是谁人曾经到过那里。

沉沉暮霭，房屋外——敲门声、脚步声纷至沓来。

没有听到狗叫，万万别到门外。

崔斯和平基都在这里，看他们躲得多严实。

绅士们从这儿经过，他们脚都不迈。

适逢其会，你只消按吩咐去做，

漂亮玩偶归你，它可来自法国，

瓦朗谢讷的帽子，天鹅绒的巾帼，

绅士们的礼物，便属于你了。

牧师举杯干邑，

烟草递给书记，

二十五匹小马驹，

踢踏在黑暗里——

不发问并非撒诈捣虚,

亲爱的,转过身去,绅士们经过,我们要对着墙宇。

轻扬之旅

养蜂少年之歌

蜂鸣！蜂鸣！听听蜜蜂的声音！

"多多避着你的邻居，

但要讲出你的遭遇，

不然便没有蜂蜜给予。"

这天是小姑娘的婚礼，

喜气洋洋，神采奕奕，

但你要把故事讲给他们听，

不然蜜蜂就会飞离。

飞远——冥茫——

浸微浸消，天各一方！

蜜蜂诚不我欺，

只要我亦对蜜蜂坦荡。

结婚、出生与死亡，
你的快乐和悲伤，
消息漂洋过海，
蜜蜂也了若指掌。

扬谷机前，
蜜蜂总是如你所见，
来来往往，
瞧什么都新鲜。

雷鸣电闪，
莫在树下顾盼，
它们亦会与你分离，
如若你心中生厌。

消失——散逸——
浮华终将离开你，
而永远、永远，
只有蜜蜂同你相惜。

轻扬之旅

渐入黄昏，九月的绵绵细雨轻柔地落在采着啤酒花的人们身上。花园里，母亲们推着一颠一簸的婴儿车走出了花园。酿酒桶都收起来了，账也都记好了。年轻夫妻们两人撑着一把伞，信步朝家走去，身后的单身汉哈哈笑着。丹和乌娜一放学就大步流星地去烤酒房里烤土豆。老霍布登和他的猎犬，长着蓝眼睛的贝斯，住进烤酒房整整一个月了，一直在烤啤酒花。

一如往常，孩子们在炉火前铺满麻袋的小床上坐好。霍布登老人拉起百叶窗，像往常一样，盯着炉子里的火炭。那老式圆炉里的炭都烧红了，热烘烘的。他缓缓添了些煤，正好地把煤块添到该添的地方，手指从来不抖。接着，他慢慢把胳膊伸向身后，让丹从后面把土豆放进铁勺里。老人小心翼翼地把土豆摆在火边烤，不时地翻翻面。外面天还亮着，他拉下百叶窗，屋子里也跟着暗了下来，老人点燃了提灯里的蜡烛。孩子们度过了许多个这样的下午，总是特别开心。

这时，贝斯朝着门口摇起了尾巴，他们估计是养蜂少年悄悄进来了。他是霍布登老人的儿子，脑子不太灵光，但养起蜜蜂却得心应手。

屋外，细雨中传来了响亮的歌声：

去世一年的莱丁沃尔奶奶，

听说啤酒花烤好就醒了过来。

"我一听这声音就知道是谁！"霍布登老人大声说道，他转过了身。

她说，年轻时那些一起采啤酒花的男孩，

用花调味他们手到擒来，而我——

一个男人站在了门口。

"天呐，天呐！听说烤啤酒花的香味能唤得死人还阳，现在我是信了。你是汤姆？汤姆·休史密斯？"霍布登把提灯放低，想看清楚些。

"拉尔夫，你这时间真是掐得刚刚好啊！"男人大步走进来——他比霍布登整整高了三英寸，像个巨人，胡须花白，脸庞黝黑，蓝色的眼睛明亮清澈。他们握了握手，孩子们听到两个坚硬的手掌相互摩擦的声音。

"这手劲儿丝毫不减当年啊，"霍布登说，"你在皮斯马什集市打破我脑袋那次，是三十还是四十年前的事来着？"

"也就三十年吧。你不也用啤酒花地里的杆子打破了我的头吗？这事上咱俩可谁也不欠谁。我们那天晚上怎么回的家？游泳吗？"

"野鸡也就这么进了古布斯的口袋——有点儿运气的成分呢，但也要了些诡计。"霍布登老人辗然而笑。

"你丛林里的身手应该也不减当年。现在还打猎吗？"男人假装手里有枪，做了个举枪瞄准的姿势。

见状，霍布登的手麻利地动着，像是在给兔子布陷阱。

"不打猎了，我现在就只会抓兔子了。岁月不饶人啊。你这些年过得怎么样？"

"噢，我去过普利茅斯，去过多佛——我在世界各地到处漫游，"男人兴致勃勃地说着，"没人比我更了解英格兰了。"说罢，他转过身，对着孩子们大方地眨了眨眼睛。

"我敢说，英格兰的人得跟你说了不少谎话。我曾经去过英格兰的威尔特郡，在那儿被人骗着买了双园丁手套。"霍布登说。

"那儿的人个个都能把话说得天花乱坠，你这样都已经很不错了，拉尔夫。"

"老树没死不能挪。"霍布登轻轻笑着，"我跟你一样，从来不去想自己能活多大岁数。来吧，今晚你就帮我一起烘啤酒花吧。"

这大个子倚着圆炉旁边的砖，挥着手说："雇我吧！雇我吧！"两个人笑着，咚咚咚地一起上楼去了。

他们在翻动布上的啤酒花，孩子们听见铁铲刮擦布面的声音。布下面烤着火，黄色的啤酒花慢慢烘干。烤酒房里弥漫着甜蜜又醉人的芳香。

"他是谁呀？"乌娜悄悄问养蜂少年。

"不认识，你不知道——我也不知道。"他笑着说。

楼上烘干室里的两个人有说有笑，闷响的脚步声来来回回。过了一会儿，他们把一袋干燥的啤酒花倒进上方压模孔，装满，压实，再压下压模器，"哐啷！"松散的啤酒花就定了型。

"轻点！"孩子们听见霍布登老人叫道，"你使这么大劲儿都把它们压坏了。汤姆，你跟格里森的公牛一样粗粗咧咧。来，咱们去火边坐坐吧，那一会儿就压好了。"

他们俩下了楼。霍布登拉开百叶窗，想看看土豆熟了没有。汤姆跟孩子们说："给我放多多的盐，你们就知道我是什么样的人啦。"他又眨眨眼，养蜂少年笑了，乌娜看了看丹。

　　"我可知道你是什么人。"霍布登老人咕哝着，在火炉里翻土豆。

　　"是吗？"汤姆在霍布登身后说着，"这世上，有些人听不了马蹄铁声，有些人听不了教堂的钟声，有些人听不得流水声。对了，说到流水——"他看向霍布登，老人刚从火炉边转过身来。"你还记得罗伯茨布瑞治发的那场大洪水吗，当时磨坊主的工人是不是淹死在街上了？"

　　"记得清清楚楚。"霍布登老人坐到了炉火边的煤堆上，"当时，我正在追求家住沼泽地的爱人。当时我是普莱姆小姐的马车夫，一个礼拜能挣十先令。我爱人是沼泽地人。"

　　"罗姆尼沼泽地——神妙莫测又不可向迩的地方，"汤姆·休史密斯说，"我听说世界分成几个大块，有欧洲，亚洲，非洲，美洲，澳洲和罗姆尼沼泽地。"

　　"沼泽地人就是这么想的，"霍布登说，"我想尽了办法带我爱人离开那里。"

　　"她本来是沼泽地那块的人？我忘了，拉尔夫。"

　　"长城脚下，迪姆彻奇附近。"霍布登回答，拿起了一个土豆。

　　"那她应该是佩特人——或者惠特吉夫特人，是不是？"

　　"对，她是惠特吉夫特人。"霍布登把土豆一掰两半，像是风餐露宿了许久一样，吃得格外地仔细。"我们成家了，最初的一二十年里，她还有些许古怪，有时做起事来没有分寸，在威尔德住了一段后，开始变得通情达理了起来。她养起蜂来很有一手。"霍布登切了一小块土豆扔到了门外。

"啊！我听说惠特吉夫特人跟我们不一样，他们能看穿磨石，"休史密斯说，"她是这样的吗？"

"她不懂什么巫术，"霍布登说，"但她能从飞鸟、星辰、蜂群的身上读出些征兆和迹象。她会在梦中醒来——说自己听到了召唤。"

"那也说明不了什么，"汤姆说，"沼泽地人自古就是走私犯。夜里能听到声音召唤，这可能是她与生俱来的能力吧。"

"是这样吧。"霍布登老人笑着答道，"记得有段时间我们那儿的走私犯比沼泽地的还多，但这和我爱人可没什么关系。倒是有些别的闲话——"他压低了声音，"和法利赛人有关的。"

"对，我听说沼泽地人是信仰法利赛派的。"汤姆看着贝斯身旁的孩子们，一个个眼睛瞪得溜圆。

"法利赛人，"乌娜叫起来，"是神仙吗？噢！原来是这样！"

"他们是山地人。"养蜂少年说着，往门外扔了半个土豆。

"没错，"霍布登指着养蜂少年，说，"这孩子的眼力和性格都像他妈妈。我爱人就称法利赛人为山地人。"

"那你觉得法利赛人怎么样？"

"嗯——嗯，"霍布登声音低沉，"他们总是天黑以后往田地和树林里去，一般只按那一条路线走，除非是碰上了守林人。"

"那除此之外呢？"汤姆试探着说，"我看你刚刚往门外扔的是块好土豆呀？所以你也相信这一套？"

"那上面生了一块大黑芽。"霍布登愤愤地说。

"反正我这小眼睛是看不到。你那么做，让人感觉你好像知道门外有什么人需要土豆似的。不过，说真的，你真相信她们那一套吗？"

"我可什么都没说。因为我没听到过什么，也没见过什么。但你要说天黑之后树林里除了人、兽、鸟、鱼，还有不少之外的东西，那肯定是假的。我想问问你，汤姆，你到底想说什么？"

"我和你一样，我说不出什么东西。给你讲个故事吧，随你怎么理解。"

"又是些胡诌八扯。"霍布登闷声说着，给烟斗加满了烟草。

"沼泽地人给这故事取名为'轻扬之旅'，"汤姆慢条斯理地讲着，"你可曾听过？"

"我爱人讲过几次，但我不信这些，所以也没听完过这个故事。"

霍布登一边说着，一边走到提灯那里，借着里面的黄色火苗点上烟斗。汤姆坐在煤堆那儿，把一个胳膊肘抵到膝盖上。

"你去过沼泽地吗？"他问丹。

"就只去过一次莱伊。"丹答道。

"啊，那才只是在边上。沼泽地后面有座尖塔，就在教堂的旁边。家家的主妇们坐在自家门边，海水会流进沼泽，鸭子在沼泽的水沟里游来游去。沼泽地就像迷宫一样，到处都是水沟和水闸，防潮门和泄水阀。潮水涌入时，沼泽冒泡传出咕噜咕噜的声音，接着，你会听见海水从左右两侧涌上城墙的声音。你们知道沼泽地看上去是多么平坦辽阔吗？人们都觉得自己在那儿肯定不会迷路的。嘿，但其实里面的水沟和水阀把路扭成一团乱麻，像巫婆的纺锤一样。就算是青天白日的，也免不了在里面绕来绕去。"

"那是因为沼泽地人借沟渠引水，"霍布登说，"我们恋爱的时候，那里还是一片绿洲——哎！一片绿洲呀——后来，沼泽地的主事官开始像青蛙一样四处横行起来。"

　　"那是什么？"丹问。

　　"是沼泽热和疟疾，我也被传染过，后来好了。不过现在水都已经排干，沼泽热也不复存在。所以人们就开玩笑说，主事官掉进水渠摔死了。那也是个养鸭和养蜂的好地方。"

　　汤姆接着说："自远古时代，沼泽地就有人居住了，沼泽地人说在那时法利赛人就对沼泽地青睐有加，远胜古英格兰的任何其他地方。我敢说，这一点沼泽地人心知肚明。一直以来，沼泽地人都在晚上干些走私的勾当。他们说总能在沼泽地见着些像兔子一样不知礼节的法利赛人。这帮人光天化日在街上跳舞，晚上点着微弱的绿光在水渠间穿行，和走私犯一模一样。对了，有时候他们还会把牧师和教士关在教堂外面。"

　　"那是那些走私犯从沼泽地往外倒腾的蕾丝和白兰地，我当时跟我爱人也是这么说的。"霍布登说。

　　"你爱人要真是惠特吉夫特人，我肯定她才不信这些。对于法利赛人来说，在女王贝丝的父亲大搞改革之前，沼泽地从方方面面来说都是个不二之选。"

　　"像议会的法案一样？"霍布登问。

　　"当然。在老英格兰，一切都离不开法案、授权、集会这些形式。听人说，女王贝丝的父亲利用教堂干了些见不得人的勾当，还是法案允许的，让一些人连饭都吃不上，不知是真是假。当时，英格兰有支持声，也有反对声，各执一词，哪一方占了上风，就把另一方的人都烧死。这让法利赛人十分恐慌：如今的时代变成顺我者昌，逆我者亡的局势了。"

"蜜蜂也是如此。"养蜂少年说，"一旦起了仇恨，就再不会待在同一间蜂房里了。"

"确实，"汤姆说，"这系列改革吓坏了法利赛人，就像麦田里的收割机对兔子的惊吓一样，他们从四面八方一拥而上，进入沼泽地，说着：'好也罢，坏也罢，我们必须得搬家，英格兰快乐不再，我们的时代不再。'"

"他们都是这么想的吗？"霍布登说。

"有个叫罗宾的不一样——不知道你听没听过他。你在笑什么呀？"汤姆问丹，"法利赛人的困境对罗宾来说不算什么，他和英格兰人走得近，也没想过要离开英格兰，所以法利赛人派他去寻些出路。可你也知道，英格兰人必须先考虑自己的利益，罗宾跟英格兰人打交道也无果而终。法利赛人觉得自己就像退潮的水奔离沼泽地一样，大势已去了。"

"那你——不是，那法利赛人想要什么呢？"乌娜问。

"肯定想要艘船啊。他们就像疲倦的蝴蝶，已经飞不过海峡了。海峡那边的法兰西人民还没有革命，局势比较平稳，因而他们希望有船和船员能送他们过去谋生。教堂的钟声从坎特伯雷传到布佛港，响彻英格兰，一群又一群可怜人被活活烧死，他们听不了这撕心裂肺的声音。国王傲慢的信使走马而至，四处宣告改革，拆毁圣像，他们见不了这万箭穿心的场景。没有英格兰人的协助，法利赛人就无法离开，但英格兰人都在自求多福，于是法利赛人蜂拥而至，进入沼泽地，想尽办法让英格兰人听到自己唯一的诉求……有人说法利赛人就像鸡崽一样，你们听说过吗？"

"我爱人也曾这么说过。"霍布登说，他那两只棕色的胳膊交叉放在胸前。

"他们是这样的。如果把许多的鸡崽儿圈起来，它们生了病还置之不理，这些鸡崽就都会死掉。这跟法利赛人的情况一样，他们都聚到了一处，他们倒是没有死，但他们周围的英格兰人却病倒了。法利赛人的本意并非如此，但英格兰人也不知道事情的原委，事实就是这样——这是我听说的。法利赛人又紧张又害怕，祈祷能有解决办法，他们一改在英格兰时的沉静与幽默，惊天动地地来到沼泽。沼泽地的人们看见天黑以后教堂闪着火光，看见牛羊吃草却没有牧民，看见马儿奔腾却不见马倌，水渠边微弱的绿光点多了起来，屋子外轻快的脚步声多了起来。夜以继日，夜以继日，人们感觉像是被盯上了，像是有人暗示着他们现在有些解决不了的麻烦。噢！沼泽地人骨子里又很迷信，短短几周内沼泽地里到处都是法利赛人。我敢说沼泽地都挤得冒汗。但是，他们仍是纯正的英格兰沼泽地人哪。他们看到了对沼泽地不祥的征兆：一旦汹涌的海浪冲毁迪姆彻奇的城墙，水漫城池，他们会就像温切尔西一样，遭遇灾难；或者他们还可能遭受瘟疫的肆虐。他们研究风云变化，潮汐更替，总是把希望寄予上苍，却从没想过低头看看可能会知道些什么。

"迪姆彻奇城墙下那位可怜的寡妇，没有丈夫，也没有财产，就用更多的时间来感知种种迹象。她感到门阶外有着前所未有的大麻烦。

她有两个儿子，一个生来就眼盲，另一个小时候从城墙上摔了下去，又聋又哑了。他们都长大了却不能独自维持生计，所以寡妇就靠着养蜂和算命来养着他们。"

"她都能算些什么？"丹问。

"比如丢了东西去哪儿找，孩子脖子扭了怎么办，怎么让分手的人重归于好。她能预感到沼泽地的种种麻烦，就像鳗鱼能提前预知雷电那样。她是个巫婆。"

"我爱人也能预知天气，"霍布登说，"暴风雨来临时，我见过她头发里冒出火花，不过她从没干过算命这些事情。"

"这寡妇倒像是占卜师，占卜师常常会得到些召唤。一天夜里，她躺在床上，感觉浑身发热又疼痛难忍，这时她做了个梦，听到敲窗户的声音，有人喊着'惠特吉夫特寡妇，惠特吉夫特寡妇'。

"一开始，听到翅膀颤动的声音，她还以为是田凫。可是等她从床上起来，穿好衣服，开门出去，迎面而来的一股巨大的恐慌感和呻吟声，这种感觉就跟沼泽热肆虐时一样，她说：'什么东西？到底怎么回事？'

"接着，水渠里传来蛙鸣，芦苇丛摇摆呼啸，狂浪拍打着城墙。她听得不太清楚。

"她一而再、再而三地呼喊，可她的声音每次都被大浪吞没。但是，她迅速抓住海浪平静的短暂间歇，大声喊道：'这一个月以来我一直心绪不宁，浑身不快，沼泽地要出什么事？'她感受有一只小手抓住了她的衣角，她弯下身去，看着那只小手。"

汤姆·休史密斯在炉火前挥舞了一下拳头，笑了笑。接着，他继续讲故事。

"'大海会吞没沼泽地吗？'这个寡妇问道，毕竟她是沼泽地人。

"'不，'那个细微的声音说，'好好睡吧，什么都不用担心。'

"'瘟疫会侵袭沼泽地吗？'她问，她心里一直为这两件事惴惴不安。

"'不会。好好睡吧，什么都不用担心。'罗宾说。

"她转过身，将信将疑地走了，可那细微的声音悲伤地大叫起来，她难受极了，转过身去，大声喊道：'如果这还不是灾难的征兆，我能做些什么？'

"法利赛人在她四周呼喊起来，表示想要一艘船送他们去法国，以后不再回来。

"'城墙那有艘船，'她说，'但我没法把它弄到海里，也不会开船。'

"'你的儿子们可以帮我们，'法利赛人说，'他们心地善良，会为我们开船的，母亲——噢，母亲！'

"'他们一人聋了，一人瞎了，'她说，'却都是我的挚爱，这无疑是让他们送死。'她周围的声音尖锐刺耳，里面还有孩童的声音。她听了什么都能不为所动，却独独听不得孩子的声音。于是，她说：'如果你们能说动他们来帮忙，我就让他们去。一个母亲能做到的这个份儿上，已经不容易了。'

"她见到那些荧荧绿光开始起舞，晃得她头晕目眩。她听见小脚丫轻快地踩踏地面的声音，她听到坎特伯雷教堂的钟声响彻布佛港，她听到巨浪拍打城墙的声音。法利赛人叫醒了她的两个儿子，她咬着手指，眼看着自己的骨肉至亲离开了她，不留一言。她跟在后面，悲恸地哭着，一直跟到了船边。船下了海，开远了。

"他们立起桅杆，扬起风帆，眼盲的儿子对她说：'母亲，我们会谨记您的教诲，心怀善意，把他们送过去。'"

汤姆·休史密斯往后仰了仰头，半闭着眼睛。

"哎！"他说，"那个惠特吉夫特寡妇真是个心地善良、深明大义的女人。她站在那儿，手指捻着长发，像棵杨树一样瑟瑟发抖。法利赛人止住孩子们的哭声，静静地等着聋哑的儿子开船。她是一位母亲。她也是所有人的依靠。没有她的善意与奉献，法利赛人就无法渡海。终于，她强忍着难过，拼尽全力，挤出短短几句话，'去吧！孩子们，谨记我的教诲，心怀善意，去吧！'

"然后我看到——然后，他们说，她就像在海浪中前行一样，用力向后支撑着身体。法利赛人络绎不绝地从她身边经过，上了船，带着妻小、财宝，逃离残酷的老英格兰。银器叮当的声音，行李滑进船底的声音，剑与盾碰撞的声音，手脚在甲板上摩擦的声音不断传来。船起航了，在海里越扎越深，她只看见儿子们在操纵着什么。扬起了帆，船走远了，向莱伊港的驳船，消失在海上的薄雾中。寡妇原地坐了下来，悲伤久久不能平静，直到天明才离开。"

"她没有孤独终老。"霍布登说。

"我想起来了。他们说那个叫罗宾的人一直陪着她。她伤心欲绝，对罗宾的许诺充耳不闻。"

"哎！她应该先讲好条件的，我从前就这么跟我爱人说。"霍布登叫道。

"不，她让儿子过去完全是出于爱。她感知到了沼泽地的灾难，希望自己的善意能减轻灾难，"汤姆轻轻笑了笑，"她做到了，是的，她做到了。法利赛人离开了，空气也轻盈了起来，从东边的港口到西边的布佛港，人们不再心烦意乱，没有病痛折磨，孩子们也不再哭闹。沼泽地的人们只觉得浑身舒畅，如同雨后的蜗牛一般。只有那女人悲苦地坐在城墙上，她本可以不让儿子们去的——也相信儿子们会回来的。她一直心绪不宁，直到三天后，他们的船开回来了。"

"船当然应该回来。那她的两个儿子呢？都痊愈了吗？"乌娜问道。

"没有。那是有悖常理的。他们后来回到了她身边。眼盲的儿子看不到，聋哑的儿子讲不出。我估计法利赛人就是因为这一点才想找他们驾船吧。"

"你——不，是罗宾，他跟寡妇都许诺什么了？"丹问。

"他许诺了什么？"汤姆假装想了想，对霍布登说，"拉尔夫，你爱人是惠特吉夫特，她没给你讲过？"

"她讲的都是这孩子出生时的一些荒诞趣事，"霍布登指了指自己的儿子，"他们母子俩总有一人能看穿磨石。"

"我！是在说我！"养蜂男孩突然说道，引得大家阵阵发笑。

"我想起来了！"汤姆一拍膝盖，大声说道，"罗宾许诺说，只要人身上流淌着惠特吉夫特的血，是她家族的一脉，无论男女老少都不会遇见大灾大难，不会失望叹气，不畏黑夜，不被伤害，不犯罪孽，不受愚骗。"

"那这不就是我吗？"养蜂男孩说。九月明亮的月光从烤酒房门口照进来，在地面上晕出一个银色的方形区域，养蜂男孩就坐在那里。

"当我们发现儿子和其他小孩有所不同时，我爱人就是这样说的，一字不差。真没想到你也知道这些。"霍布登说。

"啊哈！我的帽子下面可不只有头发呀！"汤姆伸了个懒腰，笑起来，"拉尔夫，等我把这两个孩子送回家，我们再接着聊这些过去的事，过去的传说，聊上一夜。你们家在哪儿呀？"他转过身，对丹严肃地说，"我送你们回去，你们爸爸会请我喝一杯吗，孩子？"

孩子们咯咯地笑起来，跑了出去。汤姆把他俩扛在肩上，一边一个，穿过蕨类丛生的草地。月色里，奶牛冲着他们喘粗气，就像挤奶的时候一样大喘气。

"噢！普克！普克！你一讲到盐时我就猜出是你了。你是怎么做到的？"乌娜兴高采烈地问。

"做什么呀？"说着，他翻过了修剪过的橡树一侧的栅栏。

"你扮成了汤姆·休史密斯呀。"丹说。汤姆扛着他们躲开了小溪桥边的两棵小白蜡树，几乎是在飞奔。

"是的，丹先生，那就是我的名字。"静谧的夜晚，草地上露珠闪烁，槌球场旁的灌木丛结了白霜，一只小兔正待在那儿。"你们到家了。"他跨步走进了厨房的院子，迅速地把孩子们从肩上放下来。正好这时艾伦走过来，疑问连连。

"我是在斯普雷的烤酒房里帮忙的，"他对艾伦说，"我不是外国人。就算是您母亲出生前这个国家里的事，我都知道。噢——谢谢你，小姐，烤起酒来确实是口干舌燥啊。"

艾伦去拿水壶了，孩子们也进屋了。橡树，白蜡树和荆棘丛又一次赋予了他们魔力！

三部曲

我深深热爱这三者，
林地，低地与沼泽；
但不知我最爱哪个，
林地，低地还是沼泽！

我的心葬在蕨类丛生的丘陵，
那里杂木森林点缀在山岭。
蓝烟袅袅，啤酒花金黄，
我想你是始终都住在她的心房！

沼泽地之久，建国初就已有，
我在那里奔跑，来放松大脑，
布伦齐特芦苇，罗姆尼台地，
我想你总能读懂我的心意！

我把灵魂献给南部的草场，
你经过的地方响起羊铃铛。
噢，扬帆远航的轻扬之旅，
我想你会保管我的灵魂！

财宝与法律

五河之歌

伊甸的树才发新芽，
四条大河奔腾流洒，
每条河都委任一人，
是它的君主和王法。

可刚刚选出谁来负责，
（传说里是这样讲的，）
以色列的黑暗时代到来，
几条河流全都忽而不再。

上帝在上，公正严明，
嘱咐："手抓一把尘土，
撒在脚下大地上，

让第五条河肆意奔淌，

比那四条更为浩荡，

环抱大地，

永远隐秘，

代代相传的天机。"

五河澹澹，

地负海涵，

泉水滋蔓，

造就市集，

削弱王权。

神佑实现，

一如预言，

秘藏黄金在河岸！

以色列放下了王权，

摘下了皇冠，

冥想于河岸。

河水奔流往复，

泥中满是洞窟，

季季时光往复；

为何拯救以色列，

无人知晓缘故。

他是最后一位君主——
她是最壮美的五河。
他听她呼啸而过，
她在他的血脉中欢歌。

他预言："水位低了。"
那沙漠里的喷泉，
向南几千里以内，
哪个干涸他全知道。

他预言："水位涨了。"
那山岭之上的积雪，
向北几千里以内，
哪片雪融他全知道。

干旱为他所拦，
暴雨由他所挡，
始终天人相感，
处处转危为安。

君主没有王权，

以色列却追随。

在哪都是贵宾，

处处他是领主，

却未戴过王冠。

第五条伟大的河流，

深把她的秘密保留，

只为以色列有此为，

因神明之意不可违。

财宝与法律

十一月里的第三个星期，树林里回荡着猎人捕猎野鸡的枪声。那片地势陡峭、山路狭窄的乡野，根本没有人去那里打猎，只有村里的小猎犬会离开它们的狗窝，在这里你追我赶，一玩就是一天。丹和乌娜看着几只小犬正绕着菜园子追洗衣房的小猫。这些小动物特别喜欢追着兔子玩，所以孩子们带它们在小溪边的牧场疯跑，结果跑进了小林登农场。这时，一只老母猪挡住了他们的去路——他们就爬上了一个采石坑，结果叨扰到一只狐狸，惊得它往远方的森林深处跑了。他们跟着它跑到远方的森林，一群野鸡正在那里躲避猎人的追击，他们的到来把野鸡吓坏了。就在那时，刺耳的枪声穿透山谷，孩子们赶紧抱起小猎犬，免得它们迷路受伤。

"我真是不想活得像只十一月的野鸡，四处躲藏乱跑，"丹气喘吁吁，一把抓住小狗弗利的脖子，"你怎么笑成这样啊？"

"我没笑啊，"乌娜坐在胖胖的母狗芙罗拉身上，"噢！你看！这些笨鸟飞回它们的林子去了！明明我们的林子才是安全的！"

"只要你们不为了取乐而打鸟，它们就一直都是安全的。"一位身材高大如巨人的老人从冬青树丛后走了出来。孩子们见状跳了下来，小狗乖乖地趴下。老人身着厚实的深色长袍，内衬和镶边是淡黄色的毛皮。他弯腰鞠了一个躬，这让孩子们感到既骄傲又不自在。老人不住地看着孩子们，孩子们也看着他，没有丝毫恐惧和怀疑。

"你们不害怕吗？"他一边说，一边捋着自己漂亮的花白胡子，"不害怕山谷那边的人——伤害你们吗？"他朝着山谷下面树林的方向转了转头，那里不断传来枪声。

"哎呀——"丹喜欢把话说得准确一些，尤其是害羞的时候，"老霍布——我的一个朋友，告诉我上周猎人瓦克斯·加奈特见血了——腿上挨了一枪。你看，梅耶先生本是想打野兔的，没想到打伤了他，就给了他一镑金币，我要说的是——瓦克斯却告诉霍布登，为了钱，他都愿意挨两枪，就算给的钱比那些少一半，他也乐意。"

"他不太明白呀，"乌娜大声说道，望着老人苍白又充满疑惑的脸。"噢，我希望——"

她还没说完，就听到一阵窸窸窣窣的声音，普克从冬青树后走了出来，对着老人飞速地说着一些听不懂的话。普克也披着一件长斗篷——那个下午确实有些冷——这让他看起来跟以往完全不一样了。

"不，不！"普克最后说，"你没明白这小男孩的意思。普通人打猎时受伤纯属意外，本就没有什么补偿的。"

"我知道这是意外！是意外的话，领主就能不管不顾了吗？一笑而过？扬长而去？"老人嗤之以鼻。

"是你的族人伤了人，卡德米尔，"普克不怀好意地眨眨眼睛，"所以他才给了这人一些金币，免得再生枝节。"

"一个犹太人让基督徒流了血，还想不生枝节？"卡德米尔叫道，"不可能！他们什么时候拷问他的？"

"陪审团都是跟他同龄的人，在陪审团审理前，不得对任何人进行拘押、罚款或者处死。"普克坚持说，"在英格兰的法律面前，人人平等。无论你是基督教还是犹太教的，这项法律是在兰尼米德签署的。"

"是啊，那不就是《大宪章》嘛！"丹悄声说。这可是他记得的历史上为数不多的大事件。

卡德米尔转过身来，长袍在地上扫过，飘来一阵香料的味道。

"孩子，你知道《大宪章》？"他大声说道，惊讶得举起双手。

"我知道，"丹回答道，语气坚定，"约翰王签署了《大宪章》，亨利三世给予认可。霍布登老人说，要是没有《大宪章》，守林人得把他一整年都关在刘易斯的监牢里。"

普克又用那听不懂的语言，非常严肃庄重地把这段话翻译给了卡德米尔。卡德米尔听到后笑了起来。

"真是几个月大的小孩身上都有值得我们学习的地方啊，"他说，"给我讲讲吧，以后就不叫你小孩了，叫你'拉比'①。为什么国王在兰尼米德签署《大宪章》呢？因为他是国王吗？"

丹看了看旁边的乌娜。这回该她来讲了。

"他只能这么做。"乌娜轻声说，"是贵族们逼他的。"

"不，"卡德米尔摇着头说道，"你们基督徒总以为刀剑比黄金有用。我们的好国王之所以签署《大宪章》，是因为他没法再从我们这些你们看不起的犹太人手里借到钱了。"说着，他耸了耸肩，"没有钱的国王如同断了脊背的蛇，"他轻蔑冷笑，皱起眉毛，继续说，"所

---

① 犹太人的学者。

以折断这条蛇的脊背是好事，那就是我要干的事，"他得意地对普克大声喊道，"地里的精灵，见证我的杰作吧！"他挺直了脊背，说起话来号角声一样洪亮。他的声音如同多变的猫眼石一样，音调千变万化——时而低沉如雷，时而纤细如泣，但你总想听他说话。

"太多人能见证你的杰作了，"普克说着，"给孩子们好好讲讲这件事吧。先生，别忘了，他们现在还不会怀疑、不知恐惧呢。"

"我刚才碰到他们的时候，我从他们脸上就看出来了。"卡德米尔说，"但是，他们受的教育一定、一定是诋毁犹太教徒的。"

"是吗？"丹十分好奇地问，"我都不知道在哪儿教我们的呢？"

普克退了一步，笑起来："卡德米尔想的还是约翰王朝时候的事儿呢，"他解释着，"那时，他的同胞真是饱受苦难。"

"噢，我们知道。"孩子们回答道，盯着卡德米尔的嘴巴（尽管这非常不礼貌，他们还是忍不住想看），想看看他的牙齿是否还在。他们记得课上讲的，为了逼迫犹太人借钱，约翰王就拔他们的牙齿。

卡德米尔知道孩子为什么那样看着他，苦笑了起来。

"不。你们的国王从没拨过我的牙，我想，也许是我拔了他的。听着！我不是生在基督教国家，而是生在摩尔人那里——那是在西班牙——我的家乡是位于山脚下的一个白色小镇。没错，摩尔人确实很残忍，但他们的学者至少还敢于思考。我出生时，就有人预言说我将成为另一个民族的立法者，而且那是一个语言晦涩难懂的民族。我们犹太人总是期待能出现极具影响力的人或是立法者。这想法没什么不好的！所以小城里的人们（尽管很少）认定我和其他孩子不一样，我是被预言选中的孩子——万里挑一。我们犹太人有很多梦想，

322

你白天看我们在垃圾堆旁战战兢兢，但你绝对想不到，天一黑，门一关，蜡烛一点——啊哈！我们还是上帝的选民，仍然保持着那份自信和荣耀！"

他一边说话，一边在树林里来回踱步。猎枪声从未停止，猎狗趴在落叶上，发出呜呜的声音。

"我是王子。真的！想想，把一个从小在家没听过什么粗话的小王子就这么交给大喊大叫、胡子拉碴的拉比，得是什么样。拉比揪他的耳朵，弹他的鼻子，没完没了地教他如何在时机成熟的时候当好国王。他！还是一个多么小的王子啊！他总是一只眼睛看着扔着石子玩耍的摩尔族孩子们，另一只眼睛望着大街，寻找他的王国。当他被人追得大街小巷到处跑，无助又无奈的时候，他学会了轻声哭泣，他慢慢地学会了做任何事情都一声不吭、安安静静。大蜡烛燃着，他在父亲议事桌下玩耍，像其他孩子一样听着父亲与朋友们的谈话。这些人来自世界各地：罗马、威尼斯、英格兰，他们从撒拉法阿兹丁的军队后方，翻山越岭而来，同我父亲商讨言事。他们偷溜进小巷，悄声敲着我家的门，进屋后再脱下破烂不堪的衣裳，换上新装，与我的父亲把酒言欢。全世界的异教徒都在自相残杀。我在桌下玩着，听着种种战争的消息，听着这些衣衫褴褛的人们商讨着国家和民族的命运走向，帝王之间、民族之间如何开战，何时开战，仗会打多久。他们说这些并不奇怪！没有钱，就不会打仗。我们犹太人知道怎么赚钱，季节更替，春种秋收，风云变化，我们都能赚到钱。财富就像一条神奇的地下河一样，循环往复，源源不断地流进来。那些愚蠢的国王在打仗、掠夺和屠戮的时候，怎么会知道如何赚钱呢？"

从孩子们的表情看得出，他们对这些一无所知，瞪大了眼睛，绕着身材高大的老人转来转去。老人把袍子往肩上一撩，一块镶满珠宝的方形金盘隔着毛皮透着闪亮的光，如同星星在飞舞的雪花里闪耀。

"没关系的。"他说，"相信我，就在父亲点着大蜡烛的房间里，我见到过伯里的犹太人和亚历山大的犹太人用丢硬币的方法来决定是战是休。而且，我见过不止一次，是很多很多次。犹太人在异教徒中的权力是巨大的。啊，我这个小王子！你们想知道为什么他学啥都快吗？肯定想知道吧。"

老人继续喃喃自语："我当时学的是医术，就是内科那套东西。我在西班牙学成之后，就往东去寻找属于我的王国。这可以理解的吧？犹太人是很自由的，就像麻雀或者狗一样自由，他们走到哪儿都被人追捕。在东边，我看到图书馆里，人们勤于思考；医学院里，人们善于学习。我也发奋图强。就这样，我终于站到了国王的面前。我与王子们如兄如弟，也与乞丐连枝同气。我穿行于生死之间，最终还是一无所获。我没有找到属于我的王国。就这样，在我漫游的第十年，抵达东海之极后，我回到了家乡。天佑我民，没有屠戮，没有伤损，只有些人受了皮肉之苦。再次回到家里，在父亲身边，我重新做回儿子。大蜡烛又燃了起来，那些衣衫褴褛的人又在黄昏后敲响了门。跟过去一样，他们一边称量着桌上的金子，一讨论着和平和战争。但我并不富裕——不算特别有钱吧。因此，当那些权贵、学者、富商坐而论道时，我便坐在暗处。这么做是情理之中的呀！

"然而，种种周游世界的经历都使我确信，一个没有钱的国王就像一把没有头的矛，闹不出太大的动静。所以，我向族里的伟人，来自伯里的伊里亚斯请教：'为什么我们还要借钱给压迫我们的国王呢？''因为，'伊里亚斯说，'一旦我们拒绝他的要求，他们就会煽动本国人民来反对我们。人民可是比国王残酷十倍的。你如果不信，咱们就一起去英格兰的伯里，在那儿过过我的生活。'

"烛光中，我看到了母亲的脸。然后，我说道：'我跟你一起去伯里。也许我的王国就在那儿。'

"就这样，我同伊里亚斯一同乘船去了伯里，去了残酷又黑暗的英格兰。那里没有一个博学睿智的人。心怀仇恨的人怎么可能睿智呢？在伯里，我为伊里亚斯管理账目，时常见到人们在教堂门前处死犹太人。因为伊里亚斯借钱给国王，所以没人下手害他。国王对他很是宠爱。只要人有钱，国王就不会要他的命。这个国王——是的，就是约翰王——残酷地剥削压迫他的臣民，因为他们不肯给他钱。然而，他的国土其实非常肥沃，只要他对人们少些剥削和压迫，让他们去好好种地，他的收成会非常丰足，就像基督徒的胡须那样多。可他连这么简单的事都不明白。上帝使国王丧失才智，使人民遭受瘟疫、饥荒与绝望。于是，他的臣民转而逼迫我们犹太人，犹太人成了众矢之的。事情不变成这样才怪呢！终于，贵族和人民联合起来反对国王的暴行了。哎——哎——贵族并不爱人民，但他们明白，一旦国王榨干了人民，下一个遭殃的就是他们自己。于是，就像猫和猪会联手杀蛇一样，他们联合了起来。我一边管理好账目，一边观察着这一切，因为我还没有忘记那个预言。

"一大群贵族（我们的钱就都是借给了他们）来到伯里。在那里，他们不断奔忙，反复商讨谈判，终于制定了一系列新法规，他们会强迫国王执行。如果国王发誓能够执行这些法律，贵族就会给他一点儿钱。钱是国王的上帝，有钱才能挥霍。贵族们给我们看了这些新法规。这没什么奇怪的，我们可是借钱给他们的人。在伯里，我们知晓贵族的所有决议——我们在家里都瑟瑟发抖，非常害怕。"老人突然伸出双手，"我们可以不要回所有的钱。但我们需要权力——权力——权力！权力是我们的神明，却一直被禁锢起来！我们要行使权力！

"我对伊里亚斯说：'新法规不错。我们不用再借钱给国王了。他一有了钱，只会撒谎、屠戮人民。'

"'不，'伊里亚斯说，'我太了解这个民族了，他们极其残酷。对付一个国王比对付上千个屠夫容易多了。我借了点钱给贵族，否则他们肯定会折磨咱们的。不过，其实我更愿意把钱借给国王，他曾经许诺给我在宫廷里寻个靠近他的住处，这样一来，我的妻儿就安全了。'

"'可如果国王被迫同意执行新法规，'我说，'国家也就安宁了，咱们的生意也会越做越好。我们要是借钱给他，他又会起意打仗。'

"'你是英格兰的立法者吗？'伊里亚斯说，'我了解这个民族，他们总爱狗咬狗！我会借国王一万金币，他想跟贵族们怎么打，随他的便。'

"'今夏，整个英格兰的收入都不到两千金币。'我说道，因为我负责管理账目，我知道钱的收支情况——就是我先前提到过的那条神奇的地下河。伊里亚斯闭紧了窗，掩着嘴巴小声告诉我，当时在一艘法国商船上交易小器件的他是怎么来到佩文西城堡的。"

"哦！"丹说，"又是佩文西！"他看看乌娜，乌娜点头会意。

"在城堡那儿，伊里亚斯的包裹在大厅里到处散乱地堆着。几个年轻的骑士把他带进了楼上一间房，又把他丢到城墙边的一口井里，井里的水随着潮汐起起伏伏。人们管他叫'约瑟'，把火把扔到他湿漉漉的头上。他们这行为并不新鲜。"

"啊，我知道！"丹大声说道，"你不知道这就是——"普克举起手，示意丹不要打岔。但卡德米尔根本没有注意到，继续讲着——

"潮水退去后，伊里亚斯觉得自己好像踩到了一块旧盔甲。他又动了动脚趾，发现脚下好多的金条。这可能是古时有人藏匿于此的不义之财，主人殒命，秘密就此掩埋。我以前听说过这样的事。"

"我们也听过，"乌娜小声说，"但财富并非不义之财。"

"伊里亚斯只带走了一点点金条。后来，他每年三次回到佩文西，伪装成商人，售卖货物，不为赚钱，只为让那儿的人收留他在空房间住下，这样，他就能再下去井底，顺走一些金条。那里还剩很多金银珠宝，经过这么长时间，他早把这些东西当成自己的财产了。

"不过，怎样才能把那些财宝抬出来运走呢？我们冥思苦想，却毫无头绪。这些事情都发生在我收到上帝的旨意之前。想想看，那口井在诺曼底人那围墙高筑的要塞中央，井水与海水相连，要从四十英尺深的井底偷偷运走好几马车的金子，这根本不可能！伊里亚斯哭了，他妻子阿达也哭了起来。她还等着国王能信守承诺，在宫里给他们安排个住处，这样她也能成为女王的基督侍女中的一员。她这么想也无可厚非，因为她是个一出生就在英格兰——真是个讨厌的女人。

"我们眼下的大麻烦就是伊里亚斯给国王的承诺。他跟国王承诺他会拿出更多的黄金来装备国王的军队，这简直是愚蠢至极。就这样，国王对贵族和人民的诉求置若罔闻，每天都有人死去。阿达一心想要住进皇宫里，便恳求伊里亚斯告诉国王财宝的位置，这样国王可以动用武力将财宝取出——相信国王会因为感激他们，让他们住进王宫。她这么想很正常！但伊里亚斯不肯这么做，他认定这财宝是自己的财产。他们大吵了一架，吃晚饭的时候他们都在哭。那天夜里，博古通今的朗顿神父找上门来，他来替贵族们借钱。伊里亚斯和阿达回到他们的卧室去了。"

卡德米尔摸着胡子，轻蔑地笑着。山谷里的枪声停了，打猎的队伍转换阵地，准备完成今天最后一场捕猎。

"所以，最后是我，不是伊里亚斯，"他轻轻地说，"跟朗顿神父一同讨论了新法规的第四十条。"

"那条说的是这个吗？"普克随即说道，"《大宪章》第四十条：'任何人不得出售、拒绝、耽误权利或正义。'"

"是的，但起初贵族们写的是：'任何自由民'。我花了两百个金币，才修改了这个狭义的表达。朗顿神父恍然大悟：'你虽是犹太人，这几个字却改得十分公正。如果将来基督徒和犹太人能在英格兰享有平等的地位，犹太人都会感谢你的。'他悄无声息地离开了，人们在夜里跟犹太人做了什么交易后都是这样走的。我想，他应该用我送的钱来修缮自己的祭坛了。这没什么好奇怪的，我跟朗顿谈过。他在民众中的权威很高，跟我在我的族人中的威望差不多，如果——如果我们犹太人可以被称作是一个民族的话。但是，他在很多方面仍然显得很幼稚。

"我听见伊里亚斯和阿达在楼上争吵，阿达气势汹汹，占了上风。我想伊里亚斯可能会告诉国王黄金的事了，这样国王就会顽固地跟贵族抗争到底。所以，我明白，不能让任何人得到黄金。突然，神明的声音在我耳畔响起：'天一亮，你就在这里住下。'"

卡德米尔停住了，背对着远处浅绿色天空，看过去从头到脚一片黑。他身着长袍，身型高大，跟《圣经》绘本里的摩西一样。"我站起身，走出门去。当我关上这个愚昧之家的大门时，那女人从窗户往外看，低声说：'我已经说服我的丈夫去告诉国王了！'我回答道：'没有必要。上帝与我同在。'

"那一刻，是神明的指点让我想通了该怎么做，神明始终庇护着我。首先，我去了伦敦，在那里我找到一位犹太医生买了些必备的药品。你们马上就会明白我为什么这样做了。然后，我匆匆赶去了佩文西，这该死的地方干戈四起、硝烟不断，既没有统治者，也没有法官。当我从人群中经过时，他们对我大喊大叫，叫我亚哈随鲁。他们相信犹太人是受到诅咒的人，会长生不死，对我避之不及。神明就是这样助我一臂之力的。我在佩文西买了一条小船，到达之后我把它停靠在泥滩上，那片泥滩就在城堡面向沼泽地一侧的大门下面。这也是神明的指引。"

他泰然自若，仿佛在讲着别人的事，声音回荡在小树林中，清耳悦心。

"我下了药——"他把手放到胸前，那颗奇怪的宝石再次闪闪发光，"我把事先准备好的药物投进了城里的公共饮水井。当然，我并不想害人。我们医生治病救人，可不做害人的事情。只有傻子才会说：'我敢。'我让他们染上瘙痒的疹子，皮肤上斑痕累累，但这会在十五天内消失。我不想害他们的命。一旦城堡里的人以为这是瘟疫，他们就会带着狗跑出来。

“一位信奉基督的医生看出我这陌生脸孔是个犹太人，就一口咬定这病是我从伦敦带来的。这还是我头一次见基督教的医生准确说出病因。就这样，人们开始攻击我。直到一位善良的夫人说：‘现在先别杀他，把他和他身上的瘟疫关进城堡里。就像他说的，如果十五天后咱们还是没有好转，再杀他也不迟。’这很有道理呀！于是，他们把我赶过城堡的吊桥，飞一般地逃回了家。就这样，城堡里现在只有我和那些财宝了。”

“可你怎么知道一切会按部就班地发生呢？”乌娜说。

“预言曾说我会成为某个外邦的立法者，这个外邦地理奇特，语言晦涩。所以，我知道我一定能活下来。我清洗了伤口，在城墙边找到了那口井。空荡荡的城堡里满是基督教的气息，我一个人在这儿挖着，挖着。一个安息日又一个安息日，嘿！我毁了埃及人！嘿！他们能知道就好了！我拖出了不少上好的黄金，连夜装进我的船里。地上散落了许多金砂，都让潮水冲走了。”

“你想过那些财宝的主人是谁吗？”丹说着，偷瞥了普克一眼。普克的头上罩着他那长披肩的连帽，帽子遮住了他的脸，看过去黑乎乎的，但神情镇定。他摇了摇头，噘起嘴唇。

“刚得到这些财宝的时候，我确实常常想它的主人是谁。”卡德米尔答道，“我懂黄金，就算是在黑暗里我也能看出它的好坏。只是这些金子比我们之前见过的更沉，颜色也更艳丽。可能是巴瓦音的黄金吧。这很有可能！我真恨不得把它们扔到泥里去，但我也知道，只要这邪恶的东西存在，甚至有一丝能找到它的希望，国王就不会签署新法规，这片土地终究走向灭亡。"

"噢，这真不可思议啊！"普克屏着呼吸，落叶在他脚下沙沙作响。

"把东西装上船后，我反复洗了七次手，剪了指甲，不想在指甲里残留一点点金砂。我从城堡里扔垃圾的小门出去。我没有升起船帆，以免被人发现。幸得神明让潮水送我平安驶离，黎明前我便驶出佩文西很远了。"

"你当时不害怕吗？"乌娜问。

"为什么要害怕？船上又没有基督徒。日出的时候，我做了祷告，把所有的金子——所有的金子——都扔进了深海！国王的赎金——不，人民的赎金！我扔掉最后一块金子，神明便让潮水渡我回到河口的一个港湾。下了船，我穿过一片荒野，来到刘易斯，我的族人在那里。他们给我开了门，他们说——那时我已整整两天没吃东西了——他们说我倒在门槛上，大喊着：'我把一支军队连人带马地沉到海里去了！'"

"可你并没有呀，"乌娜说，"噢！有的！我明白了！你说的是约翰王要用黄金装备的那支军队，对不对？"

"没错。"卡德米尔说。

枪声再一次划破了寂静。大冷杉树顶一群野鸡急慌慌地飞走了。他们看见年轻的梅耶先生，穿着崭新的黄色长筒靴，在路的那头营营逐逐，兴奋不已。接着，他们听到鸟儿重重落地的声音。

"那在伯里的伊里亚斯后来怎么样了呢？"普克追问道，"他可是向国王承诺了这笔钱啊。"

卡德米尔冷冷地笑了，"我从伦敦给他传话，说神明与我同在。

当他听说佩文西爆发了瘟疫，又有一个犹太人在城堡治病时，他知道我跟他说的都是真的。他和阿达匆匆赶到刘易斯，要我给个交代。伊里亚斯始终觉得这金子是他的。我告诉他们金子在哪儿，让他们尽管去拿……嗯，哎！傻瓜的傻劲和旅途中的风尘是任何一个智者都躲避不开的两件事……我非常同情伊里亚斯！国王怒气冲天，因为伊里亚斯拿不出这笔钱。贵族们怒气冲天，因为他们听说伊里亚斯要借钱给国王。阿达也怒气冲天，因为她就是一个讨厌的女人。他们最后搭船从刘易斯去了西班牙。还算是聪明之举！"

"那你呢？你见证了在兰尼米德签署新法吗？"普克问道。

卡德米尔暗自笑了笑，"没有。我算什么，怎么会和如此高级的事打上交道。我回了伯里，拿秋收做抵押，借些钱给他们。这事儿没什么不对的吧？"

只听头顶上方传来"啪"的一声，一只雄野鸡被枪打中，身子一斜，啪嗒啪嗒地往下坠，差点落到他们脑袋上。野鸡落到地上，像颗炮弹一样弹起不少落叶。芙罗拉和弗利扑了上去，孩子们赶紧冲上前去，把他们赶走，然后抚平了野鸡的羽毛。一阵忙乱中，卡德米尔不见了。

"嗯，"普克冷静地说道，"你们是怎么想的？维兰德送来宝剑，宝剑带来财宝，财宝成就法律。一切水到渠成，如同橡树的生长般自然。"

"我不明白。他们不知道这是理查德爵士的古老宝藏吗？"丹说着，"为什么理查德爵士和休要把这笔财富留在那里呢？还有——还有——"

"别担心，"乌娜礼貌答道，"普克下次会让我们知道的，对吗，普克？"

"下次，也许吧！"普克回答道，"哎呀，冷了——也晚了，我送你们回家！"

他们匆匆跑进了山谷，太阳快要没到樱桃山后面去了，牛栅旁的土地边上都结了冰了。北风苏醒了，从山上吹下来，整夜呼啸连绵。他们撒开腿，快速奔跑，飞一般地穿过日渐枯黄的牧场。跑累了，他们就停一会儿，大口大口地缓着气。北风呼啸，卷起枯叶，在他们身后飞舞盘旋。终年不断的绵绵细雨中，充斥着橡树、白蜡树、荆棘树叶的味道，像是要抹去人们的无尽回忆。

他们一路小跑，跑到了草地下面的溪流边，心里头一直思忖着芙罗拉和弗利怎么会放过采石洞里的那只狐狸呢。

霍布登老人刚修剪好了树篱，他把残枝剩叶捆好摞成堆。他身上那件白色的工作服在暮色中熠熠生辉。

"丹先生，我看，冬天要来了，"他大声说着，"从现在起到明年布谷鸟叫春之前，日子不好过喽。是呀，我们都翘首期盼着老巫婆放出篮子里的布谷鸟，迎接英格兰的春天呢。"

孩子们听到撞击声、踩踏声和水花声。那声音仿佛有一只笨重的老母牛在他们的眼皮子底下过河去似的。

霍布登气呼呼地奔向滩头。

"又是格里森家的牛！总是跟着罗宾满农场地玩！噢，你看看，丹先生——看他这大脚印，简直跟个挖沟人的脚掌一样大。捣起乱来真是肆无忌惮！他怕不是把自己当成个人了——当成什么大人物了……"

小溪对面传来了低沉的声音：

> 普克带着他到处转，
>
> 他的斗篷会怎么换，
>
> 那些火焰会怎么蹿……

接着，孩子们边走边大声地唱着《再见，报答与仙女》，他们甚至都忘记了自己还没和普克道晚安呢。